Uma voz, reproduzida bem baixa pelos pequenos alto-falantes, permeou o laboratório:

– *Wo ist Kapitän Amerika?*

Kade levantou as mãos desgostoso.

– Isso é perfeito, não acham?

Rogers olhou penetrantemente para Fury.

– Tudo bem, Capitão, tudo bem. Não comece a imaginar coisas. Isso não está vivo. É apenas uma gravação dos bons e velhos tempos. Aquela coisa deve ser apenas uma arma antiga da qual os nazistas se esqueceram e foi ativada acidentalmente, como aquelas bombas inativas que costumávamos encontrar por todos os cantos de Londres.

– Pode ser, mas eu reconheceria aquela voz em qualquer lugar.

Fury consentiu.

– Adolf Hitler. Sim, já confirmamos que é ele.

– *Wo ist Kapitän Amerika?*

Steve ficou de pé tão rapidamente que Nia não pôde deixar de lembrar que ele não era um homem normal.

– E vocês não planejavam mencionar que aquilo estava perguntando por mim?

Fury cruzou os braços na frente do peito.

– Não, não planejava, e você sabe muito bem por quê. Aquela coisa pode chamar o quanto quiser, mas o Capitão América não vai sair para brincar.

CAPITÃO AMÉRICA
DESÍGNIOS SOMBRIOS

CAPITÃO

DESÍG
SOMB

UMA HISTÓRIA DO UNIVERSO MARVEL

STEFAN PETRUCHA

marvel.com

AMÉRICA
NIOS
RIOS

novo século®

São Paulo, 2018

Captain America: Dark Designs
Published by Marvel Worldwide, Inc., a subsidiary of Marvel Entertainment, LLC.
MARVEL
marvel.com

Equipe Novo Século

EDITORIAL
João Paulo Putini
Nair Ferraz
Rebeca Lacerda
Renata de Mello do Vale
Talita Wakasugui
Vitor Donofrio

TRADUÇÃO
Leonardo Castilhone

PREPARAÇÃO
Catarina Bollos

P. GRÁFICO E DIAGRAMAÇÃO
João Paulo Putini

REVISÃO
Equipe Novo Século

CAPA
João Paulo Putini

ILUSTRAÇÃO DE CAPA
Will Conrad

IMAGENS INTERNAS
Steve Epting
Jackson Guice
Michael Lark
Jay Leisten
Steve McNiven
Mike Perkins
Dexter Vines
Patrick Zircher

Equipe Marvel Worldwide, Inc.

VP, PRODUÇÃO & PROJETOS ESPECIAIS
Jeff Youngquist

EDITORA-ASSOCIADA
Sarah Brunstad

GERENTE, PUBLICAÇÕES LICENCIADAS
Jeff Reingold

SVP PRINT, VENDAS & MARKETING
David Gabriel

EDITOR-CHEFE
Axel Alonso

PRESIDENTE
Dan Buckley

DIRETOR DE ARTE
Joe Quesada

PRODUTOR EXECUTIVO
Alan Fine

Agradecimentos especiais a Jeff Christiansen, Kevin Garcia, Daron Jensen e Mike O'Sullivan

Joan Hilty e Stuart Moore, editores
Design original por Jay Bowen

Texto de acordo com as normas do Novo Acordo Ortográfico da Língua Portuguesa (1990), em vigor desde 1º de janeiro de 2009.

Dados Internacionais de Catalogação na Publicação (CIP)

Petrucha, Stefan
Capitão América : desígnios sombrios
Stefan Petrucha [tradução de Leonardo Castilhone].
Barueri, SP: Novo Século Editora, 2018.

Título original: Captain America : Dark Designs

1. Literatura norte-americana 2. Super-heróis – Ficção 3. Capitão América (Personagens fictícios) I. Título II. Castilhone, Leonardo

17-1535 CDD-813

Índice para catálogo sistemático:
1. Literatura norte-americana 813

Nenhuma similaridade entre nomes, personagens, pessoas e/ou instituições presentes nesta publicação são intencionais. Qualquer similaridade que possa existir é mera coincidência.

NOVO SÉCULO EDITORA LTDA.
Alameda Araguaia, 2190 – Bloco A – 11º andar – Conjunto 1111
CEP 06455-000 – Alphaville Industrial, Barueri – SP – Brasil
Tel.: (11) 3699-7107 | Fax: (11) 3699-7323
www.gruponovoseculo.com.br | atendimento@novoseculo.com.br

novo século®

Para David Marqui, um herói de verdade que
devotou sua vida a trazer o prazer da arte para
mais de 345 mil alunos na cidade de Nova York.

1

Não se trata do indivíduo. Trata-se do desígnio, do padrão.

VERÃO DE 2005. O veículo coberto de terra, sacolejando pela savana plana e cheia de arbustos espinhentos da Somália, parecia-se com qualquer veículo de transporte de pessoal do Exército Nacional: um caminhão verde-oliva com a caçamba coberta por uma lona. Por onde ele passava, os moradores locais – muitos vivendo em cabanas com domos feitos de galhos compridos e lâminas de plástico jogadas no lixo – lembravam-se de outra época.

Eles já tinham visto muitos daqueles.

Mas, dentro do caminhão, cercado por equipamentos de alta tecnologia da S.H.I.E.L.D., o Capitão América e seus dois colegas encontravam-se sentados sob o conforto de um ar-condicionado. O Agente Walter Jacobs analisava várias telas, enquanto a Doutora Nia N'Tomo revisava as notas em seu palmtop. O loiro de olhos azuis, Steve Rogers, contemplava a paisagem pela traseira do caminhão, observando os camelos cansados bebendo as águas lamacentas do rio Mandera Dawa.

A luz dourada do sol acentuava o brilho da estrutura metálica da janela, fazendo-a ficar mais parecida com um portal interdimensional do que com um vidro à prova de balas. A área praticamente devastada do outro lado quase podia se passar por um universo paralelo. Jiilaal, uma das duas estações secas do ano, deixara o terreno árido com diversas tonalidades de marrom e esparsos pontos de vegetação.

Aquela visão fez Rogers se perguntar se ele vinha passando mais tempo em outros mundos do que em seu planeta natal. As fronteiras entre países apresentavam um tipo diferente de perigo do que o de seres cósmicos. Por ter sido uma campanha de relações públicas de um homem só durante a Segunda Guerra Mundial, ele sabia perfeitamente como a propaganda havia evoluído de maneira bastante complicada. Era muito fácil quando os nazistas apenas se consideravam uma raça superior. Era possível provar que eles estavam errados derrotando-os em combate.

Os militantes fundamentalistas Al-Shabaab controlavam uma vasta região ao sul. A mera presença do uniforme com listras e estrelas de Steve poderia ser vista como interferência de um colonizador ocidental decadente, fornecendo alimento para recrutar mais tropas.

Por mais que ele odiasse ser visto como um dos valentões que combateu a vida inteira, nunca usava outra roupa. Sempre que fazia o certo sob o manto vermelho, branco e azul, os princípios por trás disso tornavam-se ideais vivos e não meras abstrações.

O que Churchill havia dito? "Você pode depender dos americanos para que eles façam a coisa certa. Mas só depois de eles terem exaurido todas as outras possibilidades."

Ele sorriu diante da crítica irônica. Afinal de contas, o Buldogue Inglês também disse que a democracia era a pior forma de governo possível – com exceção de todas as outras.

Como humanos, tudo o que podemos fazer é lutar, pensou Rogers.

De repente, a paisagem se abriu, permitindo que fossem vistas algumas árvores com troncos finos como ossos que pareciam frágeis demais para sustentar suas pesadas copas. Ele também já havia sido frágil, uma criança doente que tinha estado perto da morte, mas quem imaginaria isso naquele momento? Qualquer deserto, a seu tempo, pode se transformar em um paraíso.

À frente, algumas estruturas de pedra aglomeravam-se próximas a uma linha de alta tensão incomum. Quando o motorista virou para oeste, o Capitão ficou aliviado. Propagandas à parte, quando se tratava de desarmar uma bomba bacteriológica, menos testemunhas significava também menos possíveis vítimas.

Conforme os prédios diminuíam ao longe, um bipe no sistema de radar chamou sua atenção de volta ao interior escuro do caminhão.

– Jacobs?

O brilho do monitor fazia a pele queimada de sol do agente ruivo parecer levemente azulada.

– Recebi uma confirmação de leitura com 98% de certeza de que há um míssil Al-Hussein Scud a cerca de 800 metros daqui.

Franzindo a testa, a Doutora N'Tomo afundou na parede de lona.

– Com um raio de ação de 700 quilômetros, esse negócio poderia atingir diversos centros populacionais de Wakanda, mesmo que eles não saibam o que pretendem atingir. Eu... estava certa.

O fato de serem os detentores da única fonte de vibranium do mundo, um metal com uma habilidade misteriosa de absorver energia cinética, tornou a nação tribal de Wakanda incrivelmente rica – e também um alvo. Rogers compreendia melhor do que ninguém porque grande parte da riqueza do país era gasta para manter em segredo sua localização exata. O escudo dele foi criado por uma combinação acidental de vibranium com uma liga de ferro.

Ele se inclinou na direção da Doutora N'Tomo.

– Se não fosse por você, ainda estaríamos no aeroporta-aviões achando que isso era só um blefe.

Apesar de normalmente apresentar uma expressão vazia, ela sorriu delicadamente. A pele morena e os olhos penetrantes, em contraste com a farda verde-oliva emprestada, combinavam com a seriedade da doutora.

– Mesmo assim, estou decepcionada. Na minha linha de trabalho, preferimos não ser solicitados.

– Concordo com você. – Casualmente, ele bateu continência para ela, imaginando quanto de sua expressão ela conseguiria ver através da máscara. – Então, aqui vai para nossa aposentadoria antecipada.

Trazer especialistas para uma operação militar era sempre um risco, mas ela não era uma rata de laboratório qualquer. Sobrinha-neta de N'Tomo, campeão real de Wakanda, Nia N'Tomo já havia feito bastante por sua área, trabalhando na epidemia de AIDS na Suazilândia e nos surtos de ebola na África Ocidental. Eles se conheceram no aeroporta-aviões e não demorou muito para Rogers reconhecer e admirar os instintos dela.

– Se piratas somalis podem adquirir um míssil e uma arma biológica tão facilmente, duvido que isso vá acontecer algum dia. – Ela ergueu a sobrancelha de maneira brincalhona. – Falando em tempo livre, a S.H.I.E.L.D. me abduziu do meu primeiro dia livre em oito meses. Eu não me importaria em tomar um drinque quando isso tudo acabar.

Como ela era uma pessoa difícil de se ler, Steve não sabia ao certo se ela estava flertando com ele ou apenas sendo amigável. Por ter sido um fracote asmático antes da guerra e, depois, ficado enterrado congelado por décadas no gelo do Ártico, não teve muitas oportunidades de relacionamentos.

– Um drinque. Eu... não posso... eu...

Seu rosto voltou a não apresentar expressão alguma. Ela *estava* flertando.

– Desculpe se fui inapropriada.

– Não, não é isso. É que eu metabolizo álcool rápido demais e por isso ele não surte efeito algum. Resultado do Soro do Supersoldado. E ninguém gosta de um parceiro de bebedeira com boa memória. – Enquanto ele continuava falando, ela franziu a testa, aparentemente tão confusa com ele quanto ele com ela. – Pelo menos foi o que me disseram.

Ela o analisou. Após alguns instantes, o rosto franzido voltou a apresentar o sorriso delicado.

Notando o olhar irônico de Jacobs, Steve rapidamente mudou de assunto.

– Se tiver o dinheiro, não é difícil arranjar um Scud velho. Mas não dá para conseguir uma arma biológica com o vírus da raiva nessa região. Os piratas têm um histórico de trabalhar com financiadores, ainda mais agora que as pressões internacionais os impulsionaram a praticar mais operações em terra.

– Fiquei muito tempo focada em pesquisas sobre raiva para ler o último relatório. Já existe alguma teoria sobre quem poderia ser o responsável?

Ele deu de ombros.

– Alguém que quer vibranium e não se importa em como obtê-lo.

– Muitas opções, então. Ainda assim, isso me parece um gesto bastante desesperado. Mesmo que eles consigam realizar o lançamento, nossa defesa aérea tem excelentes chances de abater o míssil no céu. A real preocupação é se algo acontecer em solo. Nós três fomos vacinados, mas dado o alto custo e a ausência de uma verdadeira cura, uma epidemia de raiva transmissível pelo ar devastaria a população local, e nós nem temos certeza se nossa vacina será eficaz até identificarmos a cepa.

– É por isso mesmo que estou aqui, para neutralizar qualquer resistência, enquanto você e Jacobs evitam que a carga seja transportada. Ou, se possível, neutralizam o vírus no próprio local.

– Estamos esperando quinze seguranças armados ou mais. Imagino que isso não será problema algum para você, certo?

– Na verdade, não é muito justo com os seguranças, doutora.

Dessa vez, ela deu um sorriso bem aberto.

– Meu nome é Nia.

– Steve. E prometo que nunca vou decepcionar uma das dez melhores epidemiologistas.

– Na verdade, uma das cinco melhores, Steve.

Ele gostou da forma com que ela disse aquilo, como se corrigisse algum erro de gramática.

Quando o caminhão diminuiu a velocidade, Jacobs deu uma pigarreada.

– Como o melhor da minha turma em interpretar bipes e luzes vermelhas piscando, acho bom que saibam que estamos a cerca de 50 metros do alvo. Está tudo pronto para darmos conta do vírus, doutora?

– Incineração seria a melhor saída, mas enquanto estiver fora do corpo, irradiação por UV já será o suficiente. – Ela levantou o que parecia uma pistola de luz excepcionalmente grande. – E isso oferecerá um disparo muito mais concentrado. Se houver qualquer sinal de que o vírus foi liberado, os trajes à prova de materiais nocivos estão prontos.

Pela parte traseira, apenas uma paisagem plana era visível; Rogers aproximou-se de Jacobs para verificar a visão frontal em seus monitores. Eles chegaram à fronteira de um vilarejo deserto: seis ou sete cabanas circulares, algumas com telhados de palha, separadas por paredes baixas feitas de pedra. Com a maioria de seus habitantes provavelmente dentro de casa para evitar o calor, o local parecia vazio, exceto por duas crianças que auxiliavam um homem idoso. Eles pararam para observar o caminhão.

– Estamos em campo aberto. Não gosto disso.

Jacobs sorriu maliciosamente.

– Estamos dentro de um caminhão, em uma planície, com grama rasteira e pequenos arbustos. Sem uma camuflagem, não temos muita opção. Mas a ideia era ser discreto. Por isso que você está aqui, em vez de estarmos com uma força-tarefa completa.

Rogers resmungou concordando.

– Eu tenho mesmo a vantagem de não ocupar muito espaço. Não posso dizer o mesmo de um lançador de mísseis. – Ele bateu levemente no vidro, apontando para a maior das cabanas. – E aquela é a única coisa, dentro do nosso campo de visão, grande o bastante para acomodar um.

Jacobs deu um zoom com a câmera do caminhão na entrada da cabana. Foi possível ver de relance algo metálico em meio à escuridão árida.

– É isso aí. Mas onde estão os seguranças?

Nia chegou mais perto para observar.

– Lá dentro?

– Afaste a imagem – disse Rogers. A câmera voltou para a visão mais ampla, mas só era possível enxergar terra e alguns amontoados de vegetação. – Aqueles arbustos. Eu os vi por toda parte, menos dentro do vilarejo. Veja só como eles estão arranjados, quase como se estivessem em...

Antes que Rogers pudesse dizer formação, uma das coisas desconjuntadas caiu para o lado. Um homem – magro, porém musculoso – surgiu do buraco logo abaixo. Terra seca caiu do lenço estampado que envolvia sua cabeça e um lança-granadas estava preso a suas mãos.

Rogers correu para a porta traseira.

– Deixa comigo.

Jacobs ligou o comunicador; embora já estivesse a vários metros de distância, Rogers podia ouvir as instruções da Doutora. N'Tomo ao motorista, como se estivessem sendo sussurradas em seu ouvido.

– Leve-nos até aquela cabana imediatamente.

Assim que voou pelas portas, o Capitão disse:

– Ignore essa ordem. Agradeço seu entusiasmo, doutora, mas vocês terão que manter distância até eu evacuar a área.

Ela olhou para as costas dele.

– E se eles fizerem o lançamento?

– Eles não vão fazer, Nia.

Antes de aterrissar, ele gritou para o homem mais velho e para as crianças:

– Corram!

As botas dele levantaram uma poeira marrom, formando uma pequena nuvem. Ele rolou para a esquerda, girou na direção do guarda, ajoelhou e atirou seu escudo. Um borrão vermelho, branco e azul atingiu o lança-granadas, partindo-o ao meio.

Antes que a visão pudesse viajar a pequena distância dos olhos do atirador para o cérebro dele, o escudo esmagou seu crânio. Ele foi eliminado. Mais como um meteoro treinado do que como um bumerangue, o escudo retornou para a mão de Rogers, que o aguardava.

Menos de um segundo havia passado e outros cinco "arbustos" tinham caído. Dois homens enterrados até a cintura brotaram dos buracos. Outros três continuaram onde estavam e abriram fogo. Não havia cobertura, mas com os atiradores ainda dentro dos buracos, as balas deles se espalhavam próximas ao chão, assim, era fácil para Rogers desviar delas. Como se fosse um videogame, ele eliminou os três com outro lançamento do escudo. A essa altura, os outros dois, agora correndo, atiravam nele, e os arbustos restantes haviam sido jogados de lado.

Mais tiros foram em sua direção. Completamente fora de alvo ou defendidos pelo escudo do Capitão, os projéteis, sem destino certo, iam para a terra, para o céu ou para alguma parede de pedra.

Algumas armas eram automáticas, outras eram revólveres. Os sentidos apurados e a vasta experiência de Rogers lhe diziam o que vinha de onde. Os dois homens correndo portavam revólveres. Os que estavam nos buracos, agora muito numerosos para outro ataque de escudo, detinham o maior poder de fogo. Infelizmente, a poeira que continuava a subir dificultava a identificação de cada arma que eles carregavam.

O caminhão era à prova de balas, mas um segundo lança-granadas poderia acabar com ele. Ignorando os dois que corriam, ele partiu na direção das trincheiras – até que uma segunda verificação do perímetro o fez parar imediatamente.

O velho e as crianças, um garoto e uma garota, não haviam se mexido. Eles ficaram lá parados, boquiabertos, não com os atiradores, mas com ele. O dia previsível deles se despedaçara, ficaram em choque. Quando uma bala perdida atingiu a terra aos seus pés, o velho passou seus braços esqueléticos em volta das crianças para protegê-las, mas eles, ainda assim, não correram.

Rogers sabia que levaria as balas consigo se fosse até eles para ajudá-los. Para afastar o perigo, ele correu na outra direção. Mas o caminhão desobedeceu suas ordens. Deixando marcas grossas de terra por onde passava, ele se posicionou entre eles e o tiroteio.

Ele viu de relance Nia puxando os civis para dentro das portas traseiras, antes de um ronco de motores chamar sua atenção para a grande cabana. A ponta de um Scud, colocando-se em posição de lançamento, surgiu através do telhado de palha. A luz do sol penetrou no escuro interior, revelando as bordas de um velho caminhão de artilharia soviético 8x8, exatamente do tipo necessário para transportar e lançar o míssil balístico tático.

O Capitão não tinha tempo para admirar os dois corredores, que estavam ansiosos para encará-lo de perto. Com o levantar de seu escudo, arrancou o revólver da mão de um deles. Uma cotovelada no queixo abateu o outro. O homem desarmado ajoelhou-se e ergueu as mãos em sinal de rendição – apenas para ser alvejado pelos tiros que vinham das trincheiras.

Lançando seu escudo à frente, Rogers correu até os buracos. O disco giratório abateu outros quatro homens. Dois chutes e uma voadora eliminaram mais três. O último sobrevivente virou para olhar no momento exato em que o escudo retornou e o acertou bem na nuca.

Todas as armas eram automáticas. O lança-granadas era tiro único. Ótimo.

Ele correu para dentro da cabana exatamente quando o Scud travou na posição de lançamento.

O homem um tanto pesado diante dos controles era mais bem vestido que os outros e tinha a barba cuidadosamente aparada. Com uma das mãos passando sobre o botão de lançamento, ele gesticulou com a outra enquanto falava.

– Olhe só para você, heroizinho, os Estados Unidos acham que nós somos os bandidos? Não. – O inglês dele era entrecortado, sua fala, arrastada. – Nós pegamos os alimentos dos navios da ONU antes que os senhores da guerra possam roubá-los, assim mais pessoas poderão comer. Navios petroleiros vêm até nossas águas, destroem nossas pescarias, então nós pegamos pagamento.

Havia algo de errado com ele, e não tinha nada a ver com a retórica. Ele estava suando. Era um deserto, é claro, mas aquele homem estava pingando. Esgotamento por calor não fazia sentido. Ele não só deveria estar acostumado com esse tipo de clima, como o cantil úmido pendurado em sua cintura tornaria pouco provável um quadro de desidratação.

Rogers relaxou a postura.

– Qual é o seu nome?

– Meu nome? Não quero te dizer meu nome. Pode me chamar de Robin Hood. Você o conhece?

– Conheço. Então você não é o bandido, ótimo. Que tal provar isso se afastando do míssil que está ameaçando vidas inocentes?

Robin Hood contraiu rapidamente o ombro, cerrando o punho livre.

– São os gananciosos dos wakandianos os verdadeiros assassinos! Eles têm todo o vibranium do mundo. O dinheiro que poderíamos arrecadar com a pequena quantia que pedimos poderia alimentar milhares. Se eles tivessem nos dado isso, nada disso estaria acontecendo. Mas eles precisavam de uma motivação, então eles vão tê-la.

– Digamos que eu acredite em você. Você sabe o que seu parceiro fará com a metade dele? Tenho a sensação de que ele não usará para alimentar ninguém.

Robin Hood agarrou seu próprio braço, então começou a socá-lo. Um ataque cardíaco?

Nia falou pelo comunicador.

– Esse é um sintoma de raiva.

Ainda no caminhão, ela estava assistindo à cena pelos monitores por meio da câmera no corpo do Capitão. Era a primeira vez que ele ouvia uma tensão na voz dela.

– A carga está vazando? – perguntou Rogers.

– Não necessariamente. Os sintomas da raiva não aparecem por duas a doze semanas após a infecção. Não vejo quaisquer sinais aparentes nos atiradores ou nos civis. É mais provável que ele tenha sido exposto enquanto armava o míssil.

A mão sobre o botão de lançamento tremia. Se ele a afastasse por uma fração de segundo, Rogers sabia que abateria o homem. Mas quando o Capitão deu um passo cauteloso para frente, Robin Hood o deteve.

– Fique onde está, americano.

O Capitão olhou bem dentro dos olhos do homem.

– Você está infectado.

Com a cabeça balançando, o pirata riu.

– Eu sei disso. Nossas instalações de esterilização não estavam à altura dos padrões ocidentais. Era um barracão abandonado. Mas, se minha família não tiver mais preocupações pelo resto da vida, valerá a pena morrer.

– Você não precisa morrer. Nós podemos ajudá-lo. – Ele sussurrou suavemente no comunicador: – Certo, Nia?

A resposta foi ainda mais suave.

– É, não. Depois que os sintomas neurológicos começam, a raiva é quase sempre fatal. Mas agora não acho que seria uma boa hora para lhe contar isso. Cepas conhecidas do vírus são transmitidas pela saliva, por uma mordida, mas nós estamos com nossos trajes, caso esse seja diferente. Mantenha distância.

Os olhos do pirata moveram-se rapidamente. Em um instante ele estava olhando para a entrada, no outro, para as sombras da cabana.

– O que seus amigos no caminhão dizem, americano? Eles acham que podem me abater com um sniper?

– Não há sniper, eu juro. Está tranquilo. Está tudo bem. Se você...

– *Não* está tudo bem! – Rosnando, ele fez o movimento de bater nos controles.

Os reflexos apurados de Rogers fizeram-no jogar o escudo. Em um piscar de olhos, o corpo do pirata estava curvado em volta da beirada do disco, voando para trás. Mas ao ser jogado, seus dedos frouxos acabaram atingindo o botão.

– Não! – gritaram Rogers, N'Tomo e Jacobs ao mesmo tempo.

Fumaça foi expelida dos motores do Scud. O chiado do míssil misturou-se com uma risada triste e cacarejada. Robin Hood estava deitado na terra, o escudo ainda sobre ele.

– Viu? – disse ele, entre tosses. – Eu disse que nada ficaria bem.

Chamas saíam do motor do foguete. O míssil balançou, mas não levantou voo. Um olhar para o lançador explicou o porquê a Rogers: graças à doença ou à incompetência do operador, as cintas de retenção que prenderam o Scud para ser transportado não haviam sido soltas.

A propulsão estava aumentando. Ou as cintas metálicas iriam romper, liberando o míssil, ou ele expeliria sua carga mortal ali mesmo.

Conforme Rogers correu para pegar seu escudo, ele ouviu Nia gritar:

– Não o toque! Pode estar contaminado.

– Preciso dele para abrir a cobertura do míssil.

Tendo ouvido a mensagem pelo comunicador, ele não percebeu que ela havia deixado o caminhão até que os raios UV azulados refletiram em suas costas e ombros. Coberta da cabeça aos pés com um traje contra materiais de risco de estampa militar, ela balançava para todos os lados a arma UV, como se tentasse limpar o ar.

A doutora caminhou até o lado dele.

– Teremos que achar outra maneira. Se me deixar chegar até a carga, acho que posso desarmá-la. Eu *sei* que posso.

Eu sei que posso.

As palavras dela, misturadas com o ronco do motor e a fumaça, invocaram uma memória profundamente arraigada. Na guerra, um jovem ávido, agarrado a um drone roubado, disse-lhe praticamente a mesma coisa:

– Eu posso trazer o avião de volta. Eu sei que posso!

– Deixe pra lá! Pode ser uma armadilha! Você não pode desativar a bomba sem mim! Largue isso!

– Você está certo, Capitão! Estou vendo o detonador! Ele vai...

Ele queria empurrá-la para o bem dela, mas contentou-se em apenas gritar:

– Não há tempo! Afaste-se!

Os poucos metros até o lançador pareceram um quilômetro. Por viver há tanto tempo com seu corpo melhorado, ele tinha uma boa noção do quanto era forte. Ele sabia, por exemplo, que podia empurrar um carro grande alguns metros para o lado. Mas não tinha a mínima ideia se conseguiria realizar o que tinha em mente. Ele teria que pousar sobre o motor para evitar as chamas amarelo-esbranquiçadas, mas também precisaria de suas mãos livres.

Então ele pulou, pousando de cabeça para baixo, e enrolou as pernas em volta da base do míssil. Mesmo dali, o calor dos propulsores o queimava através do uniforme.

Não sei como o Homem-Aranha consegue fazer isso...

O peso dele alterou o equilíbrio. Com as cintas de retenção rompendo aos poucos, o míssil tombou de lado. Antes que as últimas cintas metálicas cedessem, ele passou a mão por baixo da cobertura, alcançando as bombas dos propulsores e o próprio motor. O corpo dele proporcionava um pouco de resistência ao calor e suas luvas um pouco mais. Entretanto, nada impediu que ele sentisse uma dor abrasadora quando apertou seus os pés contra o míssil, envolveu os dedos em torno do suporte do motor e o puxou.

Ele tinha que estraçalhar o motor – e rápido, antes que o tanque de combustível fosse ativado.

Assim que o míssil ficou parcialmente solto, Rogers contorceu-se e virou, na esperança de usar o propulsor recém-liberado para manobrar o motor para longe da estrutura do Scud. O motor partiu, deixando uma névoa para trás. O Capitão caiu de costas, chamuscado pela borda do escapamento. O resto do Scud cambaleou e caiu. A princípio, ele não sabia ao certo se seu plano havia funcionado. Se o míssil atingisse o chão com força o bastante para ativar a ponta do detonador, a carga iria dispersar no local.

Em vez disso, a estrutura cilíndrica parou próximo da parede da cabana, com o bico apontado para uma nuvem espessa rente ao horizonte, visível apenas através do buraco no teto deixado pelo Scud. Assim que ele se levantou, mais um buraco na parede oposta lhe mostrou onde havia parado o motor. Desconectado de sua fonte de combustível, ele perdeu a força e o metal carbonizado deixou um fino rastro de fumaça preta que parecia insultar o vasto céu azul.

Uma risada feliz o fez virar novamente para a entrada.

Nia estava segurando uma das crianças, a garotinha. Apesar de estar sendo segurada por uma estranha que usava um traje de proteção, a menina tinha os olhos arregalados, sorria e dizia:

– Capitão América!

2

Ah, morrer teria importância para eles, é claro.
Ninguém quer morrer.

A BATA DE HOSPITAL ERA DESCONFORTÁVEL, por isso, Rogers a tinha tirado. Sentado de cueca branca na beira da mesa, ele sentiu como se estivesse esperando para o exame do alistamento. Mas aquilo não era 8 de dezembro de 1941, e ele não morava mais no Lower East Side de Nova York. Ele estava a cerca de 15 mil metros de altura, acima de algum lugar da África ainda, supôs. Enclausurado em uma câmara de quarentena pequena do Laboratório 247, dentro de um aeroporta-aviões da S.H.I.E.L.D. com mais ou menos dois mil funcionários.

Ele puxou com força o fone de ouvido do notebook que pegara emprestado e desviou o olhar do filme que estava tentando assistir. O único som era o chiado contínuo da pressão negativa do ar, a qual tinha como intuito evitar a propagação da doença contagiosa. Seu sistema imunológico, por ter sido aprimorado com o Soro do Supersoldado, tinha uma proteção substancial própria. Entretanto, como ninguém tinha conhecimento dos detalhes sobre a arma biológica, eles não podiam correr riscos.

Rogers não se incomodava com o tédio. Ele se importava, sim, em não saber o que estava acontecendo com os outros. Independentemente de seu traje de proteção, Nia havia estado próxima do pirata infectado. Bilan, a criança que correra para vê-lo, estivera completamente desprotegida.

Ele olhou através da parede transparente para os brancos e prateados do laboratório. Sua única companhia, o Doutor Winston Kade, movia-se de um instrumento para o outro, fazendo anotações em um palmtop. Se Nia tinha uma expressão indecifrável, Kade era uma pedra. Embora sua expressão não dissesse nada, sua aparência revelava que era um homem na faixa dos 60 anos, que havia passado por momentos difíceis. Sua pele possuía uma estranha palidez amarelada. Faltavam tufos do cabelo grisalho, formando um padrão que lembrava queimaduras por radiação.

Rogers não queria tirar sua atenção do trabalho, mas transcorreram horas desde a última vez que fora atualizado. Pelo menos, eles haviam determinado que a ogiva não havia vazado, e que era improvável o "Robin Hood" ter infectado mais alguém. Ao ver o cadáver de seu líder, os atiradores capturados, temendo pela segurança de suas famílias, cooperaram livremente. Informaram todos os locais por onde o vírus passara, mas, até aquele momento, não quem o fornecera.

O filme que ele estava assistindo não ajudava em nada, mas o notebook não havia sido liberado para se conectar à rede do aeroporta-aviões. A playlist pertencia ao dono do computador, Kade. Acreditando que Rogers se sentiria mais à vontade com um filme preto e branco, ele sugeriu que assistisse a *Pânico nas Ruas*, de 1950, um suspense sobre uma corrida contra o tempo para evitar uma epidemia em Nova Orleans. As outras opções eram igualmente estranhas para alguém em quarentena:

O Enigma de Andrômeda, *A Epidemia*, *Epidemia* e *Extermínio*.

Ele deveria estar feliz pelo cara não ser de falar muito.

Ainda assim, Nia insistiu que Kade era o melhor na área e que eles tinham sorte em tê-lo por perto. Aparentemente, a promessa de ter acesso a algum tipo novo de scanner médico das Indústrias Stark era muito tentadora para deixar passar.

Quase sem paciência, Steve bateu no vidro, mas o material era muito espesso, o chiado do ar estava alto e a distância era grande demais. Ou Kade simplesmente o estava ignorando. Ele esperou até que o médico passasse em sua frente, então bateu um pouco mais forte do que gostaria.

A vibração assustou os dois.

– Desculpe.

Kade arregalou os olhos, deu um passo para trás e verificou os monitores em busca de vazamentos. Satisfeito, ele pressionou o botão do interfone.

– Pois não?

– As crianças do vilarejo, aquele senhor... Você sabe se todos estão bem?

Kade assentiu com a cabeça.

– Eles foram esterilizados, liberados e voltaram para suas casas muito antes de deixarmos o espaço aéreo somali.

– Nia... a Doutora N'Tomo? E o agente Jacobs?

Ele continuou assentindo.

– Os dois foram esterilizados, assim como os atiradores. A raiva era de uma cepa padrão, muito mal aerossolizada. Para contraí-la, era preciso inalá-la diretamente durante as poucas horas que ela permaneceria viável ou ser mordido por alguém infectado.

– Que ótimo, mas então… eu sou o único ainda em isolamento?

Kade acenou rapidamente de maneira estranha, como se estivesse impaciente em ter de dizer o óbvio.

– Sim.

Rogers franziu a testa.

– Posso perguntar por quê?

– Você é um homem incomum com biometria incomum. Coisas incomuns demandam mais cuidados. – Ele baixou o olhar enquanto falava, com os dedos dançando pelas teclas do palmtop.

– Então… há algo que não esteja me contando, doutor?

– Sim.

Rogers esperava que ele continuasse, mas Kade saiu andando e voltou ao trabalho.

Ao se recordar de outro gênio que, às vezes, se esquecia de concluir o que estava falando, riu discretamente. *Esse cara é ainda mais distraído que o Tony Stark. Acho que vou ficar sabendo quando tiver que ficar sabendo.*

Em vez de se concentrar na sensação desagradável de ser tratado como um rato de laboratório, ele focou o fato de que todos os outros estavam bem, principalmente Nia. Vendo-se aliviado até demais sobre o bem-estar dela, ele se voltou para o notebook.

Talvez ele devesse tentar assistir *A Epidemia*. Mas preferiu um dos filmes em preto e branco. Havia algo na falta de cores que fazia as coisas parecerem mais reais.

Ele estava prestes a apertar o PLAY quando a porta do laboratório se abriu e Nia entrou. Não mais de uniforme, mas com um jaleco de laboratório sobre um traje civil de bom gosto. Um pequeno pingente, que ele reconheceu como sendo um símbolo do clã N'Tomo de Wakanda, pendia em seu pescoço. Depois de sorrir vagamente para Rogers, ela se aproximou do Doutor Kade.

– Importa-se de eu visitar o paciente?

Ele deu tanta atenção a ela quanto a Rogers. Ao menos, não era pessoal.

– Você conhece o protocolo.

Tomando aquilo como um sim, ela caminhou até o vidro.

Esquecendo-se de sua falta de roupas, ele ficou de pé e se aproximou da barreira transparente.

– Nia, o que está havendo?

– Honestamente, eu não sei, Steve. – O tom dela era amigável, mas era como se ela se ativesse a um manual de boas maneiras.

– Eu tenho raiva?

Ela deu de ombros.

– Se tiver, não há por que se preocupar. – Enquanto ela falava, seus olhos percorreram o corpo musculoso dele. Não havia conotação sexual; estava mais para a maneira como médicos examinam visualmente um paciente. – Mesmo que um pouco de saliva tenha entrado em contato com uma ferida aberta, você não possui sintomas. Uma infusão de imunoglobulina iria...

Ela parou e olhou confusa para ele.

– O que foi? – perguntou Rogers.

– É que... você não tem nenhuma cicatriz. Você esteve em *inúmeras* batalhas, e você não possui uma só cicatriz.

– Não é exatamente verdade. Eu tenho uma. – Ele virou e baixou só um pouco o elástico da cueca, revelando uma mancha grossa e esbranquiçada na cintura, mais ou menos do tamanho de uma moeda. Seu semblante pareceu entristecido ao explicar a origem da marca. – Foi durante a guerra. Eu estava segurando na extremidade de um drone militar quando ele explodiu. Um fragmento em chamas do motor me acertou. Aparentemente, eu fiquei em contato com aquilo durante toda a queda.

Ela pressionou a mão contra o vidro, perto da mancha.

– Mas só isso?

– Sou resistente, mas não sou o Wolverine, muito menos o Deadpool, ainda bem. Eu me curo em um ritmo normal, mas meu corpo tende a não deixar cicatrizes. Além do mais, a S.H.I.E.L.D. contrata os melhores médicos. – Ele apontou com a cabeça na direção de Kade. – Embora nem todos sejam os mais amigáveis.

Ela baixou o tom de voz, mas falou com aparente admiração.

– O Doutor Kade foi residente na Alemanha em 1967, durante a epidemia de Marburg. O marburgo é um primo do ebola, mas um pouco menos agressivo, e foi o primeiro desse tipo de vírus a ser descoberto. Por alguns dias, o Doutor Kade e sua equipe se convenceram de que o mundo iria acabar, mas ele, altruisticamente, tratou as vítimas e se infectou. A maioria dos sobreviventes perdeu *todo* o cabelo, mas os efeitos não eram apenas externos: também danificou o sistema nervoso. Desde então, ele passa sua vida indo de uma zona de contaminação a outra. Ano passado, ele preveniu sozinho uma epidemia de ebola em Manfi, uma vila na África Ocidental. Até onde sei, sua falta de habilidades sociais é o jeito dele. O trabalho dele é impecável, sua devoção... obsessiva.

Rogers ergueu o notebook.

– Meio que percebi isso pelo gosto dele por filmes. Falando nisso, toda essa espera me fez pensar. Se não sairmos para beber, podemos ir ao cinema? Prefiro filmes de ação, mas, por você, eu posso topar assistir a uma comédia.

– Você está me chamando para sair *agora*? – Ela riu e abaixou a cabeça. – É sério?

– Bem, não... uma comédia.

Ela encostou na parede, mantendo o indicador contra o vidro.

– Encontrar uma hora em que ambos estejamos livres... Essa será uma aventura por si só.

– Isso é um sim ou...

A porta do laboratório abriu novamente. O diretor da S.H.I.E.L.D., Nick Fury, entrou repentinamente com sua costumeira falta de cerimônia. Mesmo com seu sobretudo ajustado ao corpo, o veterano de tapa-olho e barba por fazer mantinha um ar de durão.

– Doutor Kade, aprecio que esteja tomando todas as precauções, mas isso já está me dando nos nervos. – Sua voz grave e áspera soava como se ele estivesse rosnando. – Está na hora de contar ao maior herói do meu país o porquê de ele ainda estar naquele aquário.

Rogers, brevemente, levantou a mão para se encontrar com o dedo de Nia.

– Parece que minha espera acabou. Continuamos esse assunto mais tarde.

– Mal posso esperar.

Enquanto isso, apesar do pedido do diretor, Kade continuava a fazer anotações. Rogers não sabia se sentia pena dele ou se ficava impressionado.

– Acho que não seria apropriado. Ainda estou tentando confirmar...

Fury colocou o polegar e o indicador calejados sobre o palmtop do médico e o tomou de suas mãos.

– Odeio ter de me repetir. Diga ao homem por que ele ainda está aqui.

Se Kade se opunha àquela decisão, algo no olhar do diretor o impediu.

– Muito bem.

Ele alinhou seu jaleco e, com Fury logo atrás dele, andou até a câmara de isolamento. Mesmo ali ele hesitou, olhando para os lados, como se tentasse encontrar as palavras certas.

– Eu tenho raiva? – Rogers iniciou.

– Não. Você não tem raiva. Não há nada relacionado com a bomba.

– Então o que é?

O olhar objetivo de Fury parecia oprimir Kade fisicamente.

– É isso que tenho tentado descobrir. Gostaria de receber o crédito por ver o que todos os que o examinaram anteriormente não viram, mas este novo scanner é 800 vezes mais potente do que um espectrômetro de ressonância magnética nuclear. Por isso fui o primeiro a detectar isso.

Antes que Rogers pudesse perguntar "detectar o quê?", Kade disse:

– Você possui um vírus.

Quando ele ficou de novo em silêncio, Fury o pressionou.

– Seu relatório disse que ele o tem há quanto tempo mesmo?

– Décadas. Os indicativos demonstram que ele o contraiu enquanto estava congelado. Pode ter sido transmitido a ele pela água ou por algum outro organismo congelado.

Rogers balançou a cabeça sem entender.

– Não sei muito sobre vírus. Como isso é possível?

Quanto mais abstrata a pergunta, mais o desconforto de Kade parecia diminuir.

– Uma estrutura cristalina viral permite que ele sobreviva em praticamente qualquer condição, mesmo no vácuo espacial. Há alguns meses, um vírus ancestral foi encontrado no permafrost siberiano e datado de pelo menos 30 mil anos atrás. Assim que ele degelou, tornou-se infeccioso. Se eles não habitassem uma região indefinida entre viver e não viver, eu diria que eles são potencialmente imortais. É fascinante...

Fury o interrompeu.

– Procure ater-se ao assunto, sendo o assunto o Capitão.

Kade hesitou novamente, procurando as palavras mais adequadas.

Nia se manifestou, tentando se antecipar a ele:

– Nós vivemos com bilhões de vírus. A maioria deles não é perigosa. Se ele está assintomático por tantos anos, há alguma razão para pensarmos que este apresenta riscos?

– Na verdade, há uma ótima razão, mas eu não queria discutir sobre o assunto antes de ter certeza. O novo scanner forneceu uma imagem tão detalhada que pude usar o computador mainframe daqui para criar um modelo virtual que mostra como o vírus se comportaria em um corpo humano normal, sem o reforço do Soro do Supersoldado. – Sua expressão ficou sombria. – Baseado em minha análise preliminar, estamos olhando para um patógeno EM.

Nia ficou boquiaberta. Rogers olhou para os dois médicos.

– E o que isso quer dizer?

Ela tentou responder, mas não conseguiu concluir a frase direito.

– Extinção em massa. Capaz de acabar com...

Kade concluiu por ela:

– Toda a espécie.

Fury levantou as sobrancelhas.

– Era isso o que o relatório dizia, mas ainda não compreendo. Ele tem andado por aí com o tal vírus esse tempo todo, respirando e sangrando por todos os cantos. Mesmo que ele seja imune, por que não infectou ninguém?

– É isso que estou tentando descobrir. Tenho um vídeo que pode ajudar a explicar a mecânica, se você... – Timidamente, ele gesticulou para o palmtop no bolso de Fury.

Fury irritou-se e o devolveu ao doutor.

Kade mostrou uma animação – uma esfera esburacada flutuando na escuridão.

– Este é um viroide, uma simples estrutura icosaédrica. – Conforme a imagem se aproximava, o que parecia ser uma superfície sólida revelava uma série de pontas. – Essas pontas são feitas de proteínas que podem aderir a receptores específicos na... é... bem, talvez seja mais fácil pensar nelas como chaves-mestras. Milhares de chaves-mestras. Quando o viroide atinge a parede de uma célula saudável, ele usa suas chaves para tentar entrar nela. Se uma servir, o viroide não só entra como é carregado diretamente até o núcleo, onde explode, liberando seu código genético. O núcleo capta o padrão, e, sem ter outra saída, copia-o repetidas vezes até que a célula explode. Um viroide entra, milhões saem. Em um corpo humano com cem trilhões de células, algumas milhões é uma gota d'água no oceano. O sistema imunológico pode matar a maioria dos vírus, ou podemos ensiná-lo por meio de vacinas. Contanto que ele destrua os viroides mais rápido do que eles são criados, não há problemas. Se não conseguir, os viroides se espalham até que o hospedeiro se torne sintomático.

A animação parou.

– Isso é basicamente o que sabemos sobre como um vírus se propaga. Entretanto, no seu caso, o vírus possui muitas chaves, cinco vezes mais que o número normal, mas não está usando nenhuma delas.

Os outros tiraram os olhos da tela quando Kade balançou a cabeça.

– Sinceramente, não faço ideia de como a humanidade ainda está aqui.

3

Mate todos eles, e o que isso importa?

AS CLARABOIAS NO TETO INCLINADO do castelo em ruínas traziam para dentro da sala de exames improvisada a melancolia de um dia nublado. Após comprá-lo anonimamente, Johann Schmidt reformou completamente o seu interior de forma discreta. As janelas em arco projetavam a ilusão de vidros quebrados, corredores vazios e gesso descascado. Exceto pelas histórias sobre fantasmas que vagavam pelos corredores e sobre lagos em formato de coração que se enchiam de sangue durante as luas cheias, os poucos habitantes acreditavam que o local estava abandonado. Na verdade, vultos usando uniformes cinza patrulhavam o moderno e altamente protegido santuário.

– Um corpo como o meu simplesmente não deveria estar se sentindo indisposto, não acha? – perguntou Johann Schmidt. A sensação de não estar no controle estava começando a cansar o *Roter Totenkopf*, ou em bom português, Caveira Vermelha.

– Só mais alguns minutos, *mein Herr*. Ainda não terminei a análise. Seria um desserviço para nós dois se eu fornecesse menos do que a informação mais precisa.

Será que era isso mesmo? Ou será que o médico estava hesitando em dar-lhe más notícias?

Schmidt conhecia o brilhante geneticista Arnim Zola há décadas, mas, desde que adotara aquele corpo androide, tornou-se difícil saber o que ele estava pensando. A expressão em seu rosto virtual era mais uma decisão do que um reflexo, faltando-lhe o que jogadores de pôquer e interrogadores chamariam de "pista".

O rosto projetado no meio do peito de Zola não ajudava. Fazia o geneticista parecer um Blêmia, um dos seres mitológicos que acreditou-se habitar regiões remotas do mundo. Adolf Hitler, o homem ao qual os dois haviam servido muito tempo antes, teria entendido essa escolha como um sinal místico, afirmando a conexão do Eterno Reich com o mundo antediluviano. Zola simplesmente considerou o peito um lugar melhor do que deixar o rosto suspenso como uma extremidade que poderia facilmente ser cortada.

Corrigindo a evolução, ele disse certa vez. *Você não pode perder a cabeça se não tem uma.*

Uma rara piada, se é que foi uma piada. Foi tão difícil de julgar quanto seu atual estado emocional. Sua reticência era cada vez mais frustrante – e suspeita.

Normalmente, a língua de Zola era mais solta durante suas visitas a Roscoe, em Nova York. O estilo suíço-medieval da construção era uma agradável recordação da terra natal do médico. Erguido em 1921, o projeto tinha a intenção de fazer o mesmo pela esposa do arquiteto, mas ela foi internada em um sanatório antes de sua finalização.

Era um lugar perfeito para relaxar, planejar, conversar. Mas, desde o início do exame, as palavras de Zola foram poucas e distantes umas das outras. Ele já havia visto outros portadores de más notícias morrerem nas mãos do Caveira. Será que ele estava preocupado em se juntar a eles?

Schmidt considerou tranquilizá-lo e dizer que ele era muito valioso para ser morto, mas não havia prazer nisso. Melhor deixá-lo na dúvida. Melhor mantê-lo alerta.

Isso *se* Zola estivesse preocupado consigo mesmo. Havia outra possibilidade, embora menos provável: ele poderia estar temendo pela vida do Caveira.

O pensamento o irritou.

– *Schnell*. Conte-me logo. O que os exames descobr...?

Schmidt curvou-se, incapaz de completar a pergunta. Um suor súbito e doentio escorreu em grande quantidade por sua pele vermelha, a qual lhe rendera seu apelido, descendo pelo pescoço e ombros. Antes, a sensação gélida que o fez solicitar o checkup não era mais do que uma agulhada de frio. Agora, havia desenvolvido longas ramificações que envolviam a base de seu crânio.

Sua visão embaçou, então ele sacudiu a cabeça. Um dos joelhos vacilou; ele achou que fosse cair.

Talvez se esquecendo de que seu corpo artificial não estava mais sujeito a infecções, o androide hesitou antes de aproximar-se para ajudar. Furioso com sua falta de controle, Schmidt encontrou forças para espantá-lo. Sem saber ao certo para onde direcionar sua raiva, ele tentou ficar de pé. Saiu da mesa de exames cambaleando e se apoiou na bancada de monitores que acompanhavam não somente os corredores mas também suas diversas atividades políticas e econômicas secretas ao redor do mundo.

Eles se inclinaram para esquerda, depois para a direita.

– O que está acontecendo comigo? – A fraqueza em sua voz o surpreendeu e o revoltou.

Zola finalmente respondeu:

– Primeiro achei que fosse alguma nova reação do seu corpo. Como sabemos, é um corpo incomum, e não exatamente seu.

No final da Segunda Guerra Mundial, um gás experimental colocara Caveira em animação suspensa, prolongando sua vida. Anos mais tarde, quando os efeitos foram revertidos, parecia que Johann Schmidt havia sucumbido à idade avançada. Mas seu corpo apenas definhara. Afinal de contas, o que é um homem de verdade, senão padrões de vontade impostos à matéria? Antes que a casca rugosa pudesse realizar sua última respiração, o brilhante Zola fora capaz de transferir aqueles padrões de vontade a um novo hospedeiro: um clone desenvolvido a partir do DNA roubado de seu inimigo, o Capitão América.

– *Ja*. O corpo *dele*. Já disse o quanto acho isso repugnante?

Ao apoiar-se no painel de controle, a dor diminuiu. Sentindo que Zola ainda estava atrás dele, Schmidt novamente o dispensou com a mão. Dando alguns passos para trás em sinal de respeito, o androide fez alguma coisa que lembrava um dar de ombros.

– Muitas vezes. Pensei que a semelhança a um ideal ariano louro e de olhos azuis pudesse agradá-lo. Mas, de qualquer forma, não é o corpo clonado que está causando seus sintomas.

Schmidt tinha de admitir que a carcaça era bastante poderosa e confiável. Nem mesmo um encontro com o Pó da Morte o matara. No entanto, deixara seu rosto um aglomerado ressecado de ossos, escassamente coberto por uma pele vermelha e esticada. Sua forma física ainda lembrava o Supersoldado, mas o rosto tornou-se a máscara que ele usara durante décadas – deixando-o sem o cabelo loiro e os olhos azuis.

– Seu senso de humor está melhorando, mas Rogers era um fracote asmático, franzino como os *Untermensch* que o *Führer* eliminou nos campos de concentração. O próprio país dele o rejeitou até que... – Outra pontada o fez contrair o rosto. – Se não é essa *verdammt* de corpo, o que pode ser?

– Você possui um vírus, um vírus bem incomum. O equipamento aqui é limitado, mas, até onde sei, em vez de viajar por sua corrente sanguínea, está se conectando às terminações nervosas, semelhante à maneira com que a raiva progride. Será que você não entrou em contato com a cepa que forneceu aos piratas somalis?

O brilho dos monitores feriu os olhos do Caveira, então ele se virou para seu companheiro.

– Eu não saio desta base há meses, antes sequer da operação somali ser planejada. As compras e entregas foram feitas por intermediários, os quais foram todos eliminados assim que suas tarefas foram concluídas.

– E você fez o pagamento completo, adiantado? Qualquer pessoa que trafique tais doenças não deve ter motivo para querer vingar-se depois.

Schmidt olhou bem para ele.

– Você acha que sou idiota? É claro que ele foi pago, e muito bem. Pode me dizer o que você sabe?

– Isso não será muito satisfatório, imagino eu. Os dados são contraditórios. O vírus deveria ser altamente comunicável... e letal. Com um período de gestação tão curto, sou tentado a chamá-lo de um patógeno de extinção em massa.

– Uma avaliação dramática.

– E é. Ao mesmo tempo, nenhum de seus homens estão sintomáticos. Embora, dado meu conhecimento a respeito de vírus, suponho que estarão em breve.

Um trêmulo Schmidt esfregou seu queixo ossudo. Estava bastante seco. Pelo menos tinha parado de suar. Ele olhou para os monitores, todos os seus leais seguidores em seus postos.

– Uma simples interação com um caminhão de entrega poderia transmiti-lo ao mundo externo, não poderia?

– Poderia.

– E as autoridades conseguiriam rastreá-lo até aqui.

– É possível.

– Então, devem ser feitos ajustes para evitar tal possibilidade. Eu não gastei meses construindo este esconderijo para que fosse revelado tão facilmente.

Ele empurrou uma alavanca, selando a sala, e ouviu Zola dizer "Antes que faça qualquer coisa...", mas sua voz soou distante e abafada.

O Caveira o ignorou. Ele estava no controle. Empurrou outra alavanca e o chiado de uma lâmpada ecoou por trás da porta. Os leitores de qualidade do ar ficaram vermelhos. Momentos mais tarde, um guarda agarrou a garganta e caiu. Outro correu para ajudar o colega, mas, antes que pudesse alcançar o homem, caiu também.

– *Herr* Caveira, você pode não estar pensando de forma clara.

Nutrindo uma antiga fascinação, os olhos do Caveira moviam-se de imagem para imagem, assistindo a seus seguidores engasgarem e caírem. Conforme os corpos se contorciam, ele continuava deslumbrado, observando até não haver mais movimentos. Outro interruptor ativou o sistema de ventilação. Os leitores passaram para o verde, assim que a qualidade do ar voltou ao normal.

– Isso foi... impetuoso – disse Zola.

Com o humor melhorado, o Caveira respondeu:

– Ao menos, agora sabemos que o sistema de ventilação funciona como esperado. – Ele caminhou até a cadeira de couro atrás de sua mesa de mogno e se sentou. – Mas peço perdão. Você tinha alguma objeção?

– Não vejo qualquer motivo para mencioná-las agora.

Schmidt recostou-se na cadeira, cruzou as mãos sobre o colo e ofereceu um sorriso para o androide.

– Eu insisto, Arnim. Por favor, corrija minha *impetuosidade*.

– Minhas objeções são puramente estratégicas. Se um daqueles homens tivesse trazido o vírus, você impediu que eu sequer utilizasse minhas técnicas de interrogatório. Se algum estivesse infectado, e eu nunca disse que estavam, eu poderia ter usado amostras adicionais de um corpo normal. Por último, os cadáveres deverão ser incinerados para assegurar que o vírus seja destruído. Se ser descoberto era sua principal preocupação, a fumaça também poderá atrair atenção.

Percebendo que ele estava certo, Schmidt esforçou-se para manter a voz calma.

– Talvez, no futuro, você possa me impedir *antes* de eu cometer tais erros amadores.

– Eu tentei. Mas você interpretou mal minha avaliação. Não considero suas ações amadoras. Como eu disse, o vírus afeta o sistema nervoso, inclusive o cérebro. Tamanha intemperança pode ser um sintoma da doença.

Sentindo uma pontada, o Caveira pressionou os dedos nas têmporas. Quando os retirou, eles estavam novamente úmidos de suor.

– Então não devemos nos atrasar. Prepare-se para transferir minha essência, como você a chama, para outro corpo menos desprezível o quanto antes. Você tem o equipamento necessário aqui, *ja*?

Ja. Seu antigo sotaque parecia mais acentuado também. Outro sintoma?

O rosto no peito do androide franziu a testa.

– *Herr* Caveira, eu temo que, por causa da relação peculiar do vírus com o sistema nervoso, isso não será possível.

Juntando toda sua força, o Caveira se endireitou e deu um sorriso confiante.

– Isso não é hora para derrotismo, Arnim. Confiando em sua genialidade, sobrevivi antes, contrariando todas as probabilidades. Devemos confiar que conseguirei novamente. Prepare seu equipamento.

– Mais uma vez, você não compreende. Falar em *probabilidades* é incorreto. O vírus já se interligou tanto com suas funções superiores que, ao transferir sua essência, o vírus também será transferido. Em qualquer corpo, mesmo que binário, ele continuará substituindo seu padrão por conta própria. Dar-lhe um corpo novo não mudará nada.

O sorriso desapareceu ligeiramente.

– Mas, mas... você já me surpreendeu antes.

– Mas eu ainda preciso me surpreender. E, embora eu agradeça por sua fé, neste caso, a menos que uma cura milagrosa seja encontrada, você *vai* morrer.

4

A morte só importa para aqueles que são deixados para trás.

NUNCA HOUVE DÚVIDAS de que o Capitão América sempre colocaria os outros acima de si mesmo. Ele o fez com tanta frequência, tão instintivamente, que alguém sem sua ética poderia considerar isso uma doença psicológica com necessidade de medicação. Mesmo aqueles reunidos no laboratório, que o conheciam apenas por sua reputação, não duvidaram que ele faria o mesmo ali.

Por isso, observando por trás do vidro, Steve Rogers achava que eles poderiam assumir riscos desnecessários por sua conta. Nick Fury, por exemplo, que o conhecia há mais tempo, havia ordenado que a reunião, convocada às pressas, ocorresse inteiramente na presença de Rogers – e com a contribuição dele. O ríspido diretor da S.H.I.E.L.D. levou para dentro do laboratório uma pequena mesa de conferência, forçando os responsáveis pelo departamento a se sentarem desconfortavelmente próximos uns dos outros em cadeiras dobráveis. Fury alegou que ele faria o mesmo por qualquer agente ou civil em circunstâncias semelhantes, mas claramente isso não tinha muito a ver com a pessoa em particular envolvida.

Rogers havia lido no notebook sobre quão rápido os patógenos poderiam se espalhar e isso o fez refletir. Uma pessoa comum toca seu rosto cerca de mil vezes por dia. Conforme ele contava as coçadas aleatórias, o esfregar de narizes, o secar de lábios, as mãos passando pelo cabelo, o roer de unhas de Nia, o número até parecia baixo.

O único que não havia realizado tais gestos era Kade. Se houvesse qualquer perigo, ainda que remoto, ele tinha certeza de que o epidemiologista teria se contraposto veementemente. Desde a descoberta do vírus, a única gentileza que Kade demonstrara foi colocar roupas na pequena unidade de transferência segura que se abria para a câmara vedada. Quando Rogers ofereceu devolver o notebook do médico da mesma maneira, ele se afastou, sugerindo que Steve "ficasse com ele, por enquanto".

O macacão branco era mais apropriado à reunião do que sua cueca, mas Steve não deixava de se sentir como um rato de laboratório. Felizmente, Fury andava o bastante pelos dois, marchando como um tigre em volta da ponta da mesa. Antes que todos pudessem se acomodar em seus lugares, ele apontou para a pauta projetada na parede.

– Muito bem, pessoal, hora de falar na ameaça iminente à humanidade desta semana. Item número um: o grupo de exposição em potencial, o que imagino ser *todo mundo*, certo? Dawson?

Já sentado, o homem louro, relativamente novato na equipe médica da S.H.I.E.L.D., procurou não se alterar ao falar:

– Seria impossível listar todos com quem o Paciente Zero... é, quer dizer, o Capitão Rogers esteve em contato nas últimas décadas, mas temos que começar de algum lugar. O aeroporta-aviões permanecerá sob quarentena até que todos a bordo tenham sido liberados: nenhuma chegada e nenhuma saída. Dezoito por cento do pessoal já passou pelo novo scanner. Terá prioridade qualquer agente ou funcionário daqui que tenha trabalhado com ele, em qualquer função, nos últimos seis meses. A taxa de processamento irá dobrar assim que o scanner sobressalente estiver ativo, e estamos em vias de conseguir um terceiro, por meio de um drone Hoverflier, que virá do complexo de Nápoles das Indústrias Stark. Mesmo sem ele, uma estimativa conservadora nos dá uma cobertura completa de todos os 1.827 tripulantes e convidados dentro de 34 horas.

Fury bufou pelo nariz.

– Não pare agora. Você encontrou alguma coisa?

Dawson balançou a cabeça.

– Não. Baseado no modelo que o Doutor Kade forneceu, um RNA de fita positiva organizado como um polígono com película proteica atípica, não tivemos quaisquer outras identificações viroides.

– O que quer dizer que ele não se espalhou. Ótimo.

Kade pigarreou e disse:

– Até onde sabemos.

Fury voltou seu olho bom para Kade.

– Nós todos lemos seu novo relatório, doutor. Até pedi que traduzissem as palavras complicadas para mim. Essa é a oportunidade para que minha equipe preencha qualquer lacuna. Portanto, gostaria de ouvir o que eles têm a dizer primeiro, se não se importa.

Kade olhou para baixo.

Fury continuou:

– Item número dois: teorias. De acordo com nosso estimado convidado, o Capitão foi infectado, pelo menos, desde que estava no gelo. Se isso aconteceu *durante*, é provável que signifique que o contato ocorreu por intermédio de causas naturais. O que podemos dizer sobre isso, Milo?

Veterana do Instituto de Pesquisa Médica de Doenças Infecciosas do Exército dos Estados Unidos, Janet Milo estava na equipe médica da S.H.I.E.L.D. havia sete anos. Ela não precisou verificar suas anotações.

– Se for *Reoviridae*, poderia usar praticamente qualquer coisa como hospedeiro: humanos, animais... até mesmo plantas ou fungos. O Capitão Rogers deve tê-lo contraído por meio de alguma alga pré-histórica que esteve congelada por milênios...

Ouvindo em silêncio pela beirada da cama, Rogers não podia contribuir com praticamente nada. Não havia decisões de combate a serem tomadas, nenhum ataque a ser planejado. Ao mesmo tempo, ficar sentado enquanto outros debatiam seu destino lhe era familiar. Ele tentou puxar pela memória, mas permanecia algo muito distante.

Quando Milo concluiu, Kade olhou como se quisesse falar novamente. Fury, de forma provocativa, prosseguiu:

– Se ele foi infectado *antes* de ser congelado, isso abre a possibilidade de ter sido intencional, o que nos leva ao Agente Barca.

Um homem esbelto, de cabelo ondulado e cavanhaque, respondeu:

– Poderia ser um vírus furtivo, uma cepa geneticamente modificada. Algo desse tipo poderia permanecer dormente por décadas, até que fosse ativado por estímulos pré-determinados, como uma bomba à espera de um sinal por celular.

Fury contorceu o rosto.

– Sim, mas quem desenvolvia armas biológicas na Segunda Guerra Mundial?

Barca encolheu os ombros.

– Armas biológicas não são nenhuma novidade, coronel. No ano de 1.500 a.C., os hititas enviaram vítimas de praga para terras inimigas. Esse tipo específico de ação está além de qualquer tecnologia de que temos conhecimento. Mas, em termos de possibilidades, Arnim Zola realizou experimentos de modificação genética na década de 1940. Ele, ou algum desconhecido, pode ter alcançado os avanços necessários.

Rogers travou ao ouvir o nome. Era uma pista, ou pelo menos, algo em que pensar – até que Fury verbalizou a objeção óbvia.

– Se algum gênio do mal tivesse se dado ao trabalho de implantar uma bomba-relógio desse porte no Capitão, eles não teriam pedido algum tipo de resgate a essa altura? Sessenta anos é muito tempo para guardar algo tão importante para um momento específico.

Barca já tinha pensado nisso.

– Isso supondo que eles ainda estejam por aí. Devemos lembrar que o Capitão Rogers foi dado como morto por décadas. O criminoso pode ter morrido de velhice nesse meio tempo. O problema pode já ter sido resolvido.

Kade ameaçou levantar-se de sua cadeira.

– Esses são muitos "se".

Fury não deixou aquela passar.

– Venho trabalhando nesta ponta da mesa há muito tempo, e "muitos se" foram tudo o que tive. O fato é, essa coisa não se espalhou por anos. A única diferença real entre ontem e hoje é que agora nós sabemos que ela existe. Talvez o sistema imunológico dele mantenha isso sob controle. Caramba, talvez isto seja um maldito vírus *mágico*. Mas já que você tem se mostrado tão ansioso para falar antes da sua vez, deixe-me perguntar: após termos tomado nossas devidas providências aqui, há alguma razão sólida para não o retirarmos dessa jaula?

Como se estivesse assistindo a uma partida de tênis em câmera lenta, Rogers e a plateia espremida voltaram seus olhares para Kade. Os dois eram figuras bem distintas. O musculoso Fury, um homem com extrema fé em seus instintos, esperava por uma resposta. Kade, fisicamente pequeno, vivendo mais dentro de sua mente do que em seu corpo franzino, respondeu como se dissesse o óbvio:

– Tecnicamente, porque eu não permitirei.

Todos os olhos se voltaram rapidamente para Fury.

– Você... o quê? Pelo que sei, sou eu quem dá as ordens aqui.

Kade bateu os dedos sobre a mesa.

– Na verdade, não. Você, bem, já deveria ter sido notificado.

Como se tivesse sido cronometrado, aparelhos apitaram por toda a mesa. O notebook emprestado de Rogers, agora conectado à rede, exibiu uma notificação aparentemente oficial. Enquanto ele lia, Kade explicou:

– Eu contatei o CDC. Sob protocolos internacionais, nessas circunstâncias, a jurisdição deles é superior à da S.H.I.E.L.D. Eu estou no comando de quaisquer decisões quanto à contenção desse vírus.

Fury levantou os olhos de sua leitura; o olho visível estava enfurecido.

– Seu filho da...

Kade piscou.

– Eu não quero passar por cima de ninguém.

– Você tem uma maneira engraçada de demonstrar isso!

– Aprecio sua confusão e sua ignorância...

– Minha... o quê? – O diretor pareceu que iria atravessar a mesa em um só pulo. Alguns agentes ficaram tensos, preparados para controlá-lo.

Kade não demonstrou qualquer sinal de medo ou remorso.

–... mas a situação é extrema demais. Não posso confiar que um leigo entenda a extensão do perigo, principalmente dada a compreensível estima que o Capitão Rogers possui entre seus pares. Seu raciocínio está claramente obscurecido por sua lealdade. O meu não. Concordei com esta reunião porque a câmara de isolamento é segura, mas ele permanecerá lá até que eu diga o contrário.

Fury curvou-se à frente de uma forma que não deixou menos tensos aqueles que o conheciam.

– Proteger a humanidade da extinção é o que a S.H.I.E.L.D. faz. Se você acha que um...

– Antes que você continue, deixe-me dar um exemplo de como você não está pensando com clareza. Você acabou de dizer que a única diferença entre ontem e hoje é que agora nós conhecemos o vírus. E se não fosse um vírus? E se descobríssemos que um asteroide estivesse a caminho da Terra?

– Eu vou te dar um asteroide...

Fury foi avançando até que Dawson e Milo levantaram-se para detê-lo. Estava na hora de o rato de laboratório intervir.

Rogers bateu no vidro – com força, mas nem tanto – para chamar a atenção.

– Fury... Nick, deixe o homem falar.

Fury levantou as mãos e sentou-se novamente.

– Como se eu tivesse outra escolha...

A sala respirou aliviada em um suspiro coletivo. Mesmo Kade, talvez finalmente percebendo que seus bons modos precisassem ser melhorados, parou para organizar seus pensamentos. A ascensão repentina do médico ao poder parecia bastante apropriada para Rogers, mas ainda assim aumentava sua preocupação. Por quê?

Ele estivera aprisionado, encurralado, aparentemente impotente muitas vezes, mas aquilo era inquietantemente familiar. Será que era porque as nuances estavam além de sua competência? Será que era porque ele estava com medo?

É claro que ele estava com medo. Ele nunca deixava de ter medo, como alguns poderiam pensar. Ele queria viver, prosperar, aproveitar os prazeres que o mundo tinha a oferecer. Mas, há muito tempo, ele havia decidido que aquele desejo jamais seria preenchido à custa de alguém. Tal escolha o permitiu deixar o medo de lado. Reafirmando uma vez após a outra, das mais variadas maneiras, em incontáveis batalhas, aquilo havia se tornado uma questão de rotina.

Como se tivesse terminado um longo copo d'água, Kade engoliu, ajeitou-se e pigarreou.

– Salvar a humanidade é o que faço também, mas minha especialidade não envolve grandes mentes criminosas ou ameaças alienígenas. Eu jamais sonharia em duvidar da S.H.I.E.L.D. sob qualquer uma dessas circunstâncias. Mas meu trabalho está relacionado a esse tipo *específico* de ameaça, e eu sei que se não formos extremamente cuidadosos, podemos estar diante de um evento Cisne Negro, ou seja, algo completamente inesperado na história da humanidade, até que ele ocorra.

Fury indignou-se.

– Eu *sei* o que significa. Nós tivemos seis Cisnes Negros nos últimos cinco anos. Mas, como eu disse, o Steve esteve lá fora, respirando, sangrando e salvando os outros há mais tempo do que isso. Se *alguém* tivesse sido infectado nesse período, nós teríamos percebido, não acha?

– Esse é o problema. Quando conseguimos ver uma infecção, já é tarde demais. Você gosta de testosterona, portanto vou tentar colocar em termos mais familiares para você. Imagine uma arma engatilhada apontada diretamente para nossa espécie, equipada com um fio detonador. O melhor especialista do mundo está dizendo a você que o fio *foi* puxado. A arma deveria disparar, mas não disparou. Não podemos apenas *torcer* para que ela continue assim. Ou confirmamos que a arma *não pode* disparar, ou encontramos alguma maneira de descarregá-la. – Ele fez uma pausa e, então, completou: – Com isso eu me refiro a uma vacina, ou uma cura.

Fury fez uma careta.

– Eu também sei como funcionam analogias. E eu sou ótimo em decifrá-las. Já entendi o que quer dizer, mas me diga... – Mais uma vez, dispositivos espalhados pela sala começaram a apitar. – Ah, pelo amor de... Coloquem essas coisas em modo avião!

Nia dirigiu-se a Fury.

– Desculpe pela interrupção, coronel. Eu não imaginei que seriam tão rápidos para responder.

Kade olhou para seu palmtop e franziu a testa.

– Mais uma notificação do CDC. Aparentemente, minha autoridade não deverá ser tão absoluta quanto anunciei. Quaisquer atitudes que eu venha a tomar deverão também ser aprovadas pela Doutora N'Tomo. – Ele olhou para ela.

Ela deu de ombros.

– Não achei que fosse adequado uma só pessoa tomar tais decisões, principalmente com outra especialista qualificada presente.

– Sua contribuição será bem-vinda.

Incerto de como deveria reagir à novidade, Fury torceu os lábios.

– Acho que vou sair para dar uma volta e espairecer, e vocês dois me mandem uma mensagem se precisarem de mim.

Ignorando-o da mesma forma que um pai ignora uma criança petulante, Kade dirigiu-se a Nia.

– Você percebe que não podemos manter o Capitão Rogers naquela câmara de quarentena indefinidamente.

– Então concordamos em *alguma coisa*? – Fury ironizou.

Nia balançou a cabeça.

– Não, acredito que o Doutor Kade esteja se referindo ao fato de que, como esse viroide nunca foi detectado antes, ele nunca foi contido antes. Portanto, não podemos ter certeza se qualquer dos procedimentos existentes funcionarão. Com tanta coisa em jogo, devemos pensar em medidas extremas.

– Exatamente – Kade concordou.

O lábio superior do coronel entortou.

– Ah, então vocês acham que deveríamos, simplesmente, dar um fim nele?

Kade recusou-se a reagir ao sarcasmo.

– Se ele fosse um animal e fosse seguro manter o vírus em uma cultura, seria exatamente essa a minha sugestão. Neste caso, por mais preciso que seja o modelo apresentado pelo computador, destruição do único hospedeiro vivo tornaria impossível a verificação da eficácia de um tratamento em potencial.

Ao redor da mesa, queixos caíram e olhos se arregalaram. Quando Kade percebeu, ele acrescentou:

– E... é claro, ele tem o direito de sobreviver.

Embora seu adendo não tenha alterado quase em nada suas expressões, ele prosseguiu:

– Eu tenho outro plano, um que, aparentemente, a Doutora N'Tomo agora terá de aprovar.

No espaço abarrotado de gente que tornava difícil até o mais simples movimento, ele lentamente atravessou o laboratório e ativou um projetor. Um modelo apareceu ao lado da lista de afazeres de Fury.

– Vírus se reproduzem baseados na velocidade do metabolismo do hospedeiro. A melhor forma de assegurar a contenção seria diminuir tal metabolismo, colocando o paciente nisto aqui.

Fury ficou boquiaberto.

– Isso é um cilindro criogênico! Está me dizendo que quer pegar um cara que já passou sessenta anos no gelo e congelá-lo novamente?

Kade fez que sim com a cabeça.

– Exato. Não ficou claro? Não permanentemente, mas por... um tempo. Dado o modelo proporcionado pelo novo scanner, e levando em consideração a atual taxa de avanços tecnológicos, um plano de tratamento deverá ser obtido dentro de vinte anos. Quarenta anos seria uma estimativa em um laboratório comum.

Rogers sentiu como se tivesse levado um soco no estômago.

Quarenta anos. Vou acordar em um mundo completamente diferente. Todos que conheço terão morrido ou estarão perto de morrer. De novo.

Aparentemente incapaz de acreditar no que estava ouvindo, Fury olhou para Nia com um tom curioso de súplica.

– Por favor, diga-me que ele está louco.

A expressão entristecida dela revelou a todos o que ela diria.

– Eu gostaria muito de discordar do Doutor Kade, mas não posso. A ameaça potencial, baseada nos modelos de computador, é espantosa. A precaução... faz sentido.

Enquanto ela falava, finalmente, veio à mente de Rogers por que a cena era tão familiar.

Ele *tinha* estado ali antes, lá no início de tudo: um rato de laboratório, mas disposto, muito, muito, muito ansioso para ter a chance – só a *chance* – de servir a uma grande causa. O fato de que a combinação do Soro do Supersoldado do Doutor Erskine com os raios-vita poderia matá-lo não passou por sua cabeça até que as agulhas perfurassem sua pele.

Mesmo naquele momento, valia a pena.

E essa não era uma situação parecida?

Seu coração doeu só de pensar em passar por outro sono longo. Mas confiar em Nia, ou mesmo confiar em Kade à sua maneira, tornava tudo mais fácil. Ele bateu no vidro de novo e ofereceu seu sorriso mais sincero.

– Se é assim que tem que ser, então vamos nessa.

5

Se todos estiverem mortos, o que sobrará para ser cuidado?
O céu? O planeta? As estrelas? Não.

APÓS TER INCINERADO METODICAMENTE os cadáveres e se livrado das cinzas, Arnim Zola voltou para o andar superior do castelo. As luzes estavam apagadas no salão principal, o centro de controle discretamente iluminado pela lareira e pelo brilho do monitor. Schmidt encontrava-se atrás de sua mesa, banhado em parte pela luz amarela-avermelhada e em parte pelo azul eletrônico. Um caixote de madeira estava aberto diante dele. Lá dentro, encontravam-se cinco antigas canecas alemãs de cristal embaladas em palha. A mão visível dele segurava a sexta caneca, cheia pela metade com cerveja.

Ele a ergueu para saudar o androide.

– Gosto desta mistura de velho e novo. Isso me lembra... a mim mesmo. – Ele deu um gole e exalou um suspiro rouco. – Gostaria de lhe mostrar uma coisa, doutor.

Com uma expressão rara e, ao mesmo tempo, confusa, Schmidt ergueu seu outro braço e estendeu o punho cerrado. Virando a mão sob o próprio olhar, ele contemplava o anexo como se fosse uma preciosidade recentemente trazida do mesmo antiquário que as canecas.

– Minha própria mão, e não consigo abri-la. Um novo sintoma?

Zola balançou sua cabeça digital.

– Do vírus? Não. Muito cedo.

– Então o que pode ser?

– Dado meu conhecimento de sua psicologia, suspeito que esteja apenas experimentando uma raiva extrema com relação a seu destino e somatizando tal sentimento.

Schmidt consentiu, levando a ideia em consideração.

– Raiva. Hmmm.

Um tronco de madeira estalou na lareira. Por um momento, tudo ficou em silêncio. Então, com o rosto vermelho se contorcendo, o Caveira socou o punho petrificado sobre a mesa. Com um estouro igual a um raio, uma linha escura serpenteou sobre a superfície de mogno. As canecas vibraram dentro da embalagem de palha.

Quando ele levantou o braço, descobriu que podia flexionar os dedos novamente. Para ele, a leve curvatura das beiradas de suas fileiras de dentes sem lábios era uma expressão de prazer. Para outros, os pesadelos eram feitos disso.

– Ah. Suponho que você estava correto.

– Posso te dar um antidepressivo.

O Caveira ficou genuinamente curioso.

– Por quê?

– Conforto? Aumento de clareza mental? – Zola propôs. – Não há vergonha nisso. Ansiedade não é nada incomum diante das circunstâncias.

– Ansiedade? Então você quer dizer medo, não raiva?

– Se preferir. Os termos, ao menos, se sobrepõem. Ao sentir uma ameaça, o corpo procura lutar ou fugir.

Por um momento, Schmidt pareceu pensar a respeito. No instante seguinte, ele agarrou uma das canecas vazias e a lançou contra a lareira. O cristal explodiu, preenchendo brevemente o ar com pequenos reflexos amarelos, vermelhos e azuis. Após analisar as peças quebradas, ele voltou as atenções ao companheiro.

– Você me decepciona. Raiva não é medo. É como comparar uma estrela cadente com lama. Medo é fraqueza. Raiva é a vontade crescendo constantemente, preparando-se para agir. – Comprimiu os olhos. – Você faz ideia de quais êxtases raros me teriam sido negados sem minha raiva? Por exemplo, jamais experimentar o prazer de estrangular a mulher que amei por ela ousar me rejeitar? Não, Zola, raiva não precisa ser amenizada. Ela impõe respeito.

– Entendo o que quer dizer... – O androide virou-se ligeiramente, enquanto outra caneca de cerveja atravessou o pequeno espaço entre o Caveira e a lareira –... assim como o objeto de suas afeições. Não quis sugerir que sua ira legítima devesse ser equacionada com fraqueza. Ao mesmo tempo, é natural temer a mortalidade de alguém, não acha?

Schmidt debochou:

– Desde quando eu ou você damos a mínima para a natureza? – Ele estendeu a caneca, de onde ainda bebia, primeiro na direção das chamas, depois para os monitores. – Aí está a natureza para você. Fogo controlado por pedras de construção, corrente elétrica obediente à resistência de um chip de silício. Por que curvar-se diante de algo que existe só para ser domado? – Ele pegou uma quarta caneca e a jogou. – E raiva? Sem sua energia para focar a vontade, a vida se torna tão sem sentido quanto esses pedaços quebrados de cristal espalhados pelo chão.

– Posso perguntar o que sua raiva exige de você agora?

Seus olhos se arregalaram.

– Sobrevivência, é claro. Exige sobrevivência.

Zola olhou para o Caveira, então para os cristais espalhados, depois, de volta para o Caveira.

– Devo ter me expressado mal quando disse que sua mão cerrada não era causada pelo vírus. A doença pode... melhorar seu humor.

– Então o vírus tem seus benefícios. – Ele bebeu da única caneca restante. – Não vivi por tanto tempo para simplesmente morrer, ainda mais pelas mãos da natureza.

– Como já expliquei, farei o que puder, mas todos nós temos limites.

– Por mais extenso que seja seu alcance, Zola, seus limites e os meus não são iguais.

Quando ele jogou a última caneca, ela se espatifou como as outras. Mas ao contrário dessas, sua base não estava oca. Algo que parecia ser um pequeno diapasão cor de bronze cintilou entre os cacos.

– Ah, o que procuramos sempre está no último lugar que vasculhamos, *ja*? – Massageando distraidamente uma mão na outra, Schmidt retirou com a ponta da bota os pedaços de cristal de cima do objeto. – Pelo menos terminei minha cerveja.

– Você tem um plano específico?

– É claro. Planejar é o que faço. Desde o dia em que fugi do orfanato, por minha ascensão na Alemanha nazista, até este exato momento, eu tenho planejado. – Ele se curvou para pegar o objeto. Quando o mostrou a Zola, o sorriso sinistro voltou. – Nenhum outro hobby seria o suficiente para mim.

O androide se aproximou para ver mais de perto. O Caveira consentiu, levando o objeto para perto da luz da lareira e virando na mão as formas em suas três pontas: círculo, quadrado e triângulo. Havia partes eletrônicas visíveis no instrumento cilíndrico – mas rudimentares, como se fossem feitas à mão –, com filamentos delgados cruzando as três pontas.

– Maravilhosamente complexo, não é? Uma mistura do pragmático com o belo, feito antes de Werner Jacobi levar o crédito por inventar o circuito integrado. – Ele levantou uma sobrancelha para o androide. – Você o reconhece, Arnim? Pode falar à vontade. Não vou ficar irritado.

– Por sua aparência, isto fez parte do programa de armas secretas do Reich. Eu estive intimamente envolvido com todos aqueles projetos. Minha memória a respeito deles é fotográfica, melhorada pela minha forma física. Por conseguinte, eu *deveria* saber o que é, mas... – o avatar de Zola fez uma rara contração da testa – ... isso não é algo que eu já tenha visto.

A resposta satisfez qualquer suspeita que o Caveira tinha.

– Chama-se Chave Sonora, e não era para você reconhecê-la mesmo. Nem eu. Se não tivéssemos perdido tantos segredos para espiões traiçoeiros e para os cretinos do Esquadrão Vitorioso, qualquer um dos nossos avanços tecnológicos teria mudado o curso da guerra. Portanto, para esse projeto, *der Führer* não confiou em ninguém. Até mesmo os projetistas e construtores foram executados após a conclusão do projeto.

– Nesse caso, fico feliz por não ter reconhecido.

– Ele até mandou implantar cirurgicamente esta chave em seu corpo – disse Schmidt, dando um riso distraído –, o que tornou o processo para sua retirada... interessante.

Zola voltou seus scanners para o dispositivo.

– Parece ser uma versão rudimentar da chave de cristal, o dispositivo usado para despertar *der Schläfer*, os Hibernantes. Foi este um primeiro esforço com a mesma meta?

O Caveira admirava o objeto com uma espécie de fascinação invejosa.

– Quase isso, mas não é tudo. Os Hibernantes eram a última expressão da política de terra queimada de Hitler. Eles foram construídos para destruir o mundo, caso ele não pudesse conquistá-lo. Um humanoide, um alado, um em forma de bomba: os três primeiros que deveriam se unir, cavar até próximo do núcleo da Terra e detonar. O quarto era um vulcão vivo, destinado a acelerar a destruição geológica do planeta. O quinto, um tanque indestrutível feito para suplantar qualquer um que tentasse impedir os outros. Se tivessem sido usados dessa forma, poderiam ter cumprido seu objetivo.

A declamação manteve os dois em uma espécie de transe, conjurando imagens de pés rebitados de um gigante; de vastas asas metálicas que bloqueavam a luz solar, escurecendo os céus; e da bomba que prefigurava, se é que não excedesse, as primeiras armas nucleares.

Foi apenas com o alto *tsc* de Schmidt que eles voltaram à sala.

– Mas, em vez disso, eu tentei usá-los com parcimônia para meus próprios planos. Afinal de contas, é preciso que o mundo esteja intacto para conquistá-lo.

Sem ver necessidade de mencionar a névoa vermelha, branca e azul que prevalecera contra as enormes máquinas, ele permaneceu em silêncio.

A pergunta de Zola, por conta de sua natureza, foi pragmática:

– Se você sabia que havia mais Hibernantes, por que mantê-los em sigilo? Houve inúmeras vezes que você poderia ter usado tamanho poder.

Ressentimento surgiu nos olhos de Schmidt.

– Porque a própria existência deles é um insulto. Eles foram construídos com base na ideia de que eu poderia falhar em destruir o Capitão América. Na época, Hitler foi incapaz de imaginar sua própria derrota, mas ele considerou a possibilidade de ter de se esconder. Esses primeiros Hibernantes foram feitos para encontrar o mais poderoso símbolo da propaganda da democracia, analisar suas fraquezas e criar um terrível traje de batalha feito somente para obliterá-lo. E Hitler deu essa honra a mim, seu homem de confiança? Não. Ele pretendia vesti-lo. A morte do Capitão América em suas mãos mostraria ao mundo que o Reich tinha voltado à glória. – Ele fechou os dedos em volta do objeto e o apertou até não ser possível mais vê-lo. – Mas destruir Rogers era *minha* missão, entende? E não tenho ideia de onde as peças foram escondidas, nem mesmo de como elas são!

Por um momento, Schmidt receou que sua mão havia se imobilizado novamente. Com um pouco de esforço, ele abriu o punho e olhou para o que segurava.

– O orgulho ferido pode ter me deixado cego para outras oportunidades; mesmo assim, por conta disso, eu ainda possuo a chave sonora.

O Caveira observou mais de perto uma mancha ressecada em uma das beiradas.

– Um pedaço de intestino ressecado, acredito. Útil para seus experimentos?

– Não, obrigado. Tenho muitas dessas amostras de DNA. Estava pensando que uni-las com os genes de um gato doméstico poderia criar um interessante, senão obstinado, animal de estimação. Mas gostaria de acrescentar que admiro sua escolha de morrer em batalha com seu maior inimigo.

– Você não me ouviu? Eu não pretendo morrer de forma alguma. Admito que não sei todos os detalhes do projeto. A fonte de energia é particularmente misteriosa. Porém, eu sei que o traje de batalha foi projetado para manter seu titular vivo, sob as mais extremas circunstâncias imagináveis. Aparentemente, nosso antigo líder estava preocupado com o fato de que, quando esse dia chegasse, ele talvez estivesse bem velho, ou mesmo adoecido.

Zola continuou duvidoso.

– Os pesquisadores nazistas podiam imaginar muitos extremos humanos, dados os experimentos que conduziram nos campos de concentração, mas imagino que nem eles poderiam impedir este vírus.

– Cuidado, doutor. Seu pragmatismo começa a beirar o pessimismo. Não imagino que os Hibernantes irão prover a cura, apenas uma maneira de sobreviver ao prognóstico. Se o traje me mantiver vivo um mês a mais, pode haver uma maneira de estender ainda mais. Você acha que poderia encontrar a cura em um ano?

– Não sei.

Talvez Schmidt devesse ter esperado a resposta roboticamente neutra. Em vez disso, ele se viu se perguntando sobre o quanto um androide interessado em "corrigir" o curso da evolução se importaria genuinamente se ele, ou toda a humanidade, perecesse.

Mas ele tinha que confiar em *alguém*.

– Vamos com isso. – Schmidt acenou novamente para a pilha de cristais quebrados. – Aquele copo estava pela metade, por que não encher outro?

– Muito bem. Se eu não sei que vou falhar, é possível que eu tenha êxito.

Schmidt pressionou um botão na base da chave sonora. Luzes tênues dançaram pela superfície – linhas finas viajando por um complexo caminho de cobre, ficando cada vez mais grossas e intensas ao moverem-se mais e mais rápido.

O Caveira Vermelha escarneceu:

– E, se nada der certo, pelo menos destruirei o Rogers.

6

A história não existe sem que alguém a leia.

DE FÉRIAS EM PARIS para comemorar seu diploma em Linguística, Sabine Fertig, natural da Pensilvânia, já tinha tirado sua foto com o grande ponto turístico feito de metal e vidro, a Pyramide du Louvre, na entrada principal do famoso museu. Naquele momento ela estava no centro comercial ao lado na esperança de fazer o mesmo com La Pyramide Inversée, uma versão menor e invertida que funcionava como uma magnífica claraboia.

Como outros milhões, ela havia lido o famoso romance de 2003, no qual a pequena pirâmide sólida abaixo da claraboia era, secretamente, a ponta de uma tumba subterrânea que continha os restos de Maria Madalena. Mas aquilo era apenas um livro. Após ter visto vídeos de sua instalação, ela sabia que a estrutura de pedra era o que aparentava: algo de apenas um metro de altura.

Porém, ela ainda assim queria tirar uma foto.

Sem conseguir achar um comprador solícito próximo às lojas, ela estendeu sua câmera digital recém-comprada em frente de si e de sua filha Irma, de seis meses, quando algo pequeno pousou em seu olho.

Depois de piscar para que aquilo saísse, ela olhou para cima, achando que tinha caído da claraboia. Quando outro objeto atingiu sua bochecha, ela empurrou Irma em seu carrinho para uma distância segura e então olhou de novo.

A luz do sol que penetrava o vidro facetado era intensa o bastante para iluminar algumas partículas de poeira flutuando no ar, mas nada parecia solto ou estar caindo. Atribuindo sua preocupação à paranoia maternal, Sabine estava prestes a partir quando esfregou a bochecha.

O que quer que tivesse caído ainda estava em sua pele. Temendo ser vidro, ela tirou cuidadosamente. Curiosa, esfregou o fragmento entre os dedos. Parecia pedra ou concreto áspero. Olhando para trás, na direção da pequena pirâmide no chão, percebeu uma pequena rachadura em uma de suas faces.

Ela levou o carrinho de bebê mais para perto. Assim que o fez, algo muito pequeno para ser identificado pulou para fora de uma das pontas da rachadura e fez um arco até tocar o chão azulejado, deixando uma pequena nuvem de partículas pairando no ar por onde passou.

Sem deixar de observar, ela deu alguns passos para trás.

Teria sido um inseto? Talvez, mas era muito pequeno – menor que qualquer inseto tinha o direito de ser. Será que havia insetos particularmente pequenos em Paris? Poderia ser apenas um pedaço de pedra? Estaria a pequena pirâmide ruindo?

Ela procurou o botão de gravação em sua câmera nova. Se ela filmasse a rachadura aumentando, um vídeo poderia valer alguma coisa. Outro estalo – não alto o bastante para atrair atenções, mas mais alto do que o primeiro – a fez decidir que era mais importante distanciar Irma do que quer que estivesse acontecendo ali.

Uma parede de pedra do lado oposto parecia longe o bastante para se proteger. Assim que chegou lá, Sabine sentiu que deveria avisar alguém. Afinal, aquele era um ponto turístico famoso e ela tinha viajado até a Europa a fim de colocar seu novo diploma em prática. Um segurança, balançando para frente e para trás e com as mãos entrelaçadas nas costas, estava parado próximo a ela.

Com coragem, ela caminhou até ele com o carrinho de bebê. Quando ele a viu, ela sorriu e falou com seu melhor francês:

– *Il ya une fissure dans la petite pyramide.*

Ela estava certa de que havia dito "há uma fissura na pequena pirâmide". Mas o segurança apenas pareceu confuso.

– *Une fissure?*

Ela assentiu, com entusiasmo.

– *Oui, une fissure dans la petite pyramide.*

Quando sua frase não esclareceu as coisas, ela acrescentou:

– *Je pense que ce pourrait être des ânes.*

Ela esperava ter dito "acho que podem ser insetos", mas ficou na dúvida se, em vez disso, havia dito a palavra que significava *burros*. A julgar pela reação do guarda, foi o que disse. Pelo menos ele parecia um pouco ofendido.

– *La pyramide est la pierre solide. Il ne peut pas simplement se fissurer.*

Algo sobre a pirâmide ser uma pedra sólida, impossível de rachar. Sabine estava prestes a tentar mostrar a ele a maldita rachadura quando Irma começou a chorar.

O segurança sorriu e fez uma carinha de bebê.

– *Peut-être que votre enfant a besoin de ses couches changé?*

Mas não era um choro de fralda cheia, e sim um som que Sabine conhecia muito bem. Estava mais para o balbucio que Irma fez quando viu uma girafa pela primeira vez ainda naquela manhã, no Parque Zoológico de Paris.

O segurança inclinou-se sobre o carrinho, sorriu e acenou, mas Irma o ignorou.

Sabine percebeu que Irma estava olhando para a pirâmide.

A rachadura não estava apenas aumentando – pedaços de pedra começaram a cair dela.

Sabine ficou paralisada por tempo suficiente para ver um triângulo metálico plano de um metro de altura saindo da pequena pirâmide, como se ela estivesse chocando um ovo de pedra. Quando as outras pessoas começaram a notar, ela já estava empurrando o carrinho com Irma em direção da saída mais próxima.

A última coisa que ela viu do triângulo metálico foi que ele estava se desdobrando. Ainda plano, abrindo um triângulo por vez, estava ficando ainda maior. Depois disso, ela não perdeu tempo em olhar para trás. Havia cumprido seu dever. Agora era problema do guarda.

No início, estava andando a passos largos. Quando ouviu os gritos e a correria atrás dela, ela também correu, empurrando o mais rápido possível Irma, que soluçava de tanto chorar.

– Está tudo bem, está tudo bem – disse ela para o carrinho.

Mas uma voz atordoante transformou o choro de Irma em um lamento:

– *Wo ist Kapitän Amerika?*

Sabine supôs que a voz estava saindo dos triângulos, mas ela não estava disposta a verificar. A saída ainda parecia milhões de quilômetros distante, quando a voz repetiu:

– *Wo ist Kapitän Amerika?*

Era mecânica, entrecortada, como se fosse uma gravação de cem anos de idade e estivesse sendo reproduzida através de alto-falantes muito mal conectados. Pelo menos, não parecia estar se aproximando. Falava em alemão, outra língua que ela conhecia. Mas a pressa de levar sua filha até algum lugar seguro deixou sua mente confusa.

Quem? Por quê? O quê?

Visitantes fugiam pelos dois lados, então ela atravessou a saída para o pavilhão externo do Louvre. Assim que chegou ao ar livre, ela lembrou.

Onde.

O que aquilo estava dizendo repetidas vezes era:

– *ONDE ESTÁ O CAPITÃO AMÉRICA?*

* * *

Mesmo antes de Nia N'Tomo chegar à imensa área de carga, ela vinha se sentindo pequena. Tinha ampla experiência com o desespero que quase todos os trabalhadores de zonas de combate sentiam na presença de patógenos letais, mas jamais havia visto qualquer coisa parecida com esse vírus. Embora maravilhada por sua beleza intricada, estava igualmente apavorada pelas implicações de sua elaboração – e lutando contra um senso crescente de impotência.

Contribuir com uma solução ajudaria, mas, até então, o Doutor Kade questionava todas as suas ideias. Ela havia sugerido simular as interações do vírus com vacinas conhecidas usando o mesmo modelo que ele usara para prever os sintomas. Porém, descobriu que ele já estava dedicando metade dos servidores do aeroporta-aviões a essa tarefa. Dava certa tranquilidade acreditar que um potencial "acerto" poderia acontecer a qualquer momento, mas todas as variáveis tornavam aquele um jogo de roleta com possibilidades praticamente infinitas.

Devia existir outro caminho. Mas, como a S.H.I.E.L.D., o sistema imunológico só podia responder a ameaças que fosse capaz de reconhecer. Os linfócitos T e B que impediam viroides de se replicarem, mesmo marcados para destruição, baseavam-se em padrões conhecidos. Uma vacina poderia "ensinar" o corpo a destruir um vírus novo, mas algo nada familiar, que não causa qualquer sintoma, era essencialmente invisível.

Ela saiu do laboratório para ajudar o Doutor Dawson a supervisionar a chegada do terceiro scanner. Atualizá-lo com o mais recente modelo possibilitaria uma detecção mais rápida e daria tempo a ela para seguir o fluxo de seus próprios instintos.

Afinal, Kade era brilhante, não onisciente. Não que a imprensa o fazia acreditar no contrário. Na esperança de facilitar a colaboração, Nia fez uma breve pesquisa sobre ele para conhecer mais sobre seu trabalho. As partes centrais das notícias listavam suas conquistas, principalmente em Manfi. Entretanto, mesmo as poucas páginas médicas que ela teve tempo de sondar falharam em oferecer quaisquer detalhes que pudessem ajudá-la a compreender melhor o estilo do médico.

Com o aeroporta-aviões ainda sob quarentena, a entrega das Indústrias Stark em Nápoles foi feita por um drone. Observar o veículo sem piloto avançar, sem qualquer esforço, até o seu local de pouso designado a lembrava o que a humanidade podia alcançar. Isso ajudou. E embora não fosse muito difícil, o Doutor Dawson provou-se muito mais cordial que Kade.

Porém, enquanto o grande caixote era colocado sobre um pallet, a área de carga irrompeu em luzes vermelhas piscantes. Conforme as buzinas soavam, N'Tomo instintivamente segurou um corrimão. No momento exato, também. O chão se inclinou sob os pés deles, e ela se viu ajudando o Doutor Dawson a se equilibrar, evitando que ele caísse.

– Estamos sendo atacados? – ela perguntou a ele. – Fomos atingidos?

Após recobrar o equilíbrio, ele arrumou os óculos no rosto e focou o que ela achou ser um elegante relógio de pulso – mas, além das horas, ele projetava uma imensidão de dados em tempo real ao longo da manga branca de seu jaleco.

– Não, é uma mudança de curso prioridade um – disse ele, com certo alívio. – Estamos respondendo a um alerta em Paris. O tempo estimado de chegada é de cerca de uma hora.

Uma hora? Paris estava a pelo menos 4 mil quilômetros de distância. Qual a velocidade que o aeroporta-aviões poderia chegar?

Antes que ela pudesse perguntar, escutou a voz de Fury em seu ouvido.

– Doutora N'Tomo, você está sendo solicitada no laboratório 247 imediatamente. Preciso liberar alguns agentes para trabalho em campo, e seu colega está me dando nos...

Um alto bipe abafou a voz do diretor. Assim que o veículo estabilizou, ela correu até o corredor mais próximo, mas hesitou ao ver a movimentação da tripulação.

Dawson disse a ela:

– Precisa de alguma ajuda?

– Eu dou um jeito de encontrar, obrigada.

A corrida apressada da tripulação em direção às suas estações não a atrapalhou – ela já conhecia um atalho. Abriu a porta do laboratório e deu de cara com uma discussão em curso que não a surpreendeu: o esquelético Kade, equilibrado, peitando o Coronel Fury, que estava vermelho de raiva. Steve Rogers, enquanto isso, estava educadamente sentado em sua câmara de isolamento, olhando tudo sem saber ao certo se ficava preocupado ou entretido.

– Seria aconselhável permitir que as autoridades locais lidem com isso!

Fury deu um passo à frente, invadindo intencionalmente o espaço pessoal de Kade.

– Eu já falei inúmeras vezes que eles não possuem o treinamento ou o equipamento para dar conta de um maldito robô gigante e assassino! – A falta de reação de Kade só o deixou mais irritado. – Qual das três palavras você não entendeu? Gigante, assassino ou robô?

Qualquer que fosse a real ameaça em Paris, Nia teve o prazer de achar que tinha uma solução para o conflito:

– Por que não usar os agentes de campo que já foram liberados?

Kade rangeu os dentes de raiva. Fury irradiou de alegria.

– OBRIGADO! Era só isso que eu estava pedindo.

Percebendo que acidentalmente havia ficado do lado contrário ao melhor epidemiologista do mundo, Nia tentou mitigar seu tom.

– O que não quer dizer que eu não aprecie a necessidade de cuidados...

Fury não deu chance para que ela concluísse.

– Mas você não concorda.

Ela pensou por um instante. Para início de conversa, o scanner que havia liberado os agentes tinha sido o mesmo que identificara o vírus. Se eles não pudessem confiar no scanner, não havia fundamento para acreditar que o vírus existia. Era a decisão certa.

– Não, não concordo.

Fazendo um sinal de positivo, o coronel apressou-se até a porta, bradando pelo comunicador.

– Diga ao CDC que temos aprovação para inserir as equipes de um a quatro. Jacobs está em posição. Estou a caminho para monitorar da ponte de comando.

O Doutor Kade sequer olhou para ela. Ele apenas suspirou profundamente e voltou assertivamente ao que estava fazendo. Ela estava se perguntando se deveria ir até ele para explicar melhor quando a voz de Steve impediu que Fury saísse.

– Nick, pelo que estou vendo no noticiário, esta coisa é uma tecnologia nazista da Segunda Guerra.

– O que está no noticiário? – Nia perguntou.

Ainda olhando para Fury, Steve virou o notebook para que ela visse.

O francês dela era fluente, mas ela teve que olhar duas vezes antes de acreditar que o letreiro na tela realmente dizia *robô gigante assassino*. Boquiaberta, ela olhou para o diretor.

– Achei que você estava usando uma metáfora.

Fury não tinha saído de perto da porta.

– Não. Quando se tem um robô gigante assassino, quem precisa de metáforas?

O resto da tela mostrava imagens trêmulas de um helicóptero acima do Louvre. Parte do pavilhão estava coberto pelo que pareciam escombros da explosão de uma bomba imensa – porém, os escombros se mexiam. O conjunto de metais entortados assumiam uma infinidade de formas geométricas sólidas – mas, no centro, parecia fluido, como uma ameba.

Agora agitado, o Doutor Kade balançou um dedo ossudo para o diretor.

– Nem deveríamos estar discutindo isso na frente dele! E não concordamos que seria melhor se ele não recebesse quaisquer alertas?

Fury sorriu ironicamente.

– Ele não recebeu. Não de mim, nem da minha equipe. Mas receio que nós dois esquecemos que ele consegue acessar a CNN lá de dentro.

Steve os ignorou.

– Nick, tecnologia nazista. Então... o Caveira?

– Talvez. Você, é... deve estar recebendo o som também, certo?

– Claro. – Steve aumentou o volume.

Uma voz, reproduzida bem baixa pelos pequenos alto-falantes, permeou o laboratório:

– *Wo ist Kapitän Amerika?*

Kade levantou as mãos, desgostoso.

– Isso é perfeito, não acham?

Rogers olhou penetrantemente para Fury.

– Tudo bem, Capitão, tudo bem. Não comece a imaginar coisas. Isso não está vivo. É apenas uma gravação dos bons e velhos tempos. Aquela coisa deve ser apenas uma arma antiga da qual os nazistas se esqueceram e foi ativada acidentalmente, como aquelas bombas inativas que costumávamos encontrar por todos os cantos de Londres.

– Pode ser, mas eu reconheceria aquela voz em qualquer lugar.

Fury consentiu.

– Adolf Hitler. Sim, já confirmamos que é ele.

– *Wo ist Kapitän Amerika?*

Steve ficou de pé tão rapidamente que Nia não pôde deixar de lembrar que ele não era um homem normal.

– E vocês não planejavam mencionar que aquilo estava perguntando por mim?

Fury cruzou os braços na frente do peito.

– Não, não planejava, e você sabe muito bem por quê. Aquela coisa pode chamar o quanto quiser, mas o Capitão América não vai sair para brincar.

Vendo a determinação do diretor, Kade recuou para o canto do laboratório, de volta ao trabalho. Steve, no entanto, parecia querer sair correndo.

Nia já vira muitos pacientes presos no isolamento por semanas, até meses. Pedreiros, fazendeiros – qualquer um acostumado a estar em movimento sofria demais com isso. E ali estava o Capitão América. Disciplinado como era, devia ser terrivelmente desafiador para ele permanecer naquele pequeno espaço.

Devia ser pior ainda quando havia uma ameaça chamando seu nome.

Ela virou-se para Fury.

– Coronel, o Capitão Rogers não poderia atuar como conselheiro à equipe de solo?

Ele concordou na mesma hora.

– Normalmente, eu dou as ordens, mas que diabos, é claro que sim. Posso pedir para que transfiram as imagens para cá.

O rosto de Steve permaneceu inabalável, mas Nia viu os ombros dele relaxarem um pouco.

– Farei o que puder.

Kade – ouvindo tudo e, aparentemente, ainda sem ter se recuperado do confronto com Fury – balançou ao começar a falar.

– Eu preferiria... – Mas não terminou. Ele virou novamente de frente para a mesa. – Deixe pra lá. É uma boa ideia, Doutora N'Tomo. Pelo menos, ninguém está tentando mandá-lo para o combate.

Ignorando-o, Fury sorriu amplamente para Steve, forçando-o a perguntar:

– O que foi?

– Nunca imaginei você como um general sentado em uma poltrona.

Nia sorriu com eles, até que seu olhar retornou a Kade, curvado sobre os computadores, alternando imagens de proteínas, capsídeos e ácidos nucleicos. Ela o respeitava imensamente, mas, em vez de expressar sua admiração, ela havia interferido em seu papel perante o CDC. Em questão de minutos, ela havia pisado em seu calo mais duas vezes.

Ela deveria conversar com ele em particular, arejar o ambiente, assim que a situação permitisse. Se ele permitisse.

Ela o imaginou reclamando das ideias dela, alegando que suas tolas preocupações sociais estariam roubando minutos preciosos para salvar o mundo.

E... provavelmente, ele estaria certo.

7

A história também é escrita pelo vencedor.

ASSIM QUE O AEROPORTA-AVIÕES chegou ao espaço aéreo de Paris, a mesa de conferência, que ocupava o laboratório, havia sido substituída por um conjunto igualmente grande de monitores, instalado em frente à câmara de quarentena. Havia uma tela para cada um dos doze agentes de campo, três para imagens de câmeras de segurança do local e uma décima sexta para um drone que voava livremente.

Rogers ficou de pé, apoiado no vidro, assistindo aos monitores com diferentes sentimentos. Por melhor que fosse poder fazer alguma coisa, analisar a imagem aérea do drone o fez querer estar em solo.

Nia e Kade mantinham certa distância, tanto da operação quanto um do outro. O Capitão e Fury eram livres, basicamente, para falar.

– Começou como um único triângulo que simplesmente saiu de uma pedra?

Fury, apoiado com todo o peso em uma parede ao lado, concordou com a cabeça.

– Não uma pedra qualquer. Os nazistas usaram o Louvre como depósito para suas obras de arte roubadas. Após a liberação, o museu passou por diversos exames minuciosos, por isso temos os registros. Acontece que eles estavam planejando erguer um novo cofre com pedras trazidas diretamente de Berlim, o qual nunca foi construído. Porém, um dos blocos acabou sendo usado para esculpir aquela pirâmide pequena. Aparentemente, ela já tinha um lado cortado com o ângulo adequado.

Até então, toda a destruição era um resultado incidental do robô alterando sua forma. Sempre que ele mudava, os triângulos estraçalhavam alguma coisa em seu caminho, tornando o pavilhão perigoso demais para que a polícia local fizesse mais do que evacuar civis e estabelecer um perímetro.

Após configurar-se uma dezena de vezes, os triângulos se estabeleceram em um formato de duplo diamante sem cabeça, com altos picos dos dois lados. Ele se espalhou tão amplamente, tão rapidamente, que, às vezes, parecia que os nazistas, como falharam em tomar Paris, estavam determinados a cobrir a cidade inteira.

Rogers concentrou-se na visão aérea do drone.

– Ele está se testando, experimentando suas capacidades plenas.

– Por outro lado, isso tudo pode ser a única coisa que ele faça, a menos que alguém o esteja controlando remotamente – disse Fury.

O Capitão balançou a cabeça, com a expressão séria.

– Eu já lutei contra robôs nazistas. Lembra-se dos Hibernantes? Eles não precisavam de um controle remoto. Foram sepultados em uma cripta no fundo do oceano, até que o Caveira os despertou. Depois disso, eles agiram por conta própria.

– Pode me processar por ser um otimista, mas, sim, você tem razão.

– Os nazistas fizeram alguns avanços incríveis. Os Hibernantes podiam não ter uma verdadeira I.A., mas suas rotinas de programação eram altamente sofisticadas. Mesmo com uma unidade de exército auxiliando, eu não consegui impedir as três primeiras de se combinarem. Se eu não tivesse conseguido detonar a bomba que um deles carregava antes de ele chegar ao centro da Terra, ele poderia ter destruído o planeta. – Ele bateu no vidro. – Não que essa coisa não seja impressionante por si só. Como tudo aquilo coube em uma pirâmide de um metro de altura?

– Algum tipo de compressão. Cada peça é milhares de vezes mais fina que o original, tornando-as afiadíssimas e muito menos densas. De qualquer forma, aquela pirâmide pequena devia pesar umas 100 toneladas. Não só isso, as imagens de ressonância nos dizem que cerca de 10 por cento das peças são ocas. As partes são preenchidas com algum tipo de gás, provavelmente criado por uma reação química quando foi ativado.

– Gás?

Antes que Fury respondesse, duas sombras enormes apareceram no pavilhão.

– Lá estão os drones Hoverfliers. Se tivermos sorte, algumas explosões de um bom e velho bombardeiro destruirão aquela coisa.

A voz familiar do líder da equipe, Agente Jacobs, surgiu no comunicador:

– Trinta segundos para o pouso. É bom trabalhar com o senhor novamente, Capitão. Meio que o oposto da última vez, não é? Podemos dar um zoom naquela imagem aérea?

Rogers concordou.

– Boa ideia. Movam o drone para perto.

Conforme o drone descia na direção daquele mar de metal cinza, a imagem em alta-resolução confirmou o que as câmeras de segurança inferiores haviam visto: cada triângulo tinha um aspecto uniforme, perfeitamente plano. Não havia marcações, nenhum padrão, nenhuma variação visível.

Quando a aeronave parou a mais ou menos dez metros de altura, a voz ressoou novamente.

– *Wo ist Kapitän Amerika?*

Uma garra composta por triângulos partiu na direção do drone.

– Manobra evasiva – disse Rogers.

Sua ordem foi redundante. O piloto, sentado seguramente nos controles em algum lugar do aeroporta-aviões, estava muito a frente dele. Suas pequenas turbinas verticais gemeram, o drone subiu bem para cima e para longe. O membro metálico era esquisito, desajeitado em seus movimentos. Pareceu uma fuga fácil para o drone – até que, de repente, percebendo suas verdadeiras habilidades, o membro especial disparou contra a pequena aeronave.

A tela ficou brevemente cinza e, então, apagou.

Dawson ficou decepcionado.

– Não era a vista que eu esperava, mas agora conhecemos sua interação com o ambiente.

Rogers franziu a testa. Ele não tinha gostado disso. O fato de que o robô reagira ao drone e não aos civis significava que ele distinguia alvos. As coisas podiam piorar. Se ele não podia estar lá pessoalmente, alguém como ele precisava estar.

– Nick, você já contatou o pessoal da pesada?

– Sim. Parte do protocolo. A maioria dos Vingadores está entretida em outro lugar, para dizer o mínimo, mas tem alguém a caminho. É que estávamos perto o suficiente para chegar primeiro na cena.

– Preparar para desembarcar – reportou Jacobs.

– Assumam as posições, mas não entrem em combate. – Aquilo pareceu tão inútil quanto sua última ordem para o drone. Ele era relativamente um novato em assistir um conjunto de telas de mãos atadas. Fury, com o olhar dançando de um monitor a outro, era o profissional.

Rogers decidiu focar-se nas imagens de Jacobs. Manter o líder da equipe em mente poderia fazer com que ele se sentisse mais presente no local.

E foi o que aconteceu, mas quando os doze agentes com proteção à prova de bala saíram dos Hoverfliers, ele não gostou do que estava sentindo. Tendo lutado contra dezenas de inimigos impossíveis, Rogers queria tratar aquele em particular como qualquer outro desconhecido. Você não parte para cima deles – você testa reações, pontos fortes e pontos fracos, tentando obter o máximo de informação possível e correndo o mínimo de risco.

Mas seu instinto estava dizendo o contrário. Dizia-lhe que o risco já era alto demais.

– Vamos tentar as redes.

– Todas elas? – perguntou Jacobs.

Era uma pergunta razoável. As redes elétricas da S.H.I.E.L.D. dispunham de dez vezes mais carga do que a necessária para abater um elefante macho. Seis poderiam atordoar o Hulk por uns bons cinco minutos; os agentes de campo tinham duas vezes esse número. A menos que o robô fosse puramente mecânico, como algum tipo de brinquedo de corda gigante, as redes não apenas iriam fritar sua fiação, mas derretê-la.

Isso tornaria a análise do que sobrasse e o rastreamento da origem de sua construção mais difícil, porém seria mais seguro.

– Sim, todas elas.

Fury olhou para ele, mas não disse nada.

Trocando as pistolas por lançadores, os agentes se preparam para atirar. Com um pouco de sorte, aquela coisa iria tombar e entrar em colapso.

– Ao meu comando. Três... dois... um.

Doze redes voaram sobre o campo acinzentado, atingindo o ápice delas praticamente ao mesmo tempo. Cada uma girou e se expandiu em uma rede de três metros de diâmetro, puxada por pesos em cada uma de suas pontas, enquanto a energia visível corria pelos fios. A execução seria tão perfeita quanto as descritas nos manuais.

Mas, em resposta, doze garras ergueram-se, uma por baixo de cada rede. Em vez de abater todas do céu, como fizera com o drone, aquilo mandou mais triângulos que deslizavam pelas garras, envolvendo cada rede em uma cúpula geodésica rudimentar.

O brilho surgido quando as redes fizeram breve contato com o alvo deixou a cúpula em um tom cinza mais claro. A poderosa descarga surtiu algum efeito: os domos entraram em colapso e os triângulos tremeram ao cair – mas, logo em seguida, foram absorvidos pela ampla superfície, a qual, aparentemente, não era das piores para destruir.

O que sobrou das redes, agora carbonizadas, caiu no chão pouco depois.

Mas o robô gigante assassino não tinha acabado. Como um lago quando um pedregulho é jogado em seu centro, uma grande onda partiu para cima dos doze agentes, despedaçando o pavilhão ao mover-se.

– *Wo ist Kapitän Amerika?*

Era uma gravação, sim – mas, pela primeira vez, Rogers parou para pensar se as palavras tinham algum *significado* para a máquina. Se ela podia responder tão rapidamente aos ataques, o quanto ela compreendia de seu ambiente e de sua missão?

Fury resmungou:

– Até onde sei, nós vencemos aquela guerra, não foi?

– Desfaçam a formação! – Rogers gritou. – Deem a ela o máximo possível de alvos! Defendam-se, mas não atirem! Se ela não sentir uma ameaça, pode ser que não reaja!

Obedecendo às ordens, os agentes se espalharam, afastando-se uns dos outros e da onda metálica em aceleração. No início, ela continuou avançando. Mas, então, se dividiu em vários pedaços, doze no total, cada um ganhando em velocidade o que tinha perdido em massa. Ainda não dava para dizer se eles haviam se movido por impulso ou se estavam sendo direcionados – até que cada parte foi na direção de cada um dos agentes que se distanciavam.

Fury ficou tenso e inclinou-se para frente.

– Porcaria.

Os triângulos alcançariam os agentes mais lentos em segundos. E, um segundo depois, todos eles.

Rogers ansiava estar lá, onde seu corpo melhorado tornaria o espaço entre pensamento e ação irrelevante. Dali da câmara de isolamento, quando ele dava uma ordem, já poderia ser muito tarde.

– Temos que distraí-lo com uma ameaça maior. Hoverflier 1, preparar para atacar...

Antes que ele pudesse concluir, a imagem que vinha de Jacobs virou e deu de encontro com uma parede. Com a aproximação, as bordas afiadas e cortantes pareciam nada mais que uma onda.

– Jacobs, o que você está fazendo?

– Criando uma ameaça ainda maior.

O cano da arma de Jacobs apareceu na tela.

Rogers gritou:

– Saia daí!

Clarões surgiram conforme os tiros foram disparados, sons agudos e faíscas, enquanto as balas ricocheteavam no metal. Como se estivesse aprendendo, a coisa reagiu mais rápido desta vez. As onze ondas restantes foram na direção da décima segunda, dando uma folga aos outros agentes.

Mas não para Jacobs.

Ele continuou atirando. As balas não surtiram qualquer efeito. Rogers assistiu à parede de clarões se aproximar cada vez mais da posição aberta de Jacobs. O Hoverflier estava começando a subir quando a tela de Jacobs ficou preta.

Jacobs fora abatido, sua situação, desconhecida. Com a ameaça eliminada, o robô já estava se virando na direção dos outros. Rogers continuava gritando ordens:

– Não façam nada! Plano de evacuação 2B.

Vendo a expressão de sofrimento do Capitão, Fury cobriu seu comunicador e disse:

– Você teria feito o mesmo.

Rogers cobriu o dele.

– Mas eu poderia ter sobrevivido.

Olhando novamente para os monitores, ele assistiu aos agentes restantes começarem a chegar aos Hoverfliers.

– Não decolem! Vocês viram o que aconteceu ao drone. Tirem os pilotos e criem um perímetro.

As equipes arrancaram os pilotos de seus assentos. O robô se recompôs, suas peças agitadas, prontas para outro ataque. Mas, como se tivesse demonstrado o que queria, ele não se moveu.

Rogers desligou o microfone de novo.

– Se eu estivesse lá, eu poderia...

– Infectar o mundo? Imagine como você se sentiria depois.

– Certo. É claro. Mas isso, Fury... assistir a tudo por telas, em vez de estar lá... como você faz isso todos os dias?

– Porque eu preciso. Isso lhe dá uma ideia de por que eu não gosto muito de brechas na cadeia de comando. – Um bipe estrondoso atraiu as atenções deles de volta às telas. – Falando nisso, as coisas podem estar prestes a melhorar. Um velho amigo seu acabou de chegar. Aposto que ele não ouvirá ordens também.

Uma voz familiar surgiu no comunicador:

– E aí, velhinho. Fiquei sabendo que você pegou uma gripe ou coisa parecida, então achei melhor vir dar uma ajuda.

O alívio de Rogers era palpável.

– Tony?

8

Se eles se foram, ninguém se dará ao trabalho de fazer perguntas ou refletir sobre suas existências. Ninguém além de mim.

DUAS NOVAS IMAGENS APARECERAM no aglomerado de monitores. Uma delas mostrava uma linha de explosões que formava uma barreira quente entre o robô e os agentes em fuga. A segunda mostrava o rosto de Tony Stark, o gênio que já não era mais um garoto, que havia herdado de seu pai a aparência, o cérebro, a empresa e a fortuna. Com os olhos oscilando de um ponto a outro nos mostradores de sua armadura, ocasionalmente ele parava para olhar a câmera.

– Tenho que dar os parabéns àqueles cientistas nazistas. Eles realmente... – Ele interrompeu. – Que nada, pensando melhor, não tenho que dar parabéns nenhum. Bem, talvez às suas bundas póstumas. Bundas? Qual é a construção gramatical mais apropriada aqui?

A maneira confusa com que ele falava fazia-o parecer egocêntrico e desconcentrado. Certamente, Stark era egocêntrico, mas Rogers já tinha entendido há muito tempo que seu companheiro Vingador estava longe de ser desconcentrado. Ele era focado em *tudo*.

Apenas a sua boca que tinha problemas em acompanhar a velocidade de seus pensamentos.

Mesmo o padrão de cores vermelho e amarelo em sua armadura tinha sido uma escolha cuidadosa: o Homem de Ferro parecia uma chama acesa. As câmeras de segurança mostravam aquela chama cruzando o pavilhão, disparando dezenas de mísseis em miniatura na direção dos triângulos ondulantes.

Rogers estava prestes a pedir que ele verificasse o agente abatido, mas Stark se adiantou:

– Não entre em contato com o Sr. Jacobs ainda. Aquela armadura é melhor do que pensávamos. Ele ainda tem pulso. Já verifiquei. Ei, Fury, se ele sobreviver você vai repreendê-lo por desobedecer às ordens ou dar-lhe um bônus por salvar vidas?

– As duas coisas – respondeu Fury, incapaz de segurar um sorriso com a notícia. – Stark, você pode me lembrar novamente por que você é o único cara que sempre tem uma segunda câmera apontada para o seu rosto?

Enquanto o Homem de Ferro resgatava o imóvel Jacobs, sua resposta chegou rápida e tranquila.

– Porque eu sou muito bonito? Não, para isso já tenho muitas fotos.

Rogers verbalizou a resposta que todos sabiam:

– Informação visual para suporte vital. O traje pode praticamente mover-se por conta própria, então é uma forma de dizer se você ainda está vivo aí dentro, caso todos os outros dados falhem.

Stark ficou radiante.

– Viu? O velho Capitão me entende.

Ele voou para visualizar melhor o campo metálico. A coisa ainda não tinha atacado, mas suas peças rangeram como milhares de dentes de metal. Quando o Homem de Ferro pairou mais baixo, o instinto de Rogers novamente lhe dizia algo.

– Cuidado. Ele pode ser bem rápido.

Uma garra atirou, ainda desajeitada, embora mais rápida. Mas não rápida o suficiente. Stark desviou para o lado tão repentinamente que ele pareceu sumir de um lugar e reaparecer em outro.

– Assim? Hakuna Matata. Eu esperava ter essa reação. Eu não ia conseguir acertar a coisa inteira de uma só vez, mas agora, sim.

Um raio de energia foi disparado da palma de sua mão. Apanhado em um raio de estática, os triângulos rangeram e se deformaram diante da resistência.

– Não vou aguentar ficar de mãos dadas por muito tempo, mas talvez o bastante para que meus scanners tenham uma ideia melhor do que o faz funcionar. – Após um segundo, ele falou de novo: – Estranho. Resposta incerta, pergunto de novo mais tarde. Talvez uma versão de robótica de enxame da Idade da Pedra? Atualmente, nós usamos algoritmos para sincronizar um enxame, mas essas gracinhas parecem operar organicamente, como a maneira com que todas aquelas moléculas em seu olho, de alguma forma, sabem que elas devem assumir a forma de um olho.

A garra, de repente, perdeu sua forma, e as peças rolaram de volta para o corpo.

– Ah, beleza. Imaginei que isso fosse acontecer. Enquanto esperamos uns dois segundos para meu sistema de bordo processar completamente as leituras, já temos um nome para nosso grande amiguinho em forma de isósceles?

Fury deu de ombros.

– Para mim está bom "robô gigante assassino".

– Eu vou ficar com "a coisa", então. Não consigo chegar até a fonte de energia, mas, com certeza, está mais para um piano mecânico do que para um microprocessador. Todas as suas ações e reações são um conjunto de rotinas predeterminadas.

Tony era o especialista em I.A., mas Rogers ainda sentia uma inteligência presente. Talvez fosse a inteligência do projetista, refletida em programação primitiva, mas, ainda assim, era uma inteligência.

– Só... não o subestime. Temos que ser cuidadosos. Precisamos de um plano.

Stark revirou os olhos.

– Tudo bem. Eis um plano: explodam-no até virar pedacinhos. Consigo um resultado muito melhor do que aquelas redes. Elas são tão do ano passado... Eu sei porque eu as projetei.

Sentindo a frustração de Rogers, Fury disse:

– Agora você sabe como me sinto quando tenho que lidar com vocês, carinhas cheios de poder.

Estendendo os braços, com as palmas das mãos viradas para baixo, Stark fez um voo ao longo da superfície do robô.

– Beleza, beleza. O Capitão tem razão. Como o meu pai sempre disse: "Meça duas vezes, corte uma vez". Ou era "Corte primeiro e pergunte depois"? De qualquer forma, antes de eu partir para cima, vou fazer uma segunda varredura para ter certeza que não haverá surpresas. Vocês sabem, do tipo que pode explodir e machucar inocentes. Nada até agora, nada... Opa.

– Tony? O que você viu?

– Armadilha. Caramba. Isso é tão *O Testamento do Dr. Mabuse*. Sabe, do Fritz Lang? Imaginei que um cara velho como você gostaria do...

Mais garras explodiram para cima.

– Ah, eu entendi a referência – disse o Capitão. – Mas Mabuse não fica voltando toda hora?

– Exatamente.

Rogers contou seis, sete, oito garras balançando em direção ao céu. Ele lutou contra seu desejo de ajudar, mas não havia necessidade para preocupação imediata. Como um esquiador experiente manobrando entre as bandeiras em uma descida, Stark rodopiou por entre os espinhos apontados para cima. Ao falhar em alcançar seu alvo, as garras recuaram.

– Voltando ao assunto, o gás que aquelas células ocas estão carregando é Zyklon B, um composto de cianeto. Ele se dispersa rapidamente ao ar livre, e, dada a densidade populacional e a direção atual do vento, estamos falando em cerca de cinco mil mortos logo de cara.

Mais uma vez, a voz reverberou:

– *Wo ist Kapitän Amerika?*

– Estou começando a achar que essa coisa não gosta de mim.

Isso foi seguido por um estrondo como uma praga de insetos gigantes.

– E agora ela está começando outra rotina, talvez em resposta à sua falha. Ou pode ter algum tipo de cronômetro.

Os triângulos se reorganizaram em formas semelhantes a braços, tronco e pernas. No topo, ele formou uma estrutura larga e curta, como se fosse a torre de um tanque de guerra, mas sem o cano. Em vez de acompanhar o Homem de Ferro, a torre giratória centrou-se no edifício centenário do outro lado do pavilhão. As bordas afiadas dos triângulos que formavam os pés da coisa levantavam pedaços de pedra por onde pisava enquanto seguia em direção ao Louvre.

– Pessoal – disse Stark –, digam-me que o museu foi evacuado.

Fury verificou o mostrador.

– Apenas 75%. Ele está se afastando de você. Está tentando recuar?

A mente de Rogers pensou em milhares de coisas.

– Se fosse assim, por que passar por tamanha modificação? Tony, rotina ou não, há alguma chance de ele conseguir detectar os civis lá dentro?

O playboy fez uma careta.

– Poderia ter um sensor de calor. As pessoas são quentes. Eu sou quente. A armadura, eu digo. Bem, sobretudo a armadura. Mas para responder sua pergunta, sim.

Virando para o lado, Stark voou entre o robô e o edifício. Quando ele começou a atirar com seus repulsores, Rogers quase arrebentou o vidro.

– Tony, o gás!

– Calminha. Não vou fritar nada. Só estou fazendo umas cócegas. Lembra-se do que ela fez quando Jacobs atirou nele? Eu só quero um pouco daquela deliciosa atenção.

A coisa parou. Sua torre girou, movendo-se timidamente pelo ar para o caminho do Homem de Ferro. Testando a velocidade da coisa, Stark foi para cima e para baixo, esquerda e direita. O robô imitou o movimento por um instante, mas, então, voltou-se novamente para o museu.

Outro tiro de Stark atraiu a atenção dele.

À medida que o Homem de Ferro atingia diferentes lugares no corpo do robô, a cabeça continuava girando, incapaz de focar-se.

– Caramba! Eu repito o ataque, ele repete a resposta. Bom. Acho que eu o prendi em um circuito interminável. Talvez eu consiga desgastar as baterias dele. – Stark fez uma careta. – Supondo que ele tenha baterias.

Se aquilo era um circuito, deveria haver alguma coisa no padrão que eles pudessem usar. Enquanto o Homem de Ferro continuava o ataque, Rogers estudava as reações do robô.

– Sempre que você acerta uma perna, ele dá o mesmo passo para trás, então faz o mesmo giro com um quarto de volta. Sentido horário na esquerda, anti-horário na direita.

Stark teve uma agradável surpresa.

– Boa observação! Então posso manobrá-lo. O Sena está logo atrás do Louvre. Posso levá-lo até a água e explodi-lo lá.

– E quanto à água potável? – perguntou Rogers.

– Estamos a cerca de dois quilômetros de qualquer bomba, e, de qualquer forma, filtros comuns podem dar um jeito nisso. Se estiver preocupado com os peixes, perderemos alguns nas imediações, mas as correntes do rio dissiparão o cianeto antes mesmo que ele chegue ao oceano.

Sem demora, ele o fez se mover estranhamente para trás. Conforme os tiros vinham mais rápido, assim também iam os passos do gigante.

– Com um pouco de tempo e um pouco de esforço, eu poderia ensiná-lo a dançar valsa.

Rogers olhou para o mapa.

– Aqueles três arcos a nove horas formam a entrada Porte des Lions. Faça-o ir até lá e vocês chegarão à Pont du Carrousel, que cruza o Sena.

– Entendido. E devo dizer, gostei de seu incrível sotaque francês.

– Passei algum tempo em Paris durante a guerra.

– Qual delas? Ah, sim, certo...

Fury inclinou-se à frente, aproximando-se das telas.

– Aquela ala foi liberada, mas, mesmo assim, procure não causar danos ao museu cheio de artes inestimáveis, está bem?

Rogers balançou a cabeça.

– Não lhe dê mais tempo do que precisa. Até onde sabemos, essa coisa tem uma rotina pré-programada para escapar disso. Ele só está acessando lentamente.

Stark pigarreou longamente.

– Vá devagar, vá rápido. Cristo! Seus palpiteiros.

Ao mesmo tempo em que o Homem de Ferro mirava o insistente gigante na direção dos arcos, Fury falou com suas equipes.

– Muito bem, pessoal. Nosso trabalho é garantir que o Homem de Ferro e seu parceiro de dança tenham um caminho desobstruído. Alfa-um, retire a polícia local daqueles arcos. Alfa-dois, certifiquem-se de que não haja tráfego naquela ponte.

Depois disso, o laboratório ficou em silêncio, exceto pelos sons dos tiros, dos propulsores de movimento do Homem de Ferro e das pesadas engrenagens dos triângulos. A torre continuava a caçar seu agressor. Incapaz de mirar, a coisa continuou arrastando-se até os arcos. Servilmente, suas pernas falsas continuavam a responder aos tiros precisamente mirados, até se aproximar de uma última e estreita curva. Ao recuar por baixo do arco central, a torreta acertou a pedra.

Uma chuva de rochas do tamanho de punhos tilintou sobre a superfície do robô.

– Stark!

– Reserve esses disparates para os novatos, coronel. Aposto que o Capitão acha que estou fazendo um ótimo trabalho, certo, Capitão?

Rogers percebeu um pouco de suor nas têmporas de Stark.

– Você está indo muito bem, Tony.

A cada passo, parecia cada vez menos que a coisa iria mudar a rotina. Mesmo assim, os três homens prenderam o fôlego, relaxando um pouco apenas quando ela emergiu da sombra do arco e adentrou uma avenida larga e vazia.

– Isso foi mais difícil do que pensei. Foi como fazer baliza na hora do rush. De olhos fechados.

Na margem oposta, a polícia parisiense estava fazendo o melhor que podia para manter uma multidão crescente atrás dos bloqueios colocados às pressas. Assim que o estranho colosso pisou na ponte, até mesmo os policiais pararam um momento para observar a coisa e o inseto impetuoso que a enchia de tiros azuis.

Quando finalmente ela chegou à beira da ponte, Stark disparou pela última vez.

– Não há para onde ir, a não ser para baixo.

O robô andou para trás, como fizera dezenas de vezes antes, mas, desta vez, o pé parou no ar. Ao vacilar, o tronco girou, tentando recuperar o equilíbrio perdido – mas não foi rápido o bastante. O gigante cambaleou em direção ao rio.

A forte expiração de Stark foi ouvida nos alto-falantes.

– Ufa! Agora só temos que torcer para que ele não...

O ruído de cliques o interrompeu. O corpo da coisa se achatou ao cair. Ela mergulhou na água e voltou para a superfície, com a torre intacta e girando.

– Saco. A queda em si deve ter ativado uma rotina diferente. Provavelmente, tem algum tipo de giroscópio que o auxilia no equilíbrio.

O colosso falou novamente:

– *Wenn Kapitän Amerika ist nicht hier innerhalb einer stunde, werden viele zivilisten sterben.*

– Nossa. Uma rotina *bem* diferente.

A tradução apareceu nas telas deles:

– Se o Capitão América não estiver aqui dentro de uma hora, muitos civis irão morrer.

Ondulando pela superfície do rio, ele foi até a margem oposta cheia de gente. Na esperança de mudar sua direção, o Homem de Ferro o alvejou, mas, desta vez, o gigante o ignorou. Tony mergulhou por baixo da superfície do rio, atirando no robô ao longo do percurso na esperança de que pudesse atraí-lo até o Sena. Sem sorte: a coisa continuou indo na direção da margem.

– Por que ele não o seguiu? – perguntou Fury.

– A nova rotina está substituindo a antiga. Então, para recapitular, se eu tentar fritá-lo, pessoas morrem. Se eu não fizer nada, pessoas morrem. A menos que o Steve apareça. Essa é uma questão de múltipla escolha e não há a opção "nenhuma das alternativas". Então, exatamente quão grave é esse negócio que você contraiu, Capitão?

9

Eu serei o único a decidir o valor deles.
Portanto, por que eu não deveria decidir se eles vivem?

FURY FEZ UMA CARETA.

– Um vírus inativo por anos versus um iminente ataque a gás? Não há escolhas boas, mas talvez pudéssemos embrulhá-lo em um de nossos sofisticados trajes de proteção por tempo o suficiente para que você possa se apresentar.

Por mais que Nia precisasse se focar em seu trabalho, seus ouvidos foram atraídos por algo. Ela observou as emoções conflitantes no rosto do Primeiro Vingador. Claramente, ele queria aproveitar essa chance, mas a decisão não era dele. Como se sentisse a atenção dela, ele gritou:

– Doutores? Vocês gostariam de opinar?

Ela hesitou, esperando que Kade se manifestasse primeiro, mas não foi o que ele fez. Apesar do drama se desenrolando nos inúmeros monitores de tela plana, ele permaneceu absorto pelos hologramas moleculares flutuando diante dele.

Nia pigarreou.

– Doutor Kade? Diante das circunstâncias, o que você acha a respeito do Capitão Rogers usar um dos trajes de proteção para combate?

Ele olhou para cima, com o olhar vago.

– Não é necessário. Contanto que ele continue na câmara de contenção...

Cutucando-o abruptamente, ela apontou com a cabeça para os monitores. A voz fria novamente surgiu nos alto-falantes:

– *Wo ist Kapitän Amerika?*

Ele se indignou.

– Absolutamente, não. NÃO! Você não pode mandá-lo para uma batalha!

Fury esforçou-se para manter a voz equilibrada.

– Doutor, tenho certeza de que o senhor sabe que, desde o Iraque, o Departamento de Defesa tem aprimorado a eficácia de seus trajes de proteção. O que imagino que não saiba, já que é uma informação sigilosa, é que temos algo ainda mais avançado. – Ele pressionou alguns botões em seu palmtop. – Estou encaminhando as especificações agora para o senhor e a Doutora N'Tomo, mas, se queremos que o Capitão esteja lá até o final do prazo, precisarei de uma resposta rápida de vocês.

Kade ficou indignado.

– Vocês são todos *loucos*?

A mão de Nia em seu ombro só piorou a situação.

– Podemos conversar por um minuto?

Fury levantou um dedo.

– Um minuto. Um.

Kade deixou que ela o guiasse até o corredor, mas se afastou assim que a porta fechou.

– Por que se incomodar com isso, quando está na cara que você vai passar por cima de mim outra vez?

Ela respondeu com a mesma calma que usava para falar com os pacientes em estado de pânico:

– Quando as circunstâncias mudam, os argumentos precisam mudar também. O vírus está presente há anos, mas este... robô gigante assassino... vai cumprir sua ameaça em uma hora. Isso representa milhares de mortes reais contra uma teoria.

Kade procurou controlar-se.

– Aquelas mortes são igualmente teóricas. O que não é teórico é o fato de que, anualmente, 36 *mil* pessoas morrem de *gripe*. Isso é infinitesimal comparado ao que esse vírus pode causar à nossa espécie.

Sentindo estar levando um sermão, ela cruzou os braços na frente do peito.

– *Pode* causar, mas não temos qualquer maneira de saber quais são as chances de ele ser subitamente ativado.

Kade bufou.

– Sem uma compreensão do que o mantém sob controle, é claro que não. Nós só saberemos o que vai acontecer se o vírus for ativado!

Ela baixou a voz, um truque simples que costumava usar com crianças.

– Mas nós compreendemos exatamente o que está mantendo o gás sob controle, o que o robô está pedindo e o que ele está ameaçando fazer caso não consiga o que... quer.

Kade manteve-se irredutível.

– É exatamente isso o que esses caubóis, com o senso de heroísmo de um adolescente, estão dizendo. Como eu suspeitava, você já tomou uma decisão. Não vou desperdiçar meu tempo com algo que não posso controlar. Mas se o sangue do Rogers se espalhar pelas ruas de Paris e a humanidade perecer por conta disso, a culpa será sua, Doutora N'Tomo, não minha!

* * *

Vinte minutos depois, Steve Rogers estava no drone Hoverflier, enquanto Nia verificava seu traje de proteção várias vezes seguidas. Observando seu reflexo em uma estrutura prateada, ele se recordou de um bebê imobilizado por seu primeiro casaco de neve. O capacete completo e os óculos enormes eram estranhos, mas sua força e velocidade deveriam compensar o tamanho daquela indumentária.

– Isso não vai rasgar se eu me mover muito rápido, vai?

Nia, em seu próprio traje, apertou uma alça no ombro, então a relaxou novamente.

– O tecido complexo tem uma força de tensão semelhante ao Kevlar. Ele não vai parar uma bala, mas deve aguentar suas acrobacias de combate.

– Obrigado por ter vindo junto.

Ela continuou trabalhando.

– Só para que saiba, o traje não vai ajudar muito se o gás for liberado. Eu reverti os filtros para purificar o ar quando você expira, para proteger a população do...

A voz dela ficou no ar – se tinha sido por emoção ou por conta de uma fivela emperrada, ele não sabia dizer.

– O vírus. Eu sei.

A mão dela passou da alça no ombro para a estrela no peito do Capitão. O traje de proteção tinha sido pintado às pressas para parecer com o uniforme que ele usava por baixo.

– Engraçado, eles se preocuparam tanto que você seria reconhecido na Somália e agora eles estão preocupados de você não ser.

– O preço da fama?

Ela não sorriu.

– Paris não é o deserto, mas a sensação aí dentro vai ser de mais de 40 graus. Seu metabolismo é quatro vezes mais rápido que o normal, então você vai precisar de quatro vezes mais água para se manter hidratado. Há um canudo retrátil próximo da altura da boca. Certifique-se de usá-lo. – Ela olhou para ele de forma profunda e inteligente. – Você sua, certo?

Ele concordou com a cabeça.

A voz de Fury surgiu no comunicador.

– Descida em 60 segundos. Hora de a doutora apertar as alças.

Posicionando-se na proteção de segurança, ela disse:

– Gostaria de poder fazer mais. Se eu não fosse ateia, eu rezaria.

A porta traseira abriu. Por baixo de uma sutil camada de nuvens, as ruas de Paris se fizeram visíveis.

– Não há ateus em trincheiras – disse o Capitão.

O motor roncou mais forte, mas ele ouviu a resposta dela pelo comunicador.

– Só para que saiba, Steve, essa não é uma discussão contra o ateísmo. É uma discussão contra trincheiras.

Ele se virou para realizar o salto.

– Não foi James Morrow que disse isso?

Com os ouvidos tampados pela corrente de ar, Rogers jogou-se nos céus e mal a ouviu responder que sim. Com as costas arqueadas, os membros todos juntos para a longa descida, ele observou a cena no chão ficar maior. A S.H.I.E.L.D. e a polícia local tinham afastado a multidão, mas ele podia ver centenas de carros presos no trânsito a poucas quadras dali.

Conforme a gravidade o puxava mais para baixo, ele avistou o brilho do metal do robô e a rajada de ar quente que acompanhava os movimentos do Homem de Ferro. Atirando na barreira de pedras ao longo da margem do rio, Stark tentava manter a coisa na água. Ele estava sendo apenas parcialmente eficaz. As garras do robô se esticavam por cima da margem e se enrolavam ao redor de vários troncos de árvore para se puxar para cima.

O som das explosões tornou-se audível, depois, os cliques dos triângulos e, finalmente, Stark no comunicador:

– Puxa vida. O Capitão arranjou uma amiguinha.

– Cale a boca, Tony. – Ele puxou a corda, abrindo o paraquedas.

– O Capitão e Nia se beijam no parque...

– Tony...

– Ei, eu acho isso bem legal. Ajuda a relaxar. Então, qual é o plano?

A descida do Capitão diminuiu de velocidade. Ele usou as cordas do paraquedas para manobrar em direção à ponte.

– Invente alguma coisa enquanto eu avanço. Ele quer me conhecer, então, eu acho que o primeiro passo é me anunciar.

Como ninguém sabia ao certo como o robô seria capaz de reconhecê--lo, o comunicador dele estava ligado ao sistema de alto-falantes do traje. Quando ele o ativou, a voz dele reverberou mais alta do que a gravação do *Führer* morto.

– Você me queria, então aqui estou eu!

Arrancando seu escudo das costas, ele o jogou na direção da maior das garras, acertando-a com um estrondo. As ondas de choque interromperam brevemente o padrão dos triângulos, enquanto o escudo voltava para sua mão.

No momento em que seus pés tocaram o chão da ponte, o Capitão soltou o paraquedas e virou-se para a água de modo a ver se o golpe, ou sua presença, havia gerado algum efeito adicional.

Sem saber ao certo como se dirigir ao robô gigante assassino, ele chamou:

– Eu não sei quem o enviou, mas se não recuar imediatamente, você será destruído!

Ele se sentiu um pouco tolo ao ameaçar algo que, provavelmente, não o compreendia. Mas, de acordo com Stark, quanto mais ele falasse, melhores as chances de ativar as funções de reconhecimento de voz, se é que ele tinha alguma.

Até então, além de remontar sua garra, a coisa não tinha se mexido.

Ele caminhou até a beirada da ponte.

– Você está me ouvindo? Aqui é...

– *Kapitän Amerika, machen sie sich bereit zu sterben!*

Ele já tinha ouvido aquela frase em alemão inúmeras vezes. *Capitão América, prepare-se para morrer!*

O ruído das peças da máquina se mesclou em um único gemido metálico. Agora plana, a coisa partiu em sua direção, deslizando pela água.

Stark pairou atrás do robô.

– Estou pronto, Steve. É você quem ele quer, você é quem manda.

– Ainda não faça nada. Contanto que ele continue se afastando da margem, eu quero a atenção dele em mim.

– Captei, Capitão.

– Esse sistema de som é muito bom, Tony. Você me ouviu revirar os olhos?

– Afirmativo, senhor.

Com um pé na barreira de pedra da ponte e o escudo empunhado, Rogers observou o robô se aglutinar em algo parecido com um navio, com uma alta proa inclinada. Três estruturas semelhantes a torres ergueram-se desajeitadamente do centro. A mudança em sua distribuição de peso fez a coisa pender para um lado, depois para o outro, mas não a desacelerou.

Perto das sustentações da ponte, o trio de torres curvou-se à frente. Por conta do que ela havia tentado fazer com as árvores ao longo da margem, o Capitão esperava que ela usasse as torres para se mover até a ponte.

Mas não foi o que o gigante fez. Ele parou, boiando na água.

Rogers gritou novamente:

– Eu estou bem aqui. O que está esperando?

Ele ouviu mais cliques, mas o robô tinha parado de boiar. As torres inclinadas deveriam ter se curvado, mas estavam estáticas. Provavelmente ela estava se segurando por baixo.

Quando o Capitão percebeu o motivo, foi quase tarde demais. A coisa estava se preparando para um ataque. Saraivadas de triângulos giratórios saíam das torres. Algumas se deslocavam pelas pedras aos seus pés. Outras se derramavam ao seu redor, estraçalhando asfalto e concreto.

Desviando dos mísseis mortais, Rogers pulou para trás, atingiu o chão e, com uma espécie de cambalhota, saiu do caminho. Quando se levantou, não havia sobrado muito espaço para ele ficar.

A ponte estava desmoronando.

Enquanto Steve pulava por entre os pedaços de concreto e as barras de ferro expostas, Stark falou pelo comunicador:

– Muito bem, então, neste caso, performances anteriores não são os melhores indicadores para comportamentos futuros. Acho melhor você ir para a lateral do Louvre. Já evacuaram mais daquela área. Porém, tem todas aquelas preciosas obras de arte.

– Ainda não acha que é uma I.A.?

– Não. Pelo menos, não *quero* que seja. Meu palpite é de que o programador tinha algo especial planejado para você. Quer ajuda?

– Ainda não.

– O funeral é seu... quer dizer, a festa. A festa é sua. Vamos nessa.

Uma segunda barreira, maior que a primeira, forçou o Capitão a girar no ar. Assim que conseguiu chegar à parte restante da ponte, um triângulo o atingiu perto da coxa, cortando várias camadas do traje de proteção.

Ele tinha que terminar com essa luta, e rápido. Mas como?

Ele pulou na direção dos triângulos que continuavam ancorados na água. A altura das três torres havia diminuído por conta dos ataques dos mísseis, mas, naquele momento, as peças disparadas voltavam, encaixando-se no lugar de onde haviam partido.

Abaixo dele, o que parecia uma superfície plana revelou ser uma série de pontas bem amontoadas. Se ele as acertasse na velocidade atual, o traje não seria a única coisa a ser dilacerada. Pressionando a parte curva de seu escudo contra o robô, o Capitão acomodou seu corpo na parte interna para se proteger. Conforme ele deslizava pela superfície afiada, faíscas voavam para todos os lados.

Ele tinha sobrevivido mais alguns segundos. Qual seria o próximo passo?

Sendo capaz de pensar ou não, os projetistas do robô haviam enfrentado um grande desafio, não simplesmente planejando destruir qualquer pessoa, mas planejando destruir *ele*, o Capitão América.

– Tony, eu vou nadar um pouco. Se ele me seguir, você sabe o que fazer. Não espere eu voltar à superfície.

– Espere! Além de eu não querer que você morra, tenho outro problema com isso. Eu já tentei isso e não funcionou, lembra?

Ele pulou.

– É porque era você, não eu.

– Não precisa ficar todo metido. Ah, saquei. *Eu não sou* o alvo dele.

O traje de proteção não só proporcionava um mergulho estranho, como também, quando ele afundou, a água escura começou a entrar pelos filtros invertidos da máscara de gás, ofuscando seus óculos e forçando-o a prender a respiração. Apesar de tudo, ele batia as pernas e dava braçadas, levando seu corpo pesado mais para o fundo, até que sentiu a corrente empurrá-lo por baixo da ponte.

Ele virou de barriga para cima, na esperança de ver o robô, antes que a máscara ficasse completamente cheia de água.

– Venha atrás de mim, droga! Venha!

– Você beijou aquela bela doutora com essa boca? – a voz de Tony surgiu. – Parece que você estava certo. Ele está se convertendo em uma versão mais compacta daquela configuração da torre e está deixando-se afundar.

Um rugido baixo e abafado chegava de cima. A luz do sol, já tênue abaixo da superfície do rio, escureceu ainda mais. O Capitão viu o robô descendo, ainda mudando sua forma, e sua cor acinzentada estava ficando preta. Alguns triângulos passaram raspando por ele, como torpedos, deixando um rastro de bolhas para trás. O fato de eles não o acertarem o fez sentir-se mais sortudo do que seguro. Ele virou-se e nadou, forçando-se a ir mais fundo.

– Tony, assim que ele estiver completamente submerso, dê o seu melhor.

– Ahn, Capitão, lembra-se da minha primeira objeção? O traje me protege de descargas de energia, mas não te protege. Se eu liberar a voltagem máxima e você estiver por perto, você vai...

– Só faça isso! – Assim que ele falou, a água arenosa encheu sua boca.

– Está bem, mas me faça um favor: procure tomar o máximo de distância entre você e o robô. Nade com a correnteza, não contra ela... esse tipo de coisa.

Já nadando o mais rápido que podia, ele cuspiu a areia grossa e continuou batendo braços e pernas. Lembrando-se do conselho de Nia, ele tomou um pouco de água fresca pelo canudo. Estava quente, mas limpa.

Quando parou para olhar para trás, viu mais triângulos giratórios vindo em sua direção. Antes que pudesse tentar evitá-los, um vasto crepitar de luz azulada o cegou. O estrondo que veio em seguida o preencheu e o abalou tanto que ele não sabia onde tinha começado ou terminado. Depois disso, ele não tinha mais certeza de nada.

De repente, ele sentiu as mãos da armadura de Stark erguendo seu corpo, tirando-o da água. Ele queria ver o que havia acontecido, mas os óculos do traje estavam insuportavelmente embaçados. Ele levou as mãos até o capacete para removê-lo, mas ouviu o alerta de Tony pelo comunicador.

– As ordens são para deixar o capacete até que você esteja trancado no Hoverflier.

Exausto, ele concordou com a cabeça. As mãos relaxaram. Com um tilintar, ele pousou em metal sólido e ouviu a porta do avião ser fechada.

Nia, ainda em seu traje, ajudou-o a remover o capacete.

– Isso é contra o protocolo, mas, de qualquer maneira, aquele vidro está rachado e o ambiente do Hoverflier é isolado. O Doutor Kade com certeza discordaria, mas não vejo mal algum em deixá-lo dar uma olhada rápida.

Ele olhou para fora pela janela de trás. Abaixo, pedaços do robô flutuavam em montes sobre a superfície do Sena. Eles ainda tilintavam uns nos outros, mas só quando as correntes os carregavam para perto.

– Você conseguiu – disse Nia, suavemente. Então ela cobriu a cabeça dele com um capacete sobressalente.

10

Se alguma coisa está prestes a destruí-lo,
a escolha óbvia é destruí-la antes.

JOHANN SCHMIDT estava extremamente irritado – não por causa do resultado da batalha, mas com o fato de que ele teve de assisti-la da mesma maneira que o resto das pessoas: pelo noticiário. Ele tinha esperanças de que a Chave Sonora pudesse conectá-lo com uma câmera localizada dentro do Hibernante, mas aparentemente essa tecnologia não estava disponível para o pequeno projeto secreto do *Führer*.

Se Hitler tivesse pensado em consultá-lo, ela poderia ter existido. Os avanços deles em televisão mecânica eram consideráveis.

Contudo, o Caveira se questionou por que ele se sentia incrivelmente fútil, quando deveria sentir-se satisfeito e impressionado. A maneira misteriosa com que as peças resistentes e leves se interligavam deixaram até mesmo Zola parecendo uma criança que assiste ao seu primeiro número de mágica. Havia muito tempo desde que Schmidt tivera alguma razão para admirar Hitler ou seu Reich.

Em vez disso, ele não conseguia parar de pensar em quais outros segredos tinham sido escondidos dele.

Permitiram que a imprensa cruzasse o cordão de isolamento. Os relatos da cena soavam mais artificiais do que a voz de Hitler:

– Estamos ao vivo do Sena, onde, momentos atrás, aconteceu uma impressionante batalha no coração de Paris. Estão nos dizendo, agora, que o traje de proteção que o Capitão América estava usando pode ter sido uma precaução contra um possível ataque de gás do...

Franzindo a sobrancelha sem pelos, ele colocou a televisão no mudo.

– Arnim, você se lembra de alguma outra situação em que Rogers tenha feito tamanho esforço para se proteger?

A voz sintetizada de Zola foi emitida pelos alto-falantes em seus ombros:

– Não me lembro.

Os olhos de Schmidt arregalaram.

– Então...?

– Sim. A conclusão lógica é de que Rogers também possui o vírus. É possível que ele tenha sido reproduzido inadvertidamente quando criei o clone.

A revelação deixou Schmidt empolgado.

– Então o vírus também o está matando?

– No momento, não. Como você viu, ele lutou tão bem quanto nas outras vezes. Suas capacidades não foram diminuídas de forma alguma; por conseguinte, ele não está sintomático.

A decepção o fez cuspir enquanto perguntava.

– Como, se nossos corpos são idênticos?

– Talvez porque eles não são mais idênticos. O clone *era* idêntico ao de Steve Rogers, mas só no momento em que a amostra foi retirada. Desde então, vocês viveram vidas separadas, adquiriram cicatrizes diferentes. O Pó da Morte que desfigurou o senhor, por exemplo, pode ter afetado seu sistema imunológico. Ou, quem sabe, o vírus sofreu uma mutação, tornando-se uma cepa mais ativa dentro de você. Afinal de contas, mutações são comuns em vírus. Outra possibilidade é que ele tenha o mesmo vírus, mas a S.H.I.E.L.D. encontrou uma maneira de mascarar os sintomas. Se assim for, *Herr* Caveira, é do interesse de todos evitar que o vírus se espalhe. Talvez você queira considerar entrar em contato com eles.

A figura já rígida do Caveira ficou ainda mais tensa.

– Assim poderão me manter preso em quarentena até eu morrer? Assim poderei me tornar o rato de laboratório que permitirá que eles consigam salvar o grande herói deles? Acho que não.

Durante algum tempo, o Caveira estivera se esforçando para não tossir. Toda vez que conseguia, ele sentia como se fosse um pequeno triunfo, mas, desta vez, um forte espasmo o pegou desprevenido. Com os ombros subindo e descendo, ele continuou até o último sopro de ar sair de seus pulmões ofegantes.

Quando terminou, endireitou-se novamente. As partículas respingadas de sangue mal se notavam em contraste com a pele vermelha de suas bochechas e queixo, mas, quando limpou os lábios com as luvas pretas, as gotículas reluziram como pequenos rubis. Tremores percorreram seus dedos. Schmidt limpou a luva e, em seguida, enrolou seu lenço em volta da mão para parar de tremer.

– No orfanato onde fui criado, muitas crianças tiveram tuberculose. Eu passava minhas horas ociosas vendo-as sofrer. Algumas lutavam para respirar. Outras, fragilmente, se entregavam. A atitude delas não fez a menor diferença em quanto tempo elas viveriam. Ainda assim, considero aquelas que escolheram desistir as mais fracas.

– Qualquer comparação com o vírus é inadequada. Tuberculose pulmonar é causada por uma bactéria que se estabelece nos pulmões.

O engenheiro genético sempre teve uma objetividade irritante, mas a resposta havia sido tão mecânica que Schmidt se perguntou sobre o quanto de si mesmo Zola havia desistido quando ocupou aquela máquina. Mas, em seguida, o avatar no peito do androide curvou-se. Linhas formaram pequenas rugas na testa e nas sobrancelhas, enquanto os lábios se contraíram e vincaram. Parecia que estava quase triste.

– Sinto muito que o Hibernante tenha sido destruído, que seu plano tenha falhado.

A resposta do Caveira foi um chiado rouco.

– Não falhou!

O androide apontou para as telas.

– Mas Rogers não apenas foi vitorioso como também os destroços estão sendo recolhidos pela S.H.I.E.L.D.

Um sinal demasiado agudo preencheu a sala. O androide não sentiu nada, mas o barulho penetrou a cabeça de Schmidt e fez seus dentes doerem. Pelo menos aquele não era um novo sintoma. Pelo menos ele sabia o que era.

A chave sonora estava zunindo.

– Pronto, está vendo? Eles não receberam o codinome Hibernantes apenas por causa do tempo que poderiam permanecer assim antes de serem usados. Uma vez que tenha adquirido os dados necessários, cada um é programado para se fingir de morto, ficar inativo, até seus irmãos completarem suas tarefas. E agora, o segundo acordará.

Apesar do que aquilo significava, o som intenso deixou seus nervos à flor da pele. Ele se esforçou para manter-se focado, espremendo mais e mais o lenço amontoado em seu punho, até que o fenômeno o remeteu a outra sensação: não da seda, mas algo sensual, suave e acolhedor.

Ele viu o rosto assustado de Esther, a filha do comerciante judeu, a garota que evocou suas paixões e, depois, o rejeitou. Quando a estrangulou, foi a primeira vez que liberou por completo sua ira. Ela, como aqueles fracotes do orfanato que se entregavam à doença, havia simplesmente se rendido. Desde então, o êxtase daquela sensação revelou a sua essência. Antes mesmo de conhecer Hitler, aquele momento lhe disse quem ele era.

– Arnim, estou me sentindo... estranhamente sentimental.

– Estou começando a achar que o vírus está afetando seu sistema límbico. É o lobo das emoções e das memórias.

– Ah... isso explica muita coisa.

A memória dos olhos esbugalhados da garota permaneceu em sua mente até as vibrações da chave sonora cessarem. Assim que o Caveira jogou o lenço no lixo, o rosto moribundo da garota desapareceu.

De repente, ele não conseguia mais lembrar-se dela. Ela se tornou apenas um nome – um nome ligado a uma dor distante e indiferente, que não invocava nem visões, nem sons.

11

Mas é tão fácil assim de destruir, mesmo sendo a coisa mais impressionante que você já viu?

A FUNDIÇÃO DE FERRO DE CLABECQ, na Bélgica, estava fechada desde 1992, e até mesmo o explorador urbano mais corajoso a considerava um lugar extremamente perigoso. Mas, em todos os cantos do mundo, havia adolescentes entediados, jovens que não se importavam, não acreditavam ou ignoravam deliberadamente sua própria mortalidade – e as fogueiras esporádicas que queimavam estruturas enferrujadas quase sempre passavam despercebidas.

Quinten estava prestes a jogar outro galho seco no fogo quando Brent segurou sua mão.

– Que foi?

– Não deixe o fogo muito grande. Os guardas vão ver.

– Você é o líder agora?

A maioria dos outros estava ocupada mandando mensagens de texto ou balançando as cabeças com a música que tocava em seus fones de ouvido. Amelie, no entanto, estava prestando atenção. Quinten sorriu para ela, então acenou com a cabeça para a trêmula escuridão.

– Onde? Quais guardas?

Um pouco mais velho, Brent levou aquela leve provocação na esportiva.

– Eles não têm dinheiro para contratar muitos, mas, acredite em mim, eles estão por aí. Por que arruinar um momento legal? Deixe o fogo baixo.

Quinten fez uma cara de insatisfeito, mas atirou o galho às sombras.

Amelie, de short e top, aproximou-se. Ela estava sentada de pernas cruzadas e esfregou as mãos sobre o fogo, fingindo estar com frio.

– Não faça essa cara, Quinten. Afinal, foi Brent quem encontrou as estátuas, não foi?

– Mas todos nós trabalhamos para tirá-las das caixas. – Ele apoiou a cabeça no colo dela e olhou acima para as duas figuras de bronze. Depois de desencaixotar as estátuas, o grupinho de marginais tentou colocá-las uma de frente para a outra, a fim de que os orbes que cada uma das figuras sustentava pudessem tocar-se e formar uma espécie de altar protetor. Mas elas eram muito pesadas.

– Foram os nazistas que as fizeram, sabia? – disse Brent. – Havia suásticas pintadas sobre aquelas tábuas.

Quinten estava bem abaixo de uma das esferas, assim, todas as vezes que a luz do fogo bruxuleava de um determinado jeito, ele conseguia identificar as unhas dos dedos esculpidas nas mãos em formato de concha.

– Elas estavam podres demais para conseguir ver direito.

Ainda nada satisfeito com o brilho do fogo, Brent tirou outro galho da fogueira.

– Eram suásticas, sim.

Quinten revirou os olhos.

– Tudo bem. Suásticas.

Amelie olhou para os rostos de bronze ao alto.

– Como algo tão bonito pode ter vindo de algo tão feio?

Quinten sorriu com o canto da boca.

– Você veio dos seus pais, não veio?

Ela o segurou pelas bochechas e chacoalhou o rosto dele, como sua mãe costumava fazer quando ele passava dos limites.

– Não seja tão ruim.

Preocupado com a possibilidade de arruinar as coisas com ela, Quinten tentou aproveitar o silêncio, mas Brent voltou a falar:

– Definitivamente nazista. Quem vocês acham que elas deveriam representar? Por que estão segurando esses globos?

– Deuses, talvez? Sei lá. – Quinten se ajeitou melhor no colo de Amelie. – Se são nazistas, como vieram parar aqui? A Bélgica foi ocupada, mas...

Amelie olhou para os dois.

– Parem de falar. Parem de pensar, vocês dois. Tentem apreciar o momento. Shh.

Brent olhou para ela.

– Você não está nem um pouco curiosa?

Ela mexeu no cabelo de Quinten.

– Não. Se você ficar um pouco em silêncio, poderá ouvir o vento fazer os prédios rangerem.

Quinten olhou nos olhos dela até ela fechá-los e decidiu fazer o mesmo. Só o que ele ouviu foi o estalar da fogueira. Entediado, ele estava prestes a falar alguma coisa quando percebeu um som mais forte. Estava perto – perto demais para serem as paredes metálicas assentando nos suportes de aço enferrujado. Tampouco soava como metal – estava mais para pedras contra pedras.

Mas ainda assim não era isso. Não eram pedras.

E estava ficando cada vez mais alto.

Ele abriu os olhos – e continuou abrindo até que eles se recusaram a abrir mais. Os braços da estátua estavam se abaixando. Parecia que ela estava ganhando vida, até que as fendas, semelhantes a cicatrizes ao longo dos ombros da figura, revelaram que ela estava, simplesmente, desmoronando – bem em cima deles.

Apavorado, ele rolou para o lado, puxando Amelie para junto dele. Os outros ficaram de pé em um pulo, cambaleando ao saírem do caminho.

– Corram! – gritou Quinten. Seu grito foi quase abafado pelo barulho da imensa esfera e dos braços caindo no concreto. Conforme o eco se propagou e a poeira assentou, os adolescentes, em pânico, pararam para observar.

Brent, que tinha sido o último a correr, deu alguns passos cuidadosos na direção das imagens de pedra.

Quando a esfera de três metros rolou sobre ele, fez um barulho completamente diferente do barulho de metal ou de pedra.

Desta vez, foi Amelie que gritou e correu. Quinten continuou olhando. A esfera era parte de uma estátua, não tinha vida. Ela não deveria estar fazendo aquilo. Não era possível. Ela não tinha nem começado a se mover aos poucos, como um carro acelerando. Em um instante ela estava parada, no outro, movendo.

Conforme ela continuou rolando, Amelie, ofegante, gritou de algum lugar no escuro.

– Quinten! Por que você não está correndo?

A voz dela, normalmente tão familiar, soou estranha e áspera, como se fosse um sonho. Parte dele não sabia se aquilo era real. Talvez ele *estivesse* sonhando. Foi preciso que o som artificial da esfera em movimento o tirasse daquele estado petrificado:

– Ich komme um zu töten Kapitän Amerika.

Quinten virou e pressionou os pés contra o chão de concreto. Ele saiu correndo. A esfera continuou em linha reta: sem virar, sem acelerar e sem desacelerar. Mesmo quando atingiu a parede, sua direção não mudou. A chapa metálica envergou, caiu e achatou quando o orbe passou por cima dela.

A esfera não estava atrás deles. O pobre Brent tinha simplesmente ficado parado no lugar errado.

* * *

Menos de uma hora depois, Quinten estava sentado, tremendo, enrolado em um cobertor e cercado de homens e mulheres de uniformes escuros. Eles tinham dito que eram da polícia, mas não eram parecidos com os policiais que ele já tinha visto. Ouviu um deles dizendo que o "Coronel Fury" já havia sido informado, mas o nome não significava nada para ele. Eles haviam encurralado Quinten e seus amigos e os separado, alegando que, dessa forma, evitavam que a história de um influenciasse a do outro.

Porém, tudo o que Quinten queria era descobrir se Amelie estava bem. Quando eles foram detidos, ela estava tão aterrorizada que começou a hiperventilar. Disseram que ela estava bem e estava recebendo cuidados médicos, mas não o deixaram vê-la.

Em vez disso, encheram-no de perguntas. Eles queriam saber por que os jovens não informaram que haviam encontrado as caixas, como se aquilo significasse que eles tinham, de alguma forma, descoberto o segredo deles.

– Porque somos adolescentes idiotas, por que mais seria?

Para cutucá-lo, eles contaram sobre o milionário morto que havia escondido as estátuas lá após a guerra. Queriam saber se o homem era um simpatizante dos nazistas ou, como as declarações públicas dele diziam, apenas um fã do escultor – como se, de alguma forma, Quinten pudesse saber.

É claro que ele não sabia!

Ele estava tão exausto que não conseguia nem se importar com a história das estátuas, sobre uma representar o titã grego Atlas sustentando os céus e a outra, a deusa romana Telo sustentando a Terra. Elas fariam parte de um *Volkshalle* na Nova Berlim que os nazistas imaginaram, um prédio enorme com um domo voltado para a adoração pública a Hitler.

Brent teria dado atenção a isso tudo. Mas Brent estava morto.

Quando Quinten tremeu mais uma vez e começou a soluçar, eles lhe deram um pouco de água e disseram que seria liberado em breve – depois de mais algumas perguntas.

Sim, ele tinha visto a notícia sobre a batalha em Paris. Não, ele não tinha feito qualquer conexão entre aquilo e a esfera, até que eles a fizeram por ele.

– Foi exatamente isso que ela disse? *Ich komme um zu töten Kapitän Amerika*? Eu vim para matar o Capitão América?

– Sim. Eu acho. Sim. Por favor, eu quero...

– Ela não perguntou onde estava o Capitão América? Por que não?

– Como eu posso saber? Talvez ela já saiba onde ele está!

12

Como você decide se vale a pena o risco?

ROGERS TINHA VOLTADO para a quarentena havia poucas horas quando a notícia da esfera chegou ao aeroporta-aviões. A luta no Louvre satisfez uma ânsia que ele estava sentindo, acalmando um pouco sua mente. O Capitão encostou no vidro da câmara despretensiosamente, enquanto ele e Fury analisavam as imagens do satélite em tempo real.

– Já estamos prontos para chamarmos isso de Hibernante? – perguntou ele.

Fury apontou para a linha vermelha originada na Bélgica.

– Pode ter certeza que há algo de familiar rolando ali. A mesma voz gravada, o mesmo material, o mesmo gosto por formas básicas. Você irritou algum professor de geometria quando era criança?

– Desculpe. Eu sempre entreguei meus trabalhos de escola a tempo.

– Imaginei. – A linha vermelha ficou mais longa. – Mas este segundo Hibernante não está chamando você. Ele está vindo direto na sua direção. Ele atravessa qualquer coisa que não consegue rolar por cima. Até agora, isso inclui três casas de fazenda, um centro corporativo e uma estação de trem. As autoridades civis estão tentando abrir um caminho, mas eles receberam ordens para não confrontar essa coisa. De um jeito ou de outro, ele sabe onde você está.

Stark entrou com roupas civis amarrotadas, nada que diminuísse sua autoconfiança.

– Tem certeza disso, Fury?

O Capitão olhou para ele.

– Estou surpreso de você já não ter ido até lá. Eu iria, se pudesse.

Tony deu um tapinha na testa.

– Conheça teu inimigo. Melhor do que dar início a quaisquer defesas, estou tentando aprender mais sobre como, exatamente, essa coisa funciona. Ela está se revelando, bem... *insana* é uma boa palavra. Parece uma esfera harmoniosa, sem detalhes, mas deve haver algum tipo de mecanismo dentro dela, certo? Tudo o que sei é que ela está emitindo um sinal de radiofrequência fraco, porém constante. Mesmo que eu acredite que ela esteja usando isso como algum tipo de ecolocalização, isolar sua biometria a essa distância seria como um homem das cavernas usar bastões de madeira para encontrar o bóson de Higgs. Por isso que não consigo aceitar a ideia de que aquilo está rastreando você.

Fury cruzou os braços.

– Na verdade, eu também não tinha certeza. Até que mudei um pouco a nossa direção três vezes, como você pediu. Todas as vezes, a esfera corrigiu o curso para se igualar com o nosso.

Tony pareceu genuinamente perplexo.

– Caramba. Tudo bem, a esfera está seguindo *alguma coisa*. Mas e se não estiver seguindo o Capitão? Talvez haja um transmissor escondido naqueles destroços do robô assassino que você guardou no Hoverflier.

– Fui mais rápido que você dessa vez. Enviei o Hoverflier para cerca de 160 quilômetros de distância de nós. E nada. E antes que pergunte, vasculhamos o Steve, o uniforme, o escudo, o traje de proteção, os outros dois helijets e todos os agentes de campo que estavam em solo. Nenhum sinal está sendo emitido ou captado, não há qualquer sinal de algo que lembre um grampo. Vou repetir: de alguma forma, aquela coisa sabe onde o Capitão está.

Enigmas intelectuais geralmente instigavam o playboy. Mas este parecia amedrontá-lo. De certa forma, seus olhos indo de um lado para o outro fizeram Rogers se lembrar de Kade.

– Certo. O Hibernante Dois sabe, mas o Hibernante Um teve de perguntar. Se ele não plantou nada *nele*, deve ter obtido alguma coisa *dele*. Alguma forma de identificá-lo, passando a informação adiante antes de ser destruído. – De repente, ele parou e olhou para o teto. – Espere, espere, espere. Será que isso é realmente algo ruim?

– Eu vou de... sim? – disse Rogers.

– Prestem atenção. Se essa coisa *pode* rastrear você, então qual é a questão principal? Localização, localização, localização. Leve o aeroporta-aviões para o oceano. Se ele se jogar, nós o abatemos como fizemos com o primeiro. Sem maiores preocupações.

Steve levantou uma sobrancelha.

– Não acho que os nazistas tenham deixado de se precaver contra uma coisa como a água.

Fury deu de ombros.

– Esse negócio já nos seguiu até aqui. Pelo menos, podemos tentar guiá-lo para longe dos maiores centros populacionais. Vou pedir ao comandante que nos leve para cima do Atlântico a toda velocidade. Quanto menos tempo dermos a essa coisa para que tenha novas ideias, melhor.

Satisfeito consigo mesmo mais uma vez, Stark bateu as mãos.

– Essa foi fácil. Agora vou curar esse tal vírus e, depois do almoço, a fome no mundo. Parece um bom plano?

Antes que os outros pudessem sorrir, o Doutor Kade invadiu o lugar. O traje de proteção estava debaixo de seus braços.

– *Isto* era o melhor que podiam fazer?

Stark apontou para ele.

– Doutor Kade, eu imagino? Vejo que as histórias sobre suas incursões apoteóticas não eram exageradas.

Ignorando o comentário, Kade jogou o traje sobre a bancada mais próxima do laboratório como se fosse uma toalha de mesa, de modo que fosse visto em sua totalidade. Até aquele momento, Rogers pensara que o combate havia ocorrido razoavelmente bem. Mas os múltiplos rasgos espalhados pelo tecido de proteção, grandes e pequenos, diziam o contrário. Cada um tinha uma etiqueta numerada. O menor número que ele conseguiu identificar foi 162.

Havia, no mínimo, 162 rasgos no traje.

Fury dirigiu-se até o traje, mas hesitou.

Kade chiou com ele.

– Não há por que se preocupar agora, coronel. Eu já o esterilizei. Se o vírus puder sobreviver a 200 graus Celsius e ao banho químico que usei, estamos perdidos, não importa o que façamos.

A porta se abrindo atraiu a atenção de todos para Nia N'Tomo, que entrava ofegante. Aparentemente, ela tinha corrido atrás de Kade.

– Eles parecem preferir você, N'Tomo, então conte você a eles. Uma fração de centímetro a mais e estaríamos tentando peneirar o sangue dele do Sena!

Ela parou para recuperar o fôlego.

– É verdade, mas você não está levando em consideração o fato de que o traje foi capaz de resistir aos golpes.

Quando ela se aproximou, Stark aprumou sua camisa amassada.

– Só para que saibam, eu poderia fazer isso, peneirar o sangue dele do Sena. Não seria fácil. Poderia levar... talvez uns seis meses, mas os marcadores genéticos únicos do Soro do Supersoldado facilitariam muito a identificação. Seria mais ou menos como usar radiação gama para localizar...

Kade interrompeu:

– E se ele tivesse sido cortado *acima* da água? Quanto tempo você levaria para filtrar todo o ar de Paris?

Stark franziu a testa.

– Mais tempo.

Nia passou as pontas dos dedos pelo maior rasgo, inserindo o dedo indicador.

– O traje possui múltiplas camadas. A camada final é a mais resistente e, contanto que ela permaneça intacta...

Exercendo quase nenhuma pressão, a unha dela perfurou o que havia sobrado do tecido e saiu do outro lado.

Ela ficou em silêncio.

Satisfeito por deixar claro que tinha razão, Kade olhou para Rogers.

– Não podemos deixá-lo sair novamente. Você compreende isso, não é? Para ser sincero, deveríamos estar focados em colocá-lo em uma câmara criogênica, assim que a situação permitir.

Nia esfregou a única linha que tinha ficado enroscada em sua unha.

– Tenho que concordar.

Rogers observou o traje. Será que ele tinha sido egoísta?

– Talvez houvesse outra maneira, mas eu não vi outra saída.

– O fim do mundo esteve bem mais perto do que em um smoking rasgado – disse Stark. – Você sabe disso. Tudo o que você fez foi salvar vidas.

O Capitão sentou-se na beirada da mesa de exames.

– Agradeço o que está tentando dizer, Tony, mas isso é diferente. Ficar aprisionado aqui estava me deixando louco. Eu queria estar lá fora fazendo o que sempre fiz: lutar. Esses instintos sempre foram muito úteis para mim, mas agora eles podem colocar bilhões em perigo. Se isso acontecesse, eu jamais me perdoaria.

Kade baixou a voz.

– Você não precisa se preocupar em sentir-se culpado. Caso o vírus fique ativo, provavelmente você também morrerá.

Stark ficou eriçado.

– Opa, vá com calma com o herói de guerra, está bem?

Kade olhou confuso.

– Isso era para tranquilizá-lo.

Os dois se entreolharam, igualmente espantados. Era como se os dois homens não soubessem ao certo se estavam encontrando uma nova espécie estranha ou olhando para uma casa de espelhos.

Fury fez uma concha com a mão e a levou ao ouvido. Então, estalou os dedos e apontou para a tela maior.

Rogers imediatamente viu por quê.

– A esfera parou.

Ainda ouvindo, o coronel manteve a cabeça baixa.

– Sim, bem no momento em que atingimos a velocidade máxima.

O tom jocoso de Stark deu lugar à impaciência.

– Volte agora mesmo para cima da Europa. Agora. Eu sei que você acha que essa coisa é muito inteligente, mas, acredite em mim, esses Hibernantes têm um repertório bem limitado. Se ele sente o Capitão, ele vai na direção dele. Caso contrário, vai começar sua próxima rotina...

A gravação ruim que surgiu nos alto-falantes tinha uma voz tão familiar quanto as próprias palavras:

– *Wenn Kapitän Amerika ist nicht hier innerhalb einer stunde, werden viele Zivilisten sterben.*

– Certo. Aquela rotina bem ali. Muitos civis irão morrer. Esqueça. Tarde demais. Nós sabemos o que o último planejava fazer se não conseguisse o que queria.

Rogers olhou para Nia e Kade.

– Qualquer ajuda é bem-vinda. Alguma sugestão?

Ainda segurando o traje rasgado, Nia disse:

– Qualquer coisa pode ser enganada. Vírus sobrevivem ao enganar o corpo. Deve haver alguma maneira de enganar aquele Hibernante.

Kade inclinou a cabeça.

– Se ele está identificando você por meio de coisas como batidas do coração, metabolismo e temperatura corporal, essas coisas serão insignificantes se estiver congelado. Assim que o colocarmos na câmara de criogenia, ele não será capaz de detectá-lo.

Stark balançou rapidamente a cabeça.

– Isso poderia ter funcionado *antes* de a nova rotina ser iniciada, mas não agora. Agora é tudo uma questão de tempo: matar o Capitão ou matar pessoas. Temos que dar a ele Steve Rogers.

Ele coçou o cavanhaque, como se a solução pudesse ser encontrada entre os folículos.

– *Mas*... vamos fazer o contrário. Vamos enganá-lo de outro jeito. Daremos a ele alguma coisa que ele *pense* ser Steve Rogers. Eu poderia usar o traje do Homem de Ferro para imitar a biometria do Capitão. Poderia até usar a voz dele, as táticas dele.

Kade ficou tenso.

– Ele não pode sair de novo! Ele...

Stark segurou Kade pelos ombros e sorriu.

– Não, não, não, seu belo idiota. Ele vai ficar bem aqui, em quarentena, operando o traje remotamente. Ei, Capitão, você já jogou videogame?

13

Mas por que eu iria dar mais valor
a algo do que a mim mesmo?

A ARMADURA VERMELHA E AMARELA saiu voando em direção ao octógono a céu aberto no fim do hangar do aeroporta-aviões.

– Está indo bem, só segure firme.

Um pouco desequilibrada, a figura tentou corrigir o percurso e dirigir-se ao ar livre. Em vez disso, fez uma curva fechada e bateu de frente com a última viga de apoio. Fragilizada, a viga mestra quebrou. Uma parte ficou precariamente dependurada. A outra caiu no chão do hangar.

Rodando como um catavento arrastado por um furacão, a armadura do Homem de Ferro guinou em direção às nuvens.

– Abaixe a... Aperto o... Não, esse aí não ... É só...

De volta ao Laboratório 247, estava claro que, com vírus ou sem vírus, Stark queria atravessar o vidro e arrancar o controle das mãos de Steve Rogers. Ao ver sua preciosa armadura dando cambalhotas, seus dedos batiam em alguns botões em seu próprio console.

– Eu ativei os estabilizadores automáticos. Não vai dar a você a mesma sensação de estar dirigindo, mas solte a alavanca de propulsão toda vez que estiver em apuros e ela vai nivelar com a cabeça para cima, qualquer que seja sua posição ou velocidade. Faça isso. Faça isso agora, por favor.

Rogers levantou o dedo indicador. O traje girou, levantou e desacelerou.

– Tem certeza de que essa é uma boa ideia?

– Não – respondeu Fury. – Tenho certeza de que é uma péssima ideia. Mas tem a vantagem de ser a única ideia que temos.

Rogers desejou ter aceitado um dos muitos convites que recebeu para passar uma noite jogando os mais recentes jogos de videogame de ação. Até aquele dia, dado seu estilo de vida, a ideia parecia redundante.

– Tony, você não usa muito a armadura dessa maneira, não é?

Satisfeito de que o traje havia sobrevivido e o aeroporta-aviões não estava perdendo altitude, Stark se entregou a um pequeno calafrio final.

– Se eu não preciso, não. Os controles são intuitivos e os sistemas de bordo da armadura podem adivinhar seus movimentos na metade das vezes ou, pelo menos, adivinhar os *meus* movimentos. Mas não é a mesma coisa do que estar lá dentro.

– E se, sem querer, eu disparar um míssil ou um repulsor no alvo errado?

– Você não vai conseguir. Ajustei os parâmetros para que você consiga atirar *somente* no Hibernante e, ainda, apenas se não houver nada orgânico entre você e aquela coisa. Esse pequeno truque, admito, eu mesmo uso quando há civis por perto. Muito bem, vou respirar fundo, e, depois, quero que tente nivelar e nos mostre uma pequena, você sabe, *manobra* na direção do aeroporta-aviões.

Rogers olhou para aquele monte de botões, alavancas e mostradores em volta do painel central. Ele mexeu levemente no controle correto. O traje passou de raspão pelo aeroporta-aviões, quase acertando uma das quatro gigantes turbinas de propulsão.

– Não, não! Afaste-se. Fury, há alguma aeronave civil a menos de dois mil quilômetros que ele poderia acertar?

– Tudo limpo.

Rogers suspirou e soltou a alavanca. O traje desacelerou e pairou. Toda vez que achava que estava pegando o jeito, ele quase destruía alguma coisa.

– Mesmo com os meus reflexos, isso vai exigir um treinamento.

– Não temos esse luxo – explicou Fury. – Estamos a cerca de dez minutos da localização do Hibernante.

Stark olhou aflito para o controlador.

– Olha, o traje já está transmitindo uma simulação de toda a sua linda biometria e, caso o Hibernante tenha algum tipo de mecanismo de reconhecimento facial, seu rosto está sendo projetado no alto do capacete. Talvez eu devesse manobrar a armadura. Você poderia relaxar e dar uns conselhos. Você bebe, eu dirijo?

– Foi você quem se preocupou com que ele conseguisse identificar minha tática.

– Eu disse isso mesmo, não foi?

Como um pai rabugento focado no noticiário, Kade estava novamente absorto em seus hologramas. N'Tomo, aguardando uma de suas próprias simulações, não pôde deixar de se manifestar.

– Posso fazer uma sugestão?

Stark sorriu com ar de sedutor.

– Sempre, Doutora N'Tomo.

Virando os olhos, ela caminhou e apontou para os controles nas mãos de Rogers.

– Você está condicionado a responder ao ambiente com seu corpo inteiro. Mas agora, suas ações estão reduzidas aos movimentos das mãos e dos dedos. Se você pudesse encontrar algo análogo à sua experiência, como...

– Meu escudo. – Ele se empolgou.

N'Tomo assentiu.

– Exatamente. Eu já vi como você o usa. É como uma extensão do seu corpo: é você, mas não é você. Pense na armadura como o seu escudo.

– Ótima ideia – disse Stark. – Mas você não vai lançar o controle, certo?

– Tony, por favor – disse Rogers. – Eu sei o que ela quis dizer.

O Capitão tentou outra vez. A cabeça da armadura inclinou-se para baixo. O resto da estrutura acompanhou o movimento, formando um arco uniforme, como uma mistura entre um mergulhador e um praticante de ioga. Ele logo conseguiu, com dificuldade, fazer a armadura voltar para o aeroporta-aviões.

Stark acenou com aprovação e alívio.

– Bom. Não perfeito, mas bom. Agora, enquanto você estiver aqui em cima, relaxa e mete bronca.

– Mete bronca?

– Isso. Faça uma manobra de combate, algo que pareça impossível, como dançar o Moonwalk, mas você pode fazer isso parecer fácil, porque você é o Capitão América.

Houve uma pausa enquanto eles se entreolharam. Stark piscou o olho primeiro.

– Tudo bem, esqueça isso de impossível. Faça um giro sobre o seu eixo ou dê uma cambalhota.

Rogers pensou em arremessar seu escudo, fazendo-o voar pelos ares como lançando de seu próprio punho. Tentando pensar no traje da mesma maneira, ele imaginou a cobertura de nuvens como sendo um ginásio em que ele pudesse treinar, enquanto manipulava os controles. O traje deu uma meia-volta e realizou duas cambalhotas no ar. Por um instante, ele sentiu uma conexão, mas logo acabou, e o traje dobrou-se desajeitadamente na altura da cintura.

Stark fez uma careta, então deu um sorriso tímido e disse:

– Chegou perto.

* * *

Era fácil avistar o caminho escuro que a esfera havia deixado pela região francesa de vinícolas. Ele terminava no limite de um vinhedo. Lá, a cada 15 minutos, a paz do exuberante interior era destruída pela ameaça gravada do Hibernante.

– *Wenn Kapitän Amerika ist nicht hier innerhalb einer stunde, werden viele Zivilisten sterben.*

Ainda sentindo a distância entre si mesmo e a armadura, Rogers pousou a cerca de 50 metros da esfera. Na teoria, a sugestão de Nia havia funcionado, mas aquilo era muito diferente de usar seu escudo. Em vez de tentar manipular cada membro, ele ativou uma rotina automatizada para caminhar. Torcendo para que a combinação de sua voz e o mimetismo eletrônico de Stark pudesse desencadear a identificação, ele se aproximou do Hibernante.

– Procurando por mim?

A esfera estremeceu.

Cada tremor era acompanhado por uma série de estalidos semelhantes a um relógio – mais intensos do que o som dos triângulos, mas não tão altos. Usando os scanners do traje, o Capitão analisou a imagem de ressonância magnética que aparecia na pequena tela do controle. Stark estava certo sobre sua analogia com o piano mecânico. Uma área aberta no centro do orbe estava cercada por um denso conjunto de engrenagens, molas de torção e roquetes. O mecanismo era mais apropriado à era vitoriana do que à Segunda Guerra Mundial. Elas se interligavam, estalavam e zuniam, como um fliperama antigo respondendo ao cair de uma moeda.

Então, tudo parou.

Rogers estava prestes a se anunciar novamente quando a esfera avançou. Em um piscar de olhos, ela se chocou contra a armadura, fazendo-a rolar pelo chão. Então ela permaneceu parada, esmagando o traje na terra fofa, fazendo estalidos o tempo todo.

Tudo aconteceu tão rápido que Rogers duvidou se mesmo Stark teria sido capaz de fugir do ataque.

Tony pareceu concordar.

– As leituras não mostraram nenhuma aceleração. Ela foi direto do repouso para 55 quilômetros por hora, como se tivesse entortado, ou algo assim. Steve, saia daí.

– Achei que você fosse apenas assistir.

– Eu sempre falo durante filmes. Péssimo hábito. Mas agora você está fazendo com que minha armadura incrível pareça uma daquelas atrizes de filmes de terror que correm para o porão sozinhas, por isso estou dizendo: saia daí.

Entendendo a dica, Rogers empurrou a alavanca do acelerador. Os jatos de propulsão dispararam das botas, mas apenas espirraram terra. Percebendo seu erro, ele girou os calcanhares para baixo. Encontrando a resistência necessária, a armadura começou a forçar para cima e para fora dali.

De alguma forma, a esfera reagiu à pressão.

Será que ela estava se deixando *mais pesada*?

Consciente da sensibilidade do controle, ele o acionou lentamente para aumentar a potência. Quando a esfera compensou, ele puxou bruscamente a alavanca até a metade.

Formando um borrão de terra e pedras voadoras, o traje se libertou. Antes que Stark pudesse alertá-lo, o Capitão soltou a alavanca, permitindo que o piloto automático o estabilizasse no ar. A esfera caiu no buraco que ele deixara para trás.

Ela não se moveu enquanto ele não pousou. Então, mais uma vez, a esfera avançou para cima de Rogers. Desta vez ele estava preparado, assim, desviou para a esquerda e quase conseguiu, mas um estrondo penetrou em seus ouvidos. A esfera havia atingido a bota direita da armadura. Mensagens de alerta piscaram na tela de controle. A bota havia sido amassada.

– Está tudo bem – disse Tony. – Eu tenho seguro. Eu acho. Sabe, vou programar para que um traje reserva venha até nós, para que eu possa... Ah! Cuidado!

Desta vez, Rogers a evitou completamente. Quando a esfera atacou a armadura novamente, o Capitão reconheceu o padrão de cliques e zunidos que ela havia feito antes de se mover, então ele apenas teve de contorcer-se como um beija-flor para sair do caminho. Após esquivar-se pela quarta e quinta vez, ele notou que a esfera havia caído em uma repetição programada, assim como o primeiro Hibernante.

– Estamos mais perto do Canal da Mancha do que do Atlântico. Talvez eu possa levá-la até lá.

– Vá com calma. Você viu o que aconteceu quando ela perdeu o rastro do aeroporta-aviões – disse Fury. – Vou tentar estabelecer um corredor ao longo da rota mais curta.

O plano otimista não durou. Depois de uns cem metros, a esfera se aproximou muito dele, esbarrando em seu calcanhar.

– Steve, você está pensando em duas dimensões. Lembre-se, você também pode ir para cima.

O conselho de Tony foi bom, mas outra coisa estava acontecendo. Será que ele havia calculado mal sua reação, ou o Hibernante estava aprendendo?

– Vou aumentar a velocidade para...

A palavra final não chegou a sair de sua boca. Sem quaisquer estalidos, a esfera se arremessou contra a armadura – e a acertou. Mais uma vez, ela pressionou o traje com força no chão. O Capitão levantou as alavancas dos propulsores até a metade, mas a esfera vibrou e o segurou no lugar.

O mecanismo dentro da máquina foi ficando cada vez mais barulhento e mais rápido. A superfície acinzentada clareou e, então, ficou vermelha por causa do calor. Mais mensagens de alerta piscaram na tela, acompanhando a rápida elevação da temperatura.

Rogers elevou a aceleração a 80%, mas a esfera, agora extremamente aquecida, não estava deixando a armadura se soltar. A técnica de aquecimento o fez lembrar-se de outra batalha, uma que havia acontecido há muitos anos, contra o que ele pensava ser uma máquina mais inteligente.

– O quarto Hibernante gerava rajadas de calor, como um vulcão.

– Estou obtendo os dados dele dos arquivos da S.H.I.E.L.D. agora mesmo – disse Stark. – Pois é, alguns dos componentes coincidem. Nosso novo amigo parece ser uma criança mais antiga. Não acho que ele seja capaz de chegar a temperaturas vulcânicas, mas, ainda assim, não é algo do qual você queira estar por perto quando explodir.

Rogers levou a alavanca toda para cima.

Emitindo o terrível som de um arranhão, a armadura se libertou. Ao mesmo tempo, uma onda absurda de calor rebentou do orbe. O ar não queimou, mas todo o resto, sim: vinhas, cercas e terra foram transformadas em cinzas. Seus monitores foram reduzidos a estática; o som dos alto-falantes se tornou um vago crepitar. Rogers soltou o acelerador, mas não tinha como saber se o piloto automático ainda estava funcionando.

Longos minutos de silêncio sepulcral se passaram até as câmeras da armadura voltarem a funcionar. Ela estava pairando cerca de 100 metros acima do Hibernante. A superfície do traje embaçou por causa dos jatos de arrefecimento para baixar a temperatura. A esfera ainda não havia resfriado completamente e posicionava-se no centro de um círculo flamejante que se estendia por quase dois quilômetros. Ao longe, o Capitão viu veículos escurecidos e em chamas e várias casas incineradas. Ele rezou para que todas estivessem vazias.

A mente dele ainda estava se recuperando daquela cena quando o ditador falou novamente do além-túmulo:

– *Sie sind nicht Kapitän Amerika.*

Você não é o Capitão América.

Tony verbalizou o que já imaginava.

– Estamos ferrados. A explosão estragou o circuito que transmitia sua biometria. Temos que fazer alguma coisa antes que ele comece uma nova rotina.

– Explodi-lo?

– Agora não. As armas de raios também foram danificadas. Posso redirecionar a energia, mas vai levar um minuto. Veja se consegue mantê-lo ocupado.

– Ok. Sabemos que essa coisa é oca. Vejamos se ela pode ser quebrada.

– É... não foi exatamente o que quis dizer...

Rogers acionou os propulsores ao máximo. Quando o traje foi para cima do Hibernante, ele quis que aquele realmente *fosse* seu escudo. O som que ele sempre fazia ao colidir dizia muito sobre seus inimigos. O que o escudo comunicava não tinha palavras, informando não só sua mente mas também todo o seu corpo, a sua memória muscular, permitindo que ele se transformasse em uma arma melhor para o ataque seguinte.

A luz que apareceu na tela no momento do impacto não lhe disse nada. A câmera do traje continuava funcionando, mas só mostrava um borrão rodando. Para ter pelo menos uma noção do que havia acontecido, ele teve de olhar para o conjunto de monitores e selecionar as imagens distantes emitidas por um drone. Ali, ele viu a menina dos olhos de Stark, o mais avançado dos mais avançados, ricochetear como uma bolinha de pingue-pongue na esfera harmoniosa e sem detalhes.

Ele ao menos lembrou de soltar a alavanca de aceleração.

Deixando um longo rastro de fumaça branca, a armadura quase saiu do campo de visão do drone antes de desacelerar. Assim que diminuiu a velocidade, uma peça caiu do traje como se fosse o resto de um foguete avariado. Quando a câmera do traje estabilizou, ele a virou na direção do destroço.

Era um braço. Ele o havia quebrado. Ele havia quebrado o traje.

Stark levou na boa, ou parecia ter levado.

– Eu faria uma piada sobre você me custar um braço e uma perna, mas estou muito ocupado estabilizando o que sobrou para... Espere aí. Porcaria! O Hibernante começou algo novo.

Rogers apontou a cabeça da armadura de volta para o chão. O orbe estava girando. Muito diferente de seus golpes rápidos como raios, essa rotação começou devagar, como uma imensa turbina aquecendo. Foi ficando mais e mais rápida, até parecer que a força centrífuga iria despedaçá-la. Enquanto isso, a esfera não saiu do lugar, sem levantar muita coisa a não ser pequenos punhados de terra – como se o chão abaixo fosse ar.

– Tony, alguma ideia do que ela está fazendo?

– Só sei que correr sem sair do lugar poderia converter uma forma de energia em outra, talvez a fim de pegar força para outra explosão de calor, ou...

Enquanto Stark ainda falava, a esfera começou a mover-se novamente, avançando para além da terra ressecada, em direção a uma montanha íngreme. Para além dessas terras, ficava uma vila rural menor que o perímetro da última explosão.

Rogers ficou tenso.

– Ele deve ter detectado os civis, pois está indo para a cidade!

– Vou ativar novamente as armas. Se aproxime o bastante para fritarmos esse otário.

Rogers enviou a armadura para cima do Hibernante e o isolou facilmente, selecionando-o como alvo. O braço arrancado saiu voando e juntou-se à estrutura da armadura, para aumentar o poder de fogo.

O estalo do choque elétrico foi tão forte que Rogers jurou tê-lo sentido em seu peito. Ionizado pela descarga, o ar entre o traje e o Hibernante ficou azul-escuro. O feixe de luz envolveu a superfície giratória, cobrindo-a brevemente com uma segunda pele deformada – e, então, a esfera a absorveu.

Em vez de retardar seu avanço, o ataque a acelerou.

No fim das contas, eles não precisaram se preocupar com os cidadãos. Quando a esfera chegou ao cume da colina, ela passou direto e atravessou o ar.

Stark ficou tão impressionado que só o que conseguiu fazer foi constatar o óbvio.

– E agora, bem... ela está voando. Sim. Ela está voando. Ela nunca teve a intenção de se dirigir à cidade. Ela queria vir até nós.

14

No final, o que vale mais: eu mesmo
ou as coisas que me fazem sentir vivo?

O LABORATÓRIO 247 ESTREMECEU quando os três caças de sexta geração decolaram da pista de pouso do aeroporta-aviões. Graciosos como águias – mas quatro vezes mais rápidos –, eles aceleraram na direção de seu alvo.

Rogers maximizou os aceleradores, mas a armadura ficou para trás, já que suas baterias estavam recarregando devido à explosão elétrica. Mais uma vez, ele desejou estar lá fora, encarando o inimigo pessoalmente. De qualquer forma, quanto mais perto a esfera chegava, mais a segurança de sua câmara de quarentena se tornava uma ilusão.

Mas esse tipo de pensamento era nada mais do que uma distração. Ele tinha que focar no que podia fazer.

A armadura começou a acompanhar a velocidade, mas não porque estava indo mais rápido e sim porque o Hibernante estava desacelerando. Quando os compartimentos dos caças se abriram e despejaram os mísseis, ele desacelerou ainda mais.

Quase como se estivesse esperando por eles.

– Nick, diga aos caças para recuarem. Agora!

Fury não perguntou por que – ele simplesmente transmitiu a ordem.

Dois dos caças já estavam realizando manobras evasivas quando a luz de um segundo sol tomou conta do céu. A onda de calor atingiu, primeiro, os mísseis próximos. As explosões prematuras chacoalharam os caças. Os pilotos que já estavam virando escaparam da onda violenta, efetuando manobras como se estivessem surfando. O terceiro piloto não teve tanta sorte. As explosões atingiram-no de frente, incendiando a fuselagem e fazendo a aeronave entrar em uma espiral descendente. Reconhecendo a falha no motor, ele se ejetou.

Ao ver o paraquedas do piloto, Rogers ficou aliviado por alguns instantes – até que o tecido tremulou com o calor e pegou fogo.

Rogers mirou a armadura na direção do piloto em queda-livre. Ao aproximar-se, as leituras o alertaram de que a superfície metálica do traje estava quente o bastante para queimar a pele. Em vez de segurar o piloto, ele agarrou as cordas do paraquedas. Elas estavam ferventes, mas o seguravam. Depois de arrancar o paraquedas em chamas, ele levou o piloto para o deque do aeroporta-aviões.

Ele não sabia se tinha salvado o piloto ou o tinha condenado a um outro tipo de morte. Desta vez sem o obstáculo dos caças, o Hibernante acelerou na direção deles. Assim que se aproximou o suficiente para entrar no raio de alcance das armas frontais do aeroporta-aviões, os quatro canhões elétricos de 70mm começaram a disparar 200 tiros por segundo. Todos eles apenas resvalaram pela superfície da esfera.

A trajetória do Hibernante ficou clara: se direcionava para o casco de onde ficava o laboratório.

– Tony, por favor, diga-me que descobriu como isto está voando.

Sem ideias, Stark ficou de pé e deu um tapa nas coxas.

– Se eu soubesse, com todo o respeito, eu teria parado de analisar essas leituras e pedido minha armadura de volta. Meu melhor palpite é de que é por eletrogravitação, um efeito descoberto por Thomas Townsend Brown nos anos 1920. Baseia-se em uma descarga de corona que produz um vento iônico capaz de transferir sua dinâmica às partículas neutras ao redor...

Com o impacto do orbe a segundos de distância, Steve o interrompeu:

– Antigravidade?

– Sim, isso, antigravidade. Mas, sério, *você* poderia ter dito isso.

– Como paramos essa coisa?

– Nas pontas dos dedos da armadura há brocas banhadas a nitrato de boro, mais duras que diamante – disse Stark ao sair andando. – Elas devem ser capazes de cavar a esfera e mexer nas entranhas dela, mas não enquanto estiver rodopiando desse jeito. Seria uma chance em um milhão de a armadura conseguir se agarrar naquele negócio, além do tempo necessário para as brocas cravarem fundo o bastante para...

A esfera colidiu com eles. O aeroporta-aviões cambaleou para os lados e Stark, Rogers e a maioria da tripulação foram derrubados. Assim que a imensa nave adernou, um terrível amassado surgiu além do casco.

O Hibernante estava tentando entrar.

Fury foi o primeiro a levantar-se e gritou:

– Nós temos um casco triplo, com uma liga sólida de 15 centímetros, uma camada de supressor de fragmentos em alta velocidade de 35 centímetros e, depois, *outra* camada de armadura super-resistente. Está me dizendo que aquela coisa pode atravessar isso tudo?

Stark foi o próximo a ficar de pé.

– Não estou dizendo que pode. – As luzes piscaram. – Nem estou dizendo que não pode.

Nia, enquanto ajudava Kade a levantar-se, gritou:

– Steve?

– Estou bem.

Com o controle em suas mãos, não importava onde ele estava. Por isso, continuou no chão. Ele manobrou a armadura através de uma chuva de projéteis que surgiu pela lateral. A câmera do traje mostrou um Hibernante giratório logo à frente, escavando desenfreadamente o casco. A maior parte dos escombros gerados por seus esforços eram despedaçados pelos canhões do aeroporta-aviões, enquanto a esfera continuava ilesa.

Os dedos da mão remanescente da armadura tornaram-se afiados. As pontas giraram e zuniram, dizendo a Rogers que Stark havia ativado as brocas. O computador de bordo ofereceu uma série de sugestões táticas, muitas delas contraditórias. Ele as ignorou, preferindo ater-se ao método hesitante que ele havia desenvolvido para a armadura. Rogers acelerou ao se aproximar, tentando coincidir com a velocidade da rotação da esfera. No último segundo, ele encurvou o traje ao longo do topo do borrão sólido e se segurou.

O traje agarrou a superfície com sua única mão; as pontas giratórias dos dedos ficaram cravadas. Conforme a armadura era carregada, dando voltas e mais voltas, ela aumentava o buraco que o Hibernante estava fazendo no aeroporta-aviões. O resto do que via era um borrão inútil, mas uma imagem tridimensional informou o Capitão de que ele tinha conseguido resistir por 436 rotações antes de a armadura sair voando.

Dentro do laboratório, as luzes piscantes se apagaram. As vibrações aumentaram. A esfera estava conseguindo atravessar.

Fury sacou seu revólver e mirou para a parede que tremia.

– Eu vou ficar uma fera se a porcaria de uma tecnologia nazista conseguir derrubar meu aeroporta-aviões do século 21!

Na mesma proporção da intensidade dele, Rogers gritou em resposta:

– Nick, não há como negar! Essa coisa me quer. Tire todo mundo daqui, agora!

Fury resmungou, mas, em seguida, guardou a arma novamente.

– Vocês ouviram o homem.

Observando através do vidro, Rogers viu Fury guiar os outros em direção à porta.

Kade, cambaleando enquanto caminhava, murmurou:

– Se a explosão do calor destruir o vírus, pelo menos o nosso problema estará resolvido.

Steve duvidava que o médico dava a mínima se estava ou não sendo ouvido. Vendo N'Tomo relutante para ir embora, ele fez um gesto com a cabeça para que ela fosse. Stark recusou-se a ceder até que Fury, literalmente, empurrou o bilionário.

– Eu voltarei. Meu traje auxiliar chegará em 60 segundos. As luvas não têm as mesmas brocas, mas...

Ele parou de repente. Luvas. Plural. Rogers e Stark tiveram a ideia ao mesmo tempo, mas o Capitão disse primeiro:

– O braço. É menor que o traje completo. Teria muito menos problemas para se segurar e perfurar.

Enquanto Fury continuava empurrando-o para o corredor, Stark pressionou alguns botões.

– Isso! O braço! Usar o braço! Vou dessincronizá-lo do resto do traje!

A porta se fechou. Iluminado apenas por luzes vermelhas de emergência, o Capitão sentou-se de costas para o vidro, recusando-se a olhar por cima do ombro, à medida que os rangidos e estalos ficavam cada vez mais barulhentos. O foco dele tinha que ser nos controles.

O braço vinha acompanhando o resto do corpo. Agora ele voava de forma independente. Além do mais, era mais fácil de manobrar do que todo o traje.

Pedaços de metal fragmentado espirraram no vidro. O Hibernante havia penetrado o casco. Se fosse menor, ele já teria chegado ao Capitão. Os cerca de 5 metros de diâmetro forçavam-no a desgastar tanto o teto quanto o chão para alcançar a câmara de quarentena.

Concentrando-se nos controles, o Capitão tentou enganchar o braço na lateral da esfera, que ainda girava ao ar livre. Na primeira tentativa, o braço ricocheteou, mas, na segunda vez, ele conseguiu se segurar. Ao contrário do traje maior, o braço foi capaz de se agarrar na superfície enquanto girava sem parar.

As brocas começaram a trabalhar, criando cinco buracos no estranho material, mas faltava ao braço a força do todo, tornando o progresso mais lento. À medida que a esfera ia penetrando o laboratório, os buracos iam ficando cada vez mais profundos. Em um jogo de centímetros, cada um lutava para se aproximar de sua meta.

Se a esfera ultrapassasse o vidro de isolamento, Rogers pensou que precisaria tentar dar a volta. Talvez ele conseguisse chegar ao buraco que a esfera deixara para trás, atraindo-a para longe da nave. Como estava a milhares de metros de altura, talvez conseguisse fazer com que o traje o pegasse no ar – mas ele não iria, sob qualquer circunstância, comprometer ainda mais a tripulação do aeroporta-aviões.

Os buracos feitos pelos dedos alargaram e tornaram-se um só. A mão de metal desapareceu dentro da esfera. Ele pensou que poderia, realmente, funcionar... Até que a beirada da esfera tocou o vidro.

Então, o Capitão brevemente se perguntou sobre como teria sido aquele encontro com Nia.

Mas a esfera parou.

Um leve rastro de fumaça subiu do buraco deixado pela luva escavadora. O formato côncavo deixado no vidro disse-lhe quão perto o Hibernante havia chegado. A parede parecia intacta, mas, quando ele a tocou com os dedos, sentiu o frio do ar externo.

15

Se eu tentar ser objetivo, será como tentar pegar um floco de neve no lugar do outro.

DEPOIS DE OS ELEVADORES HIDRÁULICOS operados remotamente removerem o segundo Hibernante, o Doutor Kade insistiu que ele mesmo selasse novamente a câmara. Com seu traje de proteção tornando o processo moroso, ele lutava para posicionar a pesada seladora a vácuo no bocal. Rogers pôde apenas assistir.

Assim que o disco de sucção foi encaixado, Kade endireitou as costas.

– Isso é temporário. Com a integridade do casco comprometida, teremos que movê-lo daqui. – Em uma rara demonstração de simpatia, ele acrescentou: – Temo que a área de contenção secundária será menos confortável.

Rogers levantou uma sobrancelha.

– Tem alguma janela?

Kade deu de ombros.

– Uma. E é um pouco menor. Tem mais uma coisa que eu gostaria de conversar com você.

– É claro. Admito que não conheço muito sobre sua carreira, doutor, mas Nia me contou que você preveniu uma epidemia de ebola sozinho. É um trabalho impressionante, e tenho certeza de que enfrentou algumas escolhas difíceis.

– Obrigado. – O rosto de Kade contorceu-se com um tique, como se estivesse lutando contra a memória. De certa forma, a figura frágil e esquelética do médico fez com que Rogers recordasse de si mesmo antes do Soro do Supersoldado. O que quer que Kade estivesse sentindo, ele rapidamente deixou de lado. – Esse é exatamente o tipo de situação que vim discutir. Eu já vi muitos trabalhadores em zonas de contaminação sujeitando-se a doenças letais para confortar pacientes que eram contagiosos e já estavam morrendo. Os outros me acham cruel. Se os trabalhadores adoecerem, eles não serão capazes de ajudar outros que podem ser salvos. Ainda assim, quando eles se rendem a esse instinto primitivo comunitário, algo que até caninos possuem, eles são chamados de corajosos. Você acha que esses mesmos instintos o motivam?

Rogers franziu a testa. Eles eram mais diferentes do que imaginava.

– Se oferecer conforto aos moribundos significa agir como um cão, talvez você esteja subestimando os cães. Quanto a mim, passei minha vida seguindo a doutrina dos soldados, *nemo resideo*: não deixe ninguém para trás. Arriscar minha vida por pessoas consideradas um caso perdido pode parecer cruel para você, mas haveria muitos outros homens e mulheres mortos agora se eu não tivesse feito exatamente isso. *Todas* as vezes que arrisco minha vida, suponho que crio a possibilidade de não ser capaz de salvar mais ninguém no futuro, mas isso são ossos do ofício.

Não satisfeito, Kade tentou explicar-se mais.

– Pense na seguinte hipótese: um trem carregando cem adultos está indo direto para um precipício. Você pode ativar um botão para mudar o curso do trem e salvar todos eles. Porém, se fizer isso, o trem irá matar uma única criança que está no outro trilho. Você salva os cem adultos ou a única criança?

– Tentaria salvar tanto a criança quanto os cem passageiros.

Ele balançou a cabeça.

– Você não pode. Você tem que decidir, não entende? É você quem está portando o vírus. Quando chegar a hora, a responsabilidade estará com você. O quanto posso confiar em você para tomar as decisões corretas é crucial para eu tomar as minhas.

Rogers tentou:

– Quem são os cem adultos? A criança é Adolf Hitler? No trem estão Jonas Salk* ou Martin Luther King Jr.? Que mágica vai me impedir de tentar salvar todos? Não estou tentando ser evasivo quanto a suas preocupações, eu entendo a necessidade, mas hipóteses são abstratas. A vida acontece em situações específicas. Mesmo que eu respondesse, duvido que eu verdadeiramente diria o que você está procurando. Depois de passar por tantas situações reais, essa não é uma decisão que eu poderia tomar fora do momento. Não convivi muito com meu pai, mas guardo uma coisa que ele me disse: falar é fácil. Não ouça o que eu digo, observe o que eu faço. É o melhor que posso lhe oferecer, doutor.

Kade espremeu os lábios e disse:

---

* Jonas Edward Salk foi um médico, virologista e epidemiologista norte-americano, mais conhecido como inventor da primeira vacina antipólio. (N.T.)

– Muito bem. Se você me dá licença, eu gostaria de sair deste traje.

Antes que ele saísse, Rogers o chamou.

– Doutor Kade? O que você faria: salvaria a criança ou os adultos?

– Os adultos, é claro.

Rogers acenou com a cabeça.

– É claro.

Uma hora depois, a porta se abriu novamente. Ele achou que pudesse ser Kade outra vez para perguntar se haveria som caso uma árvore caísse no meio da floresta e ninguém estivesse lá para ouvir. Mas era Fury.

– Sei que você está no escuro por causa da queda da rede local, mas eu não podia enviar ninguém até que a integridade da câmara tivesse sido garantida. Imagino que Kade tenha lhe contado as novidades.

– Não. Quais novidades?

– O sinal da esfera não era por ecolocalização. Era por transmissão. Achamos que fosse como um tom contínuo, até que Velez, uma de nossas agentes da Inteligência de Sinais, percebeu que era uma versão condensada do código Morse. O Hibernante estava enviando dados.

– Então vem mais por aí.

* * *

Mais uma vez, o silêncio no castelo foi interrompido pelo guincho agudo da Chave Sonora. Desta vez, não fez com que Schmidt quisesse arrancar a própria cabeça. Zola considerou aquilo um bom sinal.

– As drogas paliativas que eu lhe dei estão proporcionando algum alívio?

O Caveira pegou o cristal que zunia e o observou entre os dedos agora firmes.

– Talvez. Mas eles dizem que a risada é o melhor remédio. Ver meu "nobre" inimigo forçado a lutar por representação me deu uma necessária *Schadenfreude*.

Ele sorriu para os repórteres e críticos que preenchiam as telas, todos questionando por que o Capitão América não tinha lutado contra a esfera.

– Doeu nele não estar lá. Eu sei disso. Fez com que se sentisse impotente, tanto quanto um inseto que pode apenas sonhar em ser um homem. Espero que ele tenha achado isso... humilhante.

Zola apontou para o dispositivo sonoro.

– O próximo Hibernante... você imagina de onde ele poderá vir? Qual será sua forma?

O Caveira deu de ombros.

– Não, mas estou confiante de que vamos descobrir em breve. Se os dois primeiros já mostraram serviço, acredito que este não irá nos decepcionar.

16

Se eu fosse tão cruel quanto as estrelas,
eu apostaria em uma moeda. Mas isso seria o
mesmo que não tomar nenhuma decisão.

TUDO NO CAMPO DE VISÃO de Dede Clayton era entediante: o quarto escuro; as imagens subaquáticas sombrias em seu monitor absurdamente caro; e até mesmo o zunido incessante que saía de seus alto-falantes de 20 mil dólares.

– Uma vez que os japoneses dizimaram a frota dos Estados Unidos em Pearl Harbor, as remessas cruciais de petróleo no Golfo do México ficaram facilmente ao alcance dos novos submarinos nazistas.

No passado, Dede fora uma oceanógrafa muito bem paga, mas a piora em seu quadro asmático a forçara a abandonar a emoção de seus mergulhos em águas profundas. Agora ela estava enfurnada dentro de casa, fazendo o registro das tomadas conforme iam sendo transmitidas em tempo real de um Veículo Operado Remotamente a centenas de quilômetros de distância e uns 1.500 metros abaixo do nível do mar, na costa oeste da Flórida.

Não era incomum fazer esse tipo de registro de improviso, mas ouvir uma trilha guia era algo totalmente diferente. O prazo era tão apertado que um jovem assistente de produção no barco havia gravado a narrativa básica para dar a ela o senso de tempo que eles queriam.

– No dia 30 de julho de 1942, 80 quilômetros a leste do delta do Mississippi, o navio a vapor Robert E. Lee foi atacado pelo U-166. Um único torpedo afundou a embarcação em cerca de 15 minutos, matando 25 pessoas.

Sobretudo, ela achava aquilo uma distração. O assistente mal conseguia pronunciar as palavras. De qualquer forma, antes do especial ir ao ar na semana seguinte, tudo seria modificado quando o outro ator dublasse a versão final.

Mas isso não era decisão dela.

Abrindo outra lata de refrigerante, ela entrou em um breve dilema se o derramava sobre o computador. Ela podia dizer aos produtores que havia ocorrido uma falha inesperada nos equipamentos. Mas, infelizmente, ela precisava do dinheiro, embora o serviço pagasse apenas metade do que ela recebera anteriormente.

– O navio de patrulha PC-586 localizou o periscópio e despejou 10 bombas de profundidade. A mancha de óleo que emergiu demonstrou a eles o que ocorrera ao submarino.

Os operadores do VOR podiam, pelo menos, proporcionar algo decente para observar. Eles pagavam pelos olhos experientes dela, mas sequer produziam imagens em alta resolução. Só era possível enxergar água turva com interferências ocasionais de vagas formas geométricas cobertas de crosta.

– Em um estudo arqueológico, em 2001, descobriram esses destroços.

Conforme a voz tagarelava em seu ouvido, ela pensou: *Será que essa maldita sombra deveria ser o submarino? Deus do céu, espero que essa coisa tenha uma aparência melhor. Talvez eu devesse pedir para não citarem meu nome.*

Finalmente, a câmera mostrou um buraco irregular de três metros no casco.

A trilha guia continuou.

– Seria essa a causa da fatalidade ocorrida ao submarino?

O VOR deu meia-volta, tentando captar algumas imagens do interior. Mas o operador – como se estivesse dirigindo um carro alugado, e não um delicado instrumento sujeito a correntes marítimas – falhou na hora de compensar o desvio. O equipamento de um milhão de dólares, que constituía a maior parte do orçamento da equipe, atingiu a beirada do buraco.

A imagem tremeu e, por um instante, ficou cheia de estática. *Amadores*, ela pensou. *Novatos. Idiotas. Espere...*

A imagem ficou clara. De início, Dede pensou que as luzes do VOR estavam incidindo sobre o interior antigo do submarino, mas o brilho vermelho distante não era um reflexo – era uma fonte de luminosidade. Algo dentro dele estava emitindo luz.

Sua visão era perfeita, mas ela espremeu os olhos diante da tela.

– Eis uma coisa que não se vê todo dia.

A luz ficou mais intensa – ou melhor, a fonte dela se aproximou das lentes. Provavelmente era um peixe grande. Bioluminescência era comum em criaturas de mares profundos. Com alguma sorte, eles cruzariam com algum cefalópode interessante.

Por um breve momento, o foco voltou para a água verde-acinzentada e então estabilizou no buraco. Ao menos, o operador do VOR teve a noção de recuar e sair da frente do que quer que fosse.

Nenhum dos animais que ela conhecia tinha o formato de um cubo. Será que aquele era um outro VOR que eles deixaram de mencionar? Havia uma cavidade em formato esférico no centro. Algo digno de coletar amostras?

Fosse o que fosse, estava tentando sair. Terrivelmente posicionado para abrir caminho pela abertura irregular, o cubo atingiu a borda desigual e enferrujada. À medida que foi saindo, os detalhes foram ficando mais nítidos, ou o mais nítido que aquela porcaria de imagem permitia. Sua cor, algo entre prateado e bronze, parecia algo novo, diferentemente do aço apodrecido de um naufrágio.

Havia um entalhe triangular no que ela supôs ser o topo da coisa. Mas um cubo não tinha necessariamente um topo, ou tinha? Aquilo podia muito bem ser a lateral, ou mesmo o fundo.

De repente, surgiu um forte brilho vermelho e a tela ficou branca. A péssima narração parou. Ela tentou o microfone. Empolgada pela primeira vez em dois anos, ela precisou pensar um pouco para lembrar-se do nome do assistente de produção.

– Dale? O que está havendo?

Nada.

A linha por Skype de apoio ao barco de salvamento tocou. Dede quase quebrou o mouse ao clicar no botão para atender, mas não apareceu nenhuma imagem de vídeo. O aplicativo explicou que estava disponível apenas o áudio. Não dizia por quê.

Os sons de gritos e agitação da água surgiram de seus alto-falantes eletrostáticos híbridos, os agudos e graves eram equalizados pela banda de transmissão. Mesmo assim, a péssima qualidade da voz gravada que ela ouviu em seguida deixou tudo mais claro. Se as palavras não estivessem dominando os noticiários nas últimas 48 horas, Dede jamais as teria decifrado:

– *Wo ist Kapitän Amerika?*

Então veio um terrível som de esmagamento, como se o barco inteiro estivesse sendo amassado como uma lata de alumínio.

Apesar do amor de Dede Clayton pelo mar aberto e seus inúmeros e milagrosos mistérios, ela se sentiu sortuda por estar presa dentro de casa.

* * *

Kade não exagerou quanto ao tamanho da câmara de isolamento auxiliar. Se Rogers não soubesse que era um paciente, ele pensaria estar sendo submetido a tortura psicológica. As paredes metálicas próximas umas das outras faziam-no sentir-se dentro de uma torradeira. Pior, a vista da janela de 30 centímetros quadrados dava direto para um quarto vazio com uma porta. Até mesmo o painel perto da janela, que monitorava seus sinais vitais, era frustrantemente longe de seu campo de visão.

Ele começou a compreender a parte do *isolamento* em uma câmara de isolamento. Nia e Kade estavam em outro laboratório. Fury, no comando da nave. E Stark estava na área de carga, tentando assegurar que os Hibernantes destruídos não estivessem transmitindo algum tipo de sinal. Manter uma expressão corajosa para si mesmo parecia inútil.

Rogers procurou ao máximo não se focar em seu mal-estar crescente, mas continuava fazendo caretas ao assistir pelo notebook de Kade as imagens de vídeo que mostravam o progresso do terceiro Hibernante. Graças aos céus, a agente Velez, da área de Sinais, estava honrando seu salário. Ela interceptou um pedido de socorro, rastreou a conexão de internet até um endereço na costa oeste da Flórida e descobriu uma chamada desesperada de uma editora de vídeo freelancer para a polícia.

Por conta disso, quando o Hibernante chegou à orla da ilha Captiva, uma vasta zona de segurança havia sido evacuada. Este, no entanto, revelou-se crítico: ao contrário dos outros, o cubo não conteve seus ataques. Desde que tocou em terra firme, raios vermelhos – alguma forma de protolaser – eram disparados de seus quatro cantos, obliterando tudo que estava em seu caminho. Na ilha, isso significa apenas uma praia e um campo de golfe – mas ele estava se dirigindo a Cape Coral, com uma população de 200 mil pessoas.

A cidade não era seu alvo. Até aquele momento, ele só estava perguntando a localização de Rogers, igual aos triângulos. Stark insistiu que o cubo estava fora do alcance para que qualquer dado da esfera fosse transmitido. Mas quanto tempo levaria até ele mudar de tática e começar a ameaçar vidas?

E o Capitão estava preso ali.

Uma pequena imagem de Fury apareceu na tela, lembrando Rogers de que ele não estava tão sozinho quanto pensava.

– Veja pelo lado positivo.

– Que lado positivo? Esses buracos são compatíveis com o tamanho e o formato dos outros Hibernantes. Não preciso de um engenheiro para me dizer que eles foram projetados para se associarem, exatamente como os três primeiros com os quais lidei.

– Sim, mas nós precisamos de engenheiros para confirmar que, agora, os triângulos e a esfera não passam de uma pilha de lixo, independentemente do que eles pretendiam fazer. Até o Stark confirmou que ele iria recorrer ao Cubo Cósmico para juntá-los novamente. E o fato de que esse aí só tem espaço para mais dois significa que deve ser o último deles.

– "Deve ser", Nick. "Deve ser".

– Se tiver ideia melhor, sou todo ouvidos. – E o rosto de Fury sumiu.

Enquanto assistia ao progresso do Hibernante, Steve Rogers sentiu... o quê? Pilotos de drones experimentavam uma sensação de não ter corpo quando observavam suas imagens de satélite. No mínimo, ele sentia o contrário. Mesmo antigamente, quando era fisicamente mais fraco, ele ainda conseguia atacar diretamente uma ameaça. Se derrubado, ele sempre podia tentar novamente. Mas, naquele momento, seu corpo ansiava para mostrar que ainda existia.

Os dedos dele espremeram o notebook com tanta força que quase o quebrou. Mas foi a presença de Nia do lado de fora da pequena janela que o salvou. Recompondo-se, ele deixou o computador de lado e levantou-se para cumprimentá-la.

O braço dela estava flexionado na altura do cotovelo, como se estivesse carregando um casaco, mas não havia nada lá. Ele começou a fazer uma piada sobre a roupa nova do rei, quando a luz refletiu no material quase transparente que ela segurava dobrado.

– Fico com o pé atrás de chamar isso de boa notícia – disse ela –, mas isso conta como uma notícia *melhor*.

– O que é isso?

Ela se aproximou para que ele enxergasse.

– Um polímero regenerativo que simula certas propriedades do vibranium. Foi criado em um centro de pesquisa de Wakanda. Há hoje apenas três protótipos. Até recentemente, eles eram mantidos sob a mais rígida vigilância que meu país pode proporcionar.

– Então isso foi... roubado?

Ela levantou a sobrancelha e inclinou a cabeça.

– É aí que a coisa fica complicada. Dada a necessidade mundial, a menos e até que o processo esteja aperfeiçoado, T'Challa prefere manter sua origem em segredo. Portanto, esta membrana não existe, e você não me ouviu dizer nada disso.

Rogers ficou sério.

– Parece algo bastante inovador.

Dobrando-o cuidadosamente, ela o apoiou na gaveta de transferência segura.

– E é mesmo. A membrana é fina o bastante para que possa usar seu uniforme por cima, mas irá cobri-lo completamente: boca, olhos e orelhas. Ela filtrará suas expirações e até mesmo reconstituir pequenos ferimentos, inclusive cortes e ferimentos a bala. A única coisa que não será possível é aliviar-se.

– Então sem pausas para ir ao banheiro. – Abrindo seu lado da gaveta, ele pressionou o tecido entre os dedos. Era como se fosse... nada. – Mesmo isso não convenceria Kade de que eu deveria entrar em combate de novo, principalmente depois da última vez.

Ela balançou a cabeça.

– Depois de ver como o Hibernante conseguiu penetrar o aeroporta-aviões, o Doutor Kade passou a compreender a dimensão da atual ameaça. Se algo do tipo ocorresse outra vez, ele sabe que você teria de lutar. Mas... ele tem outros motivos para concordar com um novo protocolo.

Rogers levantou os olhos.

– Como o quê?

Nia virou para a direita, em direção à tela que exibia os sinais vitais dele.

– Como você anda se sentindo?

Franzindo a sobrancelha, ele sorriu, imaginando até onde iria aquela conversa.

– Bem, doutora, não vou dizer que tem sido fácil.

– Não acreditaria se dissesse o contrário. – Após observá-lo por um momento, ela piscou os olhos. – Sua pressão sanguínea está um pouco elevada. Normalmente, eu diria que isso não é nada, mas seus sinais vitais são conhecidos por serem sólidos como uma rocha. De acordo com os arquivos, seu batimento cardíaco é tão estável quanto o relógio atômico na Suíça.

– Vou procurar lembrar disso se eu precisar encontrar um novo emprego. Está preocupada que seja algum efeito do vírus?

Ela olhou para a câmara minúscula e espremeu os lábios.

– Meu palpite é que seja por causa do ambiente. Mas vamos ver. Quero contar uma história que pode ajudar. Eu estava na África Ocidental, participando de uma equipe que trabalhava em áreas de risco durante uma epidemia de ebola. Eu sempre ajudava uma jovem professora de uma das vilas afetadas. Ela tinha dinheiro para fugir, mas se recusava a abandonar seus alunos. Com tanta gente morrendo, as crianças frequentemente perguntavam sobre por que não tinha jeito de ajudá-los, por que não havia cura. Ela se sentia obrigada a preparar as mentes jovens para o fato de que, às vezes, não há nada que se possa fazer. Então, ela fez uma pergunta à sala: "O que vocês fariam se um leão estivesse perseguindo vocês?". Um garoto, Amad, levantou a mão e disse: "Eu subiria em uma árvore". A professora respondeu: "Bom, mas e se o leão também escalasse a árvore?". "Eu pularia no rio e nadaria", completou ele. "E se o leão pulasse na água e nadasse?". Quando ele hesitou, ela pensou que estava conseguindo transmitir a ideia, mas o aluno fez uma careta e disse: "Professora, você está do meu lado ou do lado do leão?".

Quando Steve riu, Nia verificou seus sinais vitais novamente.

– Ah, viu só? Eu estava certa. Sua pressão sanguínea caiu para o normal. Eu sou muito perspicaz.

– Não tenho como discordar – disse ele. – Mas ainda estou esperando pela notícia. O Doutor Kade? Novos protocolos?

– Ele concordou em permitir sua liberação sob certas situações extremas, por causa de algumas... decisões que foram tomadas.

– Decisões?

Antes que ela pudesse responder, a voz de Fury gritou do computador outra vez:

– Tenho mais boas notícias. O segundo Hibernante só percebeu que tinha sido enganado quando aquela explosão de calor desativou a transmissão de biometria do traje do Homem de Ferro, certo? Bem, já que esse terceiro aparentemente não pode detectar seus olhos azuis em território marítimo, começamos a emitir sua biometria com muita potência, e ele está mordendo a isca. Estamos manobrando aquela coisa, mesmo daqui.

– Ótimo! Para onde o estamos levando?

Houve uma pausa estranha.

– Imaginei que a Doutora N'Tomo já tivesse contado. Ela está aí, certo?

Rogers olhou para ela.

– Sim. Ela estava prestes a tocar no assunto, mas por que você não me inteira dos fatos?

– Está bem. Estamos tentando levá-lo para o lugar mais isolado do planeta: o Grande Vazio, no sudeste de Oregon, com 60 mil quilômetros quadrados de deserto absoluto. Se ele nos seguir e não pudermos neutralizá-lo, você e essa sua membraninha podem ter uma chance de derrotá-lo, já que a primeira viva alma estará a centenas de quilômetros.

Ele não tirava os olhos de Nia.

– O que não estou entendendo?

Ela encolheu os ombros.

– Chegar ao deserto não se trata apenas de isolar o Hibernante. Trata-se de isolar você.

Fury continuou:

– Já que o maior proprietário é o governo, não é surpresa nenhuma que a S.H.I.E.L.D. tenha uma base por lá. Está mais para um velho armazém, na verdade, mas será... é... adequado para os nossos propósitos. Assim que a ameaça do Hibernante for eliminada, lá será o local onde você será colocado em suspensão criogênica.

O capitão piscou os olhos e esfregou as têmporas.

– Eu quase esqueci. Então, o que é isso, Nick, minha última aventura?

O coronel se exaltou.

– Não seja idiota. Isso não faz o seu estilo. Assim que acabar esse negócio do Hibernante, vamos resolver essa coisa. Stark está liberando alguns computadores quânticos que reduzirão em dez vezes o tempo de cálculo, e temos Richards, Xavier e Banner já a postos para...

A voz de Fury pareceu sumir, enquanto Rogers se dava conta de quão breve ele seria arrancado do mundo novamente, congelado. Desde o começo, repórteres, admiradores, amigos e conhecidos – vendo-o em ação, considerando-o corajoso – perguntavam como ele havia conseguido. A resposta dele sempre foi a mesma. *Eu simplesmente consegui*.

Então, quando ele se perguntou sobre como os outros, de certa forma, conseguiram encarar suas mortes em paz e com dignidade, ele as imaginou respondendo: "Eu simplesmente consegui".

– ... com esse pessoal reunido, você sabe que eles... – Enfim notando o silêncio de Rogers, Fury pestanejou. – Eu... eu vou dar um minuto a você.

– Não preciso de um minuto.

– Então eu vou me dar um minuto. – E desligou.

O olhar dele se voltou a Nia. Ela estava analisando os sinais vitais dele novamente, desta vez parecendo preocupada.

– Pressão alta de novo?

Até o sorriso discreto dela trouxe certo aconchego à sala.

– Para a maioria, passaria despercebido. Gostaria de ter mais uma piada para você, mas não sei se ajudaria. – Ela colocou a mão no vidro. – Não nos conhecemos há muito tempo, mas, se pudesse dividir o que está sentindo, eu ficaria honrada.

Ele queria aceitar a oferta dela, mas não sabia direito como.

– Aceito bem as adversidades, Nia. Vou fazer o que preciso fazer, aceitar o que for preciso, mas...

– Sim?

– Bem, estou com Amad nessa. Se o leão me seguisse para dentro da água, eu mergulharia e nadaria mais rápido.

– Não, não nadaria – disse ela. – Você viraria e enfrentaria o leão.

17

Não pode ser apenas a sorte que decide por mim,
tem de ser padrão. O desígnio.

– JÁ PEGAMOS O VENTO DE POPA?

Com o formidável diretor da S.H.I.E.L.D. parado desconfortavelmente perto, o Comandante Escalon virou para responder:

– Sim, senhor. Os propulsores compensaram para manter a velocidade.

– Não tire os olhos daí! – Fury interrompeu.

– Sim, senhor.

A voz de Rogers soou em seu fone de ouvido.

– Um pouco exagerado, Nick?

Fury irritou-se.

– A única surpresa que tivemos nas últimas horas foi a ausência de surpresas, e eu não quero ninguém acomodado. Eu já estou ansioso o bastante por estar voando baixo e lento deste jeito, mas tenho que admitir que as projeções de Stark estão funcionando perfeitamente.

– Não diga isso a ele.

– Não preciso. Ele já sabe. Após as duas primeiras horas, ele foi embora para deixar as coisas chatas para nós, mentes inferiores.

– Para onde?

– É... coletar alguns equipamentos para a base.

Fury conhecia muito bem Rogers para ver por trás da máscara, e ele sabia que a situação tinha começado a pesar sobre o homem. Ele decidiu não mencionar que Stark estava reunindo sua própria equipe para trabalhar no vírus. Rogers, provavelmente, iria pensar que Stark deveria manter-se focado nos Hibernantes até que essa ameaça fosse solucionada.

Eles estavam viajando continuamente sobre os desertos do Novo México, a uma altitude próxima o suficiente para manter o terceiro Hibernante atrás deles, mas longe o bastante para ficar fora do alcance de suas armas. Aparentemente incapaz de voar, ele os seguia pelo chão, movendo-se em um ritmo constante, disparando seus raios de alta densidade apenas para remover obstáculos – e, ocasionalmente, dizendo em alemão para Steve se preparar para morrer. Havia quatro armas, e em cada canto, uma base giratória. Do contrário, sua aparência simplificada – um cubo com um buraco esférico no centro – não lhe proporcionaria muita mobilidade.

– O aeroporta-aviões pode manter uma velocidade constante sob qualquer tipo de condição meteorológica – continuou Fury. – Portanto, a menos que apareça do nada um furacão de categoria 5, ele vai continuar estável pelas próximas seis horas. Por outro lado, como já vi furacões de categoria 5 aparecerem do nada, vou continuar ao lado da minha tripulação.

Havia outra razão para Fury estar se comportando mais rigidamente do que de costume. Ele estava tentando se distrair do mau pressentimento pelo que planejava para seu amigo. Saber que a câmara criogênica já estava preparada na base do Grande Vazio não ajudava em nada.

– Execute uma verificação completa do sistema.

– Senhor, nós fizemos isso há cinco min...

– Se eu quisesse saber a hora, eu olharia para o meu relógio. Apenas faça!

– Sim, senhor.

Kade apareceu no comando sem ser convidado, seu rosto cheio de cicatrizes contorcido de raiva, sua constituição frágil tensa e pronta para briga. No início, Fury ficou aliviado ao ver alguém com quem ele se sentia bem ao discutir. Quando o especialista chegou com aquele escárnio arrogante, ele se sentiu ainda melhor.

– Você adora seus segredinhos, não é? – disse Kade.

O coronel fez uma expressão de escárnio em resposta.

– Nós *somos* espiões, doutor. Nós *protegemos* segredos. O Soro do Supersoldado é um dos nossos maiores segredos, mas eu me certifiquei de que você tivesse acesso a tudo relacionado ao Capitão, não é verdade?

Kade ergueu as sobrancelhas.

– Menos isso. *Isso* eu tive de pesquisar.

Ele mostrou seu palmtop.

Ao ver o que estava escrito, Fury chiou:

– Os arquivo do Schmidt.

A voz irada e esganiçada de Kade preencheu a área de comando.

– Mas ele não é mais Johann Schmidt, não é? Não biologicamente. Os padrões cerebrais dele foram transferidos para um clone de Steve

Rogers. Que pena que nossos melhores *espiões* não puderam *proteger* seu maior segredo de seus verdadeiros inimigos!

Quando cabeças viraram, Fury demonstrou sua frustração.

– A menos que esse comando exploda, o próximo a olhar para trás aqui limpará privadas com fio dental!

Ele arrumou seu casaco preto e olhou para o doutor.

– Eu não sou das pessoas mais gentis, doutor, e não dou a mínima se o senhor me respeita ou não. Mas, para manter a minha tripulação focada enquanto está trabalhando para salvar vidas, você *vai* abaixar seu tom de voz. – Expirando longamente, ele continuou: – Você está certo. Eu errei. Eu deveria ter enviado isso ao senhor junto com o restante dos arquivos. Você está achando que é possível que o Caveira também tenha o vírus?

– Não apenas *possível*! Dado o que sei sobre como o vírus se une ao DNA, é tão certo quanto o nascer do sol!

A voz de Steve soou no ouvido de Fury.

– Isso pode explicar por que os Hibernantes estão aparecendo agora. Se o Caveira sabe que tem o vírus, ele pode estar fazendo isso para despedir-se.

– Vou colocá-lo no viva voz para que o doutor aqui não ache que estou falando sozinho. Já me sinto idiota o bastante. – Fury esfregou sua barba por fazer. – Se for verdade, o primeiro passo é encontrá-lo. Os Hibernantes podem identificar a biometria do capitão. Talvez possamos descobrir como usá-los para rastrear o Caveira.

A expressão de Kade ficou menos sombria e mais pensativa.

– Isso poderia funcionar. Vou ficar a sós para me concentrar, e imagino que a Doutora N'Tomo possa sobreviver sem a minha companhia por algum tempo. Eu gostaria que ela supervisionasse esse processo, supondo que vocês concederão a ela a permissão adequada.

Fury respondeu à provocação com um mero aceno de cabeça.

– A próxima pergunta é o que faremos com ele quando o encontrarmos.

– Isso não é óbvio? Ele deve ser neutralizado, o mais rápida e eficientemente possível.

Fury franziu a testa.

– Isso significa que gostaria que déssemos um fim nele?

– Sim. Algum tipo de incineração seria o melhor. A temperatura deveria exceder...

O diretor levantou a mão e cortou a fala do médico.

– Pode parar por aí. Mesmo que eu não tivesse um problema com isso, a priori nós não executamos ninguém por estar doente, mesmo que não gostemos dessa pessoa.

A irritação de Kade transformou-se em confusão.

– Mas... o homem é um criminoso de guerra. Apenas suas atividades durante a Segunda Guerra Mundial já lhe renderiam umas dez penas de morte. Diante das circunstâncias, por que se esforçar para mantê-lo vivo?

Rogers respondeu no viva voz:

– Porque não somos assassinos.

O doutor não esperou nem meio segundo.

– Chame isso de execução se fizer com que se sinta melhor. Não consigo compreender por que vocês iriam querer seguir à risca a lei agora, quando parecem tão dispostos a reinterpretá-la em situações menos importantes. Mas tenho certeza de que, com a pressão apropriada, poderíamos pedir que a corte internacional o julgasse à revelia e...

Steve o interrompeu:

– Você realmente *não* entende, não é?

Kade endireitou-se. Seu pescoço esticado e o corpo magro, associados aos pequenos olhos esbugalhados, faziam-no parecer um suricato.

– Com todo o respeito, mas estou começando a achar que sou o único que realmente *entende*.

18

Se eu tivesse um milhão de anos, eu poderia refletir sobre minhas certezas, mas não é o caso. Tenho que decidir – e logo.

HORAS ANTES DE A MÍDIA começar a tirar suas conclusões distorcidas sobre a baixa altitude e a trajetória bem visível do aeroporta-aviões, a estratégia da S.H.I.E.L.D. era óbvia para o Caveira, e ela servia perfeitamente para os propósitos dele. Ele estava aliviado, mas admitir isso significava que tinha duvidado de seu plano – e de sua sobrevivência. Em vez de alegar tamanha fraqueza, ele projetou a sensação, transformando-a em uma oportunidade para garantir sua certeza ao companheiro.

– Viu só, Arnim? Eu estava certo.

O androide concordou.

– Sim. Como você previu, o aeroporta-aviões está guiando o último Hibernante para algum lugar remoto, assim, Rogers poderá enfrentá-lo sem o risco de infectar outras pessoas. A essa altura, eles erroneamente acham ser simples escombros, mas logo estarão em ambientes fechados, aguardando a ativação final da Chave Sonora.

Quaisquer que fossem os sentimentos ocultos de Schmidt, ele não podia negar a emoção que estava sentindo naquele momento.

– As coisas poderiam estar mais perfeitas?

– Mais perfeitas é uma redundância. Perfeição é um estado absoluto. Uma coisa é perfeita ou não é. Nada pode ser *mais* ou *menos* perfeito.

Tomado por um súbito e tolo senso de força, o Caveira achou impossível esconder sua satisfação.

– Doutor Zola, acredito que você tenha dado um novo sentido ao termo "nazista da gramática".

Schmidt praticamente podia ouvir os processadores analisando a resposta emocional de Zola. Interpretando aquilo como uma surpresa, o avatar apresentou uma expressão apropriadamente confusa.

– Você acabou de contar uma piada?

O Caveira sorriu ironicamente.

– Incomum, não acha?

O avatar formou linhas ao longo de sua sobrancelha, demonstrando preocupação.

– De fato, é singular. Vou conferir os resultados de seus últimos exames.

Seria outro sintoma? A noção de que a autoconfiança de Schmidt podia estar sendo impulsionada por um vírus irracional era profundamente ofensivo.

Ou teria sido uma reação exageradamente emocional?

Sua alegria exacerbada desapareceu, e ele procurou se explicar.

– É que, pela primeira vez desde que me contou sobre o vírus, eu me senti...

– Invencível?

Antes que pudesse concordar, ele teve outro acesso de tosse, babando gotículas de sangue no queixo. Esses acessos estavam se tornando mais frequentes. Meio minuto depois, pareceu ter acabado. As partículas de saliva mescladas ao vermelho eram estranhamente mais fáceis de serem vistas. Porém, antes mesmo de ele limpar a boca, seus olhos arregalaram com uma dor nova. O peito dele começou a arder; a garganta inchou como se estivesse sendo estrangulado.

Primeiro, ele debruçou-se sobre a mesa, depois, cambaleou até Zola.

– Uhn...

Os braços do androide estenderam-se para manter o Caveira de pé. Pela primeira vez, Schmidt aceitou a ajuda. Ele até permitiu que Zola o ajudasse a se sentar na cadeira. Então, o androide afastou-se sem fazer nenhum comentário.

Em um gesto ainda mais surpreendente, Schmidt puxou-o de volta.

O Caveira encarou-o – não para o rosto projetado, mas para as lentes da câmera, onde ele sabia ser a verdadeira morada do geneticista.

– Arnim, até onde você iria para permanecer vivo? Já pensou que pode haver um limite?

– O melhor profeta do comportamento futuro é o comportamento passado. Você bem sabe que eu poderia ter transferido meus padrões neurológicos para um hospedeiro humano, como o seu. Em vez disso, eu escolhi uma forma muito mais durável, assim eu poderia, usando suas palavras, permanecer vivo mais facilmente. Se há algum limite para esse desejo dentro de mim, ainda tenho que encontrá-lo.

Satisfeito, Schmidt soltou o braço do doutor.

– Nisso somos iguais. – Com os dedos duros por ter segurado Zola, ele puxou as luvas de couro da mão. – Não há crime, contra o mundo ou minha própria forma, que eu hesitaria em cometer para manter minha existência. – Ele abaixou a cabeça e, por um momento, não soube se estava propositadamente olhando para o fogo ou se estava muito fraco para mover o pescoço. – Mesmo assim, devo confessar que a dor que estou sentindo é... única.

– Única – repetiu Zola. – Única em tipo ou intensidade?

Alguns zunidos e estalidos familiares disseram-lhe que Zola estava acessando seu equipamento médico, resgatando os mais recentes resultados de exames.

O Caveira apertou os lábios que lhe restavam.

– Os dois.

– Você não seria o primeiro a acreditar em coisas piores que a morte.

Essa era a versão de Zola para conversa fiada. Os dados deveriam estar demorando mais que o esperado para serem analisados. Confiando que ele forneceria alguma nova informação assim que estivesse disponível, o Caveira não viu motivos para não participar da distração.

– Você me entendeu mal. Morte não é melhor ou pior. Ela é nada. Dor, por outro lado, pode ser inspiradora.

– Então é possível que sua dor elevada o tenha inspirado a compreender por que um ser inferior poderia escolher findar a própria vida em vez de sofrer?

O que Zola pretendia com aquilo? Ele ainda acreditava que o plano poderia falhar? Ele estava tentando se preparar para o fim?

Schmidt segurou o braço da cadeira e passou as mãos para cima e para baixo por toda sua extensão.

– Simpatia pelos mais fracos? Não. Uma apreciação mais abstrata? Muito menos. Estou apenas surpreso que ainda tenho de experimentar todos os extremos que este corpo tem a oferecer. – Ele espremeu tão forte a cadeira que as veias no dorso de suas mãos saltaram. – Se eu tivesse sido reduzido a uma bolha trêmula capaz apenas de sentir dor, minha raiva me sustentaria até o último instante. Além do último instante.

Zola afastou-se de seu equipamento.

– Isso é bom para você. Já expliquei como o vírus inteligentemente viaja pelo sistema nervoso ao invés de viajar pelo sistema circulatório, onde os anticorpos podem atacá-lo. Por um lado, embora venham a ocorrer esses acessos ocasionais de tosse, seus órgãos vitais serão os últimos a ser atacados. Porém, enquanto isso, os novos exames confirmaram que a dor logo ficará muito pior.

Pior?

A sensação de horror cresceu tão poderosamente dentro dele que Schmidt não conseguiu deixar de transparecer em seu rosto. Mas, no momento seguinte, ele a enterrou – forte e profundamente.

– Eu não posso desistir. Não quando estou tão perto.

– Entendi. Ainda assim, mesmo que os Hibernantes consigam se unir, restará a questão de sua presença. Posso perguntar como você planeja chegar até eles?

Apesar do suor rosado estar pingando aos montes pelas bochechas, o Caveira conseguiu sorrir. Ele teve mais uma oportunidade de reafirmar para outra pessoa sua certeza.

– *Isso* é da sua conta? Ah, doutor, isso não será um problema. Você não entende? Eles irão me levar até os Hibernantes.

19

A beleza verdadeira pode fazer a ideia de sorte parecer sem sentido, uma incógnita para uma ausência de compreensão.

HAVIA UM CONTRASTE ABISSAL entre o alto deserto do Oregon e a câmara de quarentena – ainda assim, em sua esterilidade e em seu vazio, eles, de alguma forma, eram iguais. Assim que o Hoverflier pousou Steve Rogers no Grande Vazio, a primeira fala de Fats Waller no musical *Ain't Misbehavin'* veio à sua cabeça:

– Ninguém com quem conversar, completamente sozinho.

Afinal, essa era a ideia. Ninguém para ver, ninguém para ferir, ninguém para infectar. Mesmo o gado mais próximo, que de um jeito ou de outro ainda pastava naquelas terras estéreis, estava a mais de 200 quilômetros.

Apesar da membrana que evitava que ele sentisse o tato ou o gosto do ar puro, a noção de tamanho era humilhante. Exceto pelo calor, o nada e o céu esmagador, o lugar o recordou das gélidas tundras que os nazistas tiveram de encarar durante a Operação Barbarossa, na tentativa de invadir a Rússia. Durante uma violenta série de vitórias, eles estavam despreparados para o lembrete constante da paisagem sobre quão pequenos eles realmente eram. Com 75% de seu poderio militar comprometido com a invasão, eles se depararam com a total derrota – física e psicológica – pela primeira vez.

Tais cenários desencadearam uma reação diferente nele – uma sensação que parecia exótica aos nazistas arrogantes: um respeitoso temor.

A decisão de enviá-lo foi tomada rapidamente. Eles ainda estavam a quilômetros da base secreta. Mas o cubo, como se tivesse perdido a paciência, havia parado e mudado seu anúncio para a ameaça de morte já bem conhecida:

– *Wenn Kapitän Amerika ist nicht hier innerhalb einer stunde, werden viele Zivilisten sterben.*

Stark ligou do Vale do Silício para dizer que a explicação mais provável era de que apenas sorte os fizera chegar até ali. Em vez de seguir um sinal eternamente, Tony ponderou que o Hibernante deveria ter um cronômetro e que ele *deveria* já ter começado sua próxima rotina – parar e reproduzir sua gravação –, mas, por causa dos anos, os mecanismos responsáveis poderiam ter congelado. A longa jornada deve ter soltado suas engrenagens de piano mecânico.

Um vento fraco fez a voz de Fury ficar distante pelo comunicador.

– Está a cerca de dois quilômetros a leste.

Rogers o viu. Muito, muito ao longe, suas linhas quadradas cintilaram através das ondas de calor. Mas ele estava ficando cada vez menor, afastando-se dele. Por não saber o quanto o Capitão estava próximo, ele estava tentando encontrar civis para matar.

Para chamar sua atenção, Rogers atirou seu escudo com força. Parado, ele observou a forma curva e metálica voando pelos ares. O escudo praticamente desapareceu, até que um tilintar familiar fez com que ele soubesse que havia acertado o cubo. Ele ricocheteou e voltou na direção do Capitão, mas o impulso no qual normalmente confiava não seria o suficiente para trazê-lo de volta nessa distância.

Isso não era um problema. Apertando os dedos na palma da mão, ele ativou os ímãs no escudo e nas luvas, trazendo-o de volta. Com o *silvar* cada vez mais alto lhe dizendo exatamente onde estava o escudo em sua viagem de volta, ele manteve os olhos no cubo.

Será que apenas um golpe resolveria, ou o Hibernante precisava de mais?

O cubo parou de diminuir, mas ainda não estava indo na direção dele. Ele achou ter ouvido alguma coisa vinda do cubo, mas o barulho do escudo batendo em sua luva brevemente abafou o som. Então ele ouviu novamente: um tique-taque distante. Lembrando-se da esfera, ele achou que poderia ser as engrenagens internas do cubo – mas não, não era isso.

Ele estava ouvindo os raios de energia que tinha visto nas imagens captadas. Saindo dos quatro cantos superiores, eles cortavam o ar e o chão, fazendo o cubo parecer uma aranha gorda e quadrada, com pernas finas e cor de rubi. Diferentemente de pernas, os raios não impulsionavam o cubo, mas faziam esse tique-taque ao virar.

Será que eles estavam funcionando como sensores, tentando localizá-lo?

Pouco tempo depois, o cubo se afastou dele. O capitão jogou o escudo. Desta vez, ele seguiu em um ritmo vigoroso, levantando areia a cada passo. Quando o escudo retornou, ele se preparou para lançá-lo novamente, sem perder a marcha – mas o cubo finalmente reagiu.

Como o bandido em um clássico duelo de faroeste, ele girou na direção do Capitão. Indo em sua direção, as armas do cubo dispararam em um padrão inclinado e entrecruzado. Vê-lo nos monitores era uma coisa, mas, pessoalmente, a conclusão otimista de Fury parecia mais certa. Os espaços no cubo eram claramente feitos para abrigar os outros dois Hibernantes. Eles eram feitos para se juntar. O fato de que havia apenas *dois* espaços como aquele, que precisavam ser preenchidos, mostrou que era bem provável que esse *fosse* o último deles.

A única parte sobre a qual ele não tinha total certeza era se os outros tinham sido realmente destruídos. Mas, se os nazistas tivessem acesso a algo como o Cubo Cósmico, a Segunda Guerra Mundial teria sido bem diferente.

Para coincidir com o ritmo mais cauteloso do objeto, ele desacelerou. Os únicos sons eram os das botas do capitão esmagando a areia e o chiado do deslizar do cubo. Quando a distância entre eles diminuiu, a mensagem mudou.

– *Kapitän Amerika, endlich ihre schwäche wird von der ganzen Welt gesehen warden!*

Capitão América, finalmente sua fraqueza será exposta, para que todo o mundo veja!

A expectativa de vitória confirmou ainda mais a probabilidade de aquele ser o último Hibernante. Por outro lado, qualquer ressonância que a voz de Hitler pudesse apresentar perdeu força devido ao vasto terreno. As provocações pareciam tão antigas e sem sentido quanto os choramingos de uma boneca falante.

– *Kapitän Amerika, werden Sie schnell und suredly sterben wie jeder, der das ewige Reich zu widersetzen!*

Capitão América, você cairá tão segura e rapidamente quanto qualquer um que se opôs ao Eterno Reich!

A palavra *eterno* era especialmente irônica. Os nazistas acreditavam ter existido três Reichs, ou impérios, alemães. O primeiro, o Sagrado Império Romano, que durou quase mil anos. O segundo, a monarquia que começou com a unificação da Alemanha e sobreviveu por 47 anos.

O terceiro, aquele que Hitler declarou ser eterno, durou apenas 12.

Mas não havia motivo para explicar isso para uma gravação.

Um estalo e um brilho prateado do reflexo da luz solar no metal lhe mostraram que os raios de energia estavam se realinhando, mirando na direção dele. As quatro linhas vermelhas passaram queimando o solo, aquecendo tanto a areia que formaram uma concha frágil e vítrea. O ataque foi tão óbvio que ele pulou para escapar do raio com facilidade.

Aterrissando mais próximo do cubo, o capitão levantou-se e deu vários passos antes de o Hibernante voltar a atirar.

Ele ergueu o escudo para se defender, na esperança de ter uma melhor noção do que estava enfrentando. Conforme a energia descia em cascata pela superfície curva, ele sentiu a pressão e o calor – mas não era quente o bastante para queimá-lo através do escudo, muito menos afetar o vibranium. Se Stark estivesse certo, e o tempo tivesse danificado o artefato, talvez suas armas estivessem perdendo a força.

Porém, no ataque seguinte, a intensidade aumentou umas mil vezes, arrancando-o do chão.

Ele caiu com força. Os raios tinham sido bloqueados pelo escudo, mas seu antebraço havia vibrado, como se tivesse sido exposto a uma poderosa corrente elétrica. O escudo ainda crepitava e estava quente demais para segurar, então ele foi forçado a deixar sua proteção de lado. Cambaleando pelo chão, o cubo produziu um chiado, mais alto e mais suave, dependendo do seu ângulo nos bancos de areia.

O ataque parou quando os raios, de alguma forma, se encontraram no meio do ar. O Capitão se moveu. O cubo liberou um único raio concentrado. Este não só transformou areia em vidro como também criou um buraco de um metro onde estava parado.

Os finos raios vermelhos vieram até ele, novamente entrecruzando o ar, impedindo qualquer rota de fuga. Atirando pela esquerda e pela direita, eles avançaram rápido demais para que ele se esquivasse para trás.

Com apenas uma direção livre, ele pulou para frente. Incerto se havia sido rápido o suficiente, ele arqueou o corpo para atravessar o espaço estreito entre os raios. Logo à frente, ele viu a figura quadrada e brilhante e seu buraco esférico. Por trás, ele sentiu uma pontada no calcanhar e percebeu o cheiro de algo queimando.

Quando pousou, seu calcanhar ardia, mas não o bastante para atrasá-lo. As bases giratórias do cubo tornaram as armas de raios perfeitas para cobrir uma grande área a médio e longo alcance – mas agora que ele estava próximo, ele não via como elas poderiam disparar sem acertar o próprio cubo. Chegando ainda mais perto, ele observou o buraco esférico para encontrar alguma outra fraqueza que pudesse explorar.

Assim que ele se deu conta de que tinha feito exatamente o que o cubo – ou melhor, seus projetistas – queria que ele fizesse, já era tarde demais. Com um terrível rangido, fitas metálicas saindo da curva da cavidade o estapearam e tentaram prender seus braços e pernas. Ele poderia ter saído do alcance delas, se não fosse pelos raios disparados que o impediam de recuar.

Só o que conseguiu fazer foi uma estranha dança, agitando braços e pernas de todos os jeitos para evitar ser apanhado pelas fitas metálicas. Antes que pudesse detectar quaisquer padrões de movimento, uma agarrou o tornozelo de seu pé ferido. A beirada se curvou e formou uma firme braçadeira. Ela girou para um lado, depois para o outro, tentando desequilibrar o cubo.

A S.H.I.E.L.D. observava tudo do aeroporta-aviões. Eles deviam estar planejando alguma coisa a essa altura. Rogers ligou para eles do comunicador, mas só o que ouviu foi estática digital. Ele percebeu que o cubo estava distorcendo os sinais de comunicação.

Ele continuou se mexendo, mas não demorou para as fitas agarrarem seu punho esquerdo e depois o direito. Lutar contra elas se mostrou inútil. A coisa tinha sido construída para contê-lo – é claro que sua força tinha sido levada em conta. Assim que ele ficou totalmente preso, as fitas retraíram, centralizando-o na cavidade esférica. Os raios mortais cessaram. O cubo emitiu estalos e zumbidos, exatamente como a esfera. Os sons repetiam-se quase como em uma música.

Por mais que confiasse em Fury, o Capitão não estava a fim de ficar parado e esperar para ver o que aconteceria em seguida.

Aquela coisa tinha sido criada para matá-lo. Descobrir como pretendia matá-lo era a chave para evitar tal destino. Os métodos usuais eram fáceis de imaginar. O cubo poderia contrair e esmagá-lo – ou expandir e arrancar seus membros. Ele poderia explodir ou soltar uma rajada de calor, semelhante à esfera.

Considerando o trabalho que Hitler teve para construir e esconder esses Hibernantes, tudo aquilo parecia muito simples.

Uma grade se abriu sobre ele, liberando um pó branco e seco que foi despejado sobre seu corpo. O primeiro palpite foi antraz, mas uma pequena quantidade já seria o suficiente, e o pó não parava de cair.

Bicarbonato de sódio?

Não fazia sentido. Qual seria o plano? Ele vasculhou sua memória, lembrando de tudo o que havia sido dito, na esperança de encontrar alguma pista nas palavras das gravações.

... prepare-se para encontrar seu fim.

... finalmente, sua fraqueza será revelada para que todo o mundo veja!

...você cairá tão segura e rapidamente quanto qualquer um que se opôs ao Eterno Reich!

Eterno. Certo.

Os Hibernantes que ele originalmente enfrentou tinham a intenção de destruir o mundo. Eles foram construídos para serem usados caso a Alemanha perdesse. Mas se Tony estivesse certo, aqueles haviam sido criados anteriormente, antes da derrota na Operação Barbarossa, quando uma vitória nazista foi considerada a única possibilidade. A provocação por trás das gravações, a necessidade de apontar civis como alvo em público, o desejo de que o mundo todo visse – tudo isso apontava para um propósito diferente: propaganda.

Hitler não queria apenas que ele morresse – ele queria provas.

Mais do que isso, ele queria exibir de alguma forma o Capitão América, como um troféu.

Enquanto o zumbido continuava, os canos curtos das quatro armas recuaram de suas bases externas, reaparecendo nos cantos interiores, de onde podiam mirar apenas uma coisa: ele. Quando viu a luzes vermelhas reluzindo, o Capitão pensou que sua longa carreira poderia, de fato, chegar ao fim. Porém, como havia acontecido antes, os raios que o atingiram foram finos e fracos, dispersando-se pela superfície à prova de bala de seu uniforme quase como água. Eles eram mornos, aquecendo sua pele, e lentos demais para causar lesões. Ventoinhas invisíveis começaram a rodar, movendo o ar constantemente ao redor dele, espalhando o calor como se estivesse em um forno de convecção.

E foi só isso. O cubo estava se tornando um forno. O plano, àquele momento, estava bem claro. O objeto iria assá-lo, secar seu corpo sem causar muito estrago e expor seu cadáver mumificado pelo mundo todo. O bicarbonato de sódio serviria para absorver a umidade excedente. Mas a membrana do traje impedia que o pó absorvesse o suor, deixando-o se espalhar por seu corpo. Então, o suor começou a ferver.

Uma imagem de Kade veio à sua mente, desapontado porque a temperatura não seria quente o bastante para destruir o vírus.

A sensação de calor que se espalhava por ele começou a pender para uma dor crescente e maçante. O corpo dele queria se contorcer, mas ele usou a adrenalina para outra tentativa contra as amarras. Cada centímetro de seus músculos aprimorados foi ficando mais tenso. Ele puxou os quatro membros de uma vez com a força que, em circunstâncias extremas, tinha entortado aço.

Não adiantou nada.

Um rangido diferente se juntou aos zunidos e estalidos. Como persianas virados do avesso, paredes transparentes emergiram da parte inferior da estrutura do cubo. Quanto mais as paredes subiam, mais impossíveis elas pareciam. O espaço de onde as paredes surgiram não chegava nem perto do tamanho suficiente para comportar sua altura. A substância semelhante a vidro devia ser algum tipo de líquido que solidificava se exposto ao ar.

A ideia era bem clara: envolvê-lo com o calor ajudaria o processo de mumificação – e faria um objeto de exibição melhor.

Com a dor aumentando, ficava cada vez mais difícil pensar. A agonia constante havia se tornado muito mais intensa do que a breve queimadura que o forçara a soltar o escudo quente.

O escudo ainda estava lá na areia, lembrando-o que ele ainda tinha um truque escondido na manga. Seus punhos estavam imóveis, mas os dedos poderiam alcançar o controle na palma da mão. Isso faria com que o escudo voasse até ele. Se ele se posicionasse entre seu corpo e os raios, havia uma chance de desviá-los contra o próprio cubo.

Mas o retorno magnético havia sido projetado com a suposição de que ele teria mobilidade suficiente para pegar o escudo. A aerodinâmica de sua arma havia sido criada de forma tão precisa que poderia destruir um grande número de obstáculos para chegar à sua luva. Com os membros voltados para fora, um dos obstáculos seria seu próprio braço.

O tempo estava acabando. Se ele esperasse até o cubo estar completamente selado, o escudo poderia destruir uma das paredes transparentes. Mas, se elas fossem flexíveis, o escudo iria ricochetear. Por outro lado, se ele esperasse até a parede estar *quase* selada, o disco poderia impedir que ela se fechasse.

Esperar o momento certo não era fácil. O calor constante tinha tornado sua pele uma massa arrepiada de agonia. Ele rangeu os dentes e, ao tocá-los com a língua, se surpreendeu em como estavam quentes. Tremendo o corpo todo, ele tentou avaliar a velocidade do escudo contra a parede que estava subindo, imaginando o trajeto e o ângulo.

Poderia funcionar. Poderia.

Contanto que ele não desmaiasse... contanto que ele pressionasse o controle...

... agora.

O escudo saiu girando pelo ar, gerando uma pequena nuvem de areia, percorrendo rapidamente a distância entre ele e o cubo. Ao aproximar-se, o capitão temeu que ele estivesse voando muito baixo e colidisse inutilmente contra a base do cubo.

Mas isso não aconteceu. Ele atingiu onde tinha que atingir, penetrando o espaço entre a parede e a estrutura do cubo.

Funcionou, mas só parcialmente.

Embora tenha evitado que a parede se fechasse, ele não alcançou os raios. Se ele atrasou o inevitável, foi apenas por poucos instantes. O calor continuou inalterado. Ele realizara seu último truque. Sabendo que a S.H.I.E.L.D. estava assistindo do aeroporta-aviões, pensou consigo mesmo se Nia estava entre os observadores. Mas, mesmo assim, ele se sentia só.

Fury, cadê você?

A resposta veio um segundo depois. Uma forte explosão, tão preta quanto a areia era branca, atingiu a beirada exposta do escudo. Como uma folha de grama cortando um carvalho sólido em um furacão, o disco foi projetado para cima com tamanha velocidade e força que arrancou o topo do cubo.

O que sobrou do Hibernante explodiu. Rogers não sabia o que havia causado aquilo – um segundo tiro do aeroporta-aviões ou algum mecanismo de autodestruição que, junto das peças de sua antiga jaula, o mandou para os ares. A onda de choque que pressionou suas costas era mais quente e acentuada do que o que ele havia sofrido dentro do cubo – mas, mesmo com a membrana, o ar à frente parecia uma brisa fresca.

As tiras soltas, ainda envolvendo seus punhos e tornozelos, tornaram o pouso mais incômodo do que deveria ser, mas ele não estava menos aliviado.

Ele se levantou de joelhos e respirou profundamente, puxando o ar fresco. A dez metros dali, o chão estava chamuscado. As grandes peças entre os escombros ainda estavam fumegantes. Ele ficou de pé, esticou-se e verificou o comunicador.

– Nick, você está me ouvindo?

– Em alto e bom som.

– Estava quente lá dentro. Por que demorou tanto?

– Quando ele retraiu os raios, não parecia ter quaisquer outras capacidades ofensivas, mas ainda assim não podíamos atirar sem colocar você em risco. Seu escudo nos deu algo em que acertar. Miramos na estrela e o resto você já sabe.

– Bom saber.

– A propósito, enquanto você estava brincando de ser assado, minha ideia sobre replicar os biossensores do Hibernante funcionou. No início, só o que detectamos foi você. O alcance dos Hibernantes parece bem limitado, o que explica também por que eles não foram atrás do Caveira. Mas, quando aumentamos o alcance deles ao dispersar o sinal pelas antenas que transmitem micro-ondas, captamos algo no radar.

Encontramos o Caveira. Parece que o Schmidt comprou um castelo em Roscoe, Nova York.

– Então, boas notícias?

– Quem dera. A agente Velez anda em uma maré de sorte, então fiz com que ela revisasse todos os dados de satélites daquela localização durante os últimos meses. Até três dias atrás, no mínimo trinta pessoas ocupavam aquele lugar. Seguindo algumas atividades térmicas inconsistentes com o clima, todas as formas biológicas, além do Caveira, se foram. Algumas anomalias atmosféricas acima do local demonstraram vestígios químicos compatíveis com cinzas humanas.

– Ele incinerou seus seguidores. – Steve sentiu uma ponta de pena pelos mortos, até se dar conta das implicações. – Ele deve ter feito isso para evitar que a informação se espalhasse. Então, o vírus que ele tem é uma cepa ativa?

– Essa é uma explicação, provavelmente a melhor. Ainda assim, conhecendo a grande consideração que o Caveira tem por vidas humanas, pode ser que eles tenham queimado o strudel do café da manhã dele. Porém, o Kade está quase tendo um filho aqui, convencido de que o fim do mundo está próximo. Diabos, ele pode estar certo. Mas podemos bater esse papinho assim que você chegar à nossa base. Fica a apenas sete quilômetros. Vou mandar o drone buscá-lo. Aproveite o ar puro enquanto pode. Haverá um traje de proteção máxima a bordo, caso a membrana tenha se rompido.

Rogers contemplou a vastidão plana e sem vida, além do céu azul.

– Se não tiver problema por você, acho que eu vou caminhando.

20

Querer preservar tamanha beleza não pode ser inútil.

A CAVERNA DE BASALTO, anteriormente utilizada para o armazenamento de registros antigos, foi reaproveitada às pressas. Por motivos óbvios, a área de isolamento Nível 4 foi a primeira das novas construções moduladas a ser disposta lá pela equipe de engenheiros da S.H.I.E.L.D. Outros módulos continham vários espaços para o trabalho de comando e suporte. Mas aquela ali – a maior e mais cara – comportava três câmaras de quarentena, cada uma delas bastante espaçosa. A câmara de Rogers até ostentava uma janela, embora só fosse possível ver uma parede preta de pedras.

Mas sua mente não estava focada nos arredores. Ele estava concentrado no Caveira Vermelha e no relatório de Jacobs. Tendo voltado à ativa depois do acontecido em Paris, o agente ferido era parte da equipe de reconhecimento em Nova York. Assim que ele falou, sua imagem – uma das nove, nos monitores embutidos do chão ao teto – expandiu para preencher a maior parte da tela. Apesar dos vários ferimentos com pontos e uma leve palidez, ele parecia ter se recuperado bem.

– Sem a confirmação de que há um patógeno ativo, o CDC não irá declarar publicamente aquela uma zona de risco, mas estamos tratando-a dessa forma. Expandiremos o perímetro em volta do castelo do Caveira em até quatro quilômetros a partir dos limites da propriedade, evacuando casas e comércios. Estamos falando de 400 hectares de floresta. O acesso foi facilmente bloqueado, mas ele está mais entrincheirado do que na embaixada da Latveria. Sabemos, por leituras infravermelhas feitas por satélite, que ele é a única forma biológica, porém uma fonte eletromagnética está confundindo nossos equipamentos eletrônicos de vigilância. Drones autônomos registraram uma neblina cinza. Até tentamos enviar um MVA pelos esgotos para avaliar mais de perto e obtivemos o mesmo resultado. Honestamente, não tenho ideia de quais outras defesas ele instalou por lá.

A imagem de Jacobs diminuiu, enquanto a de Fury expandiu.

– Tirando a sugestão do Doutor Kade de lançarmos uma bomba termobárica no meio do estado de Nova York só para garantir, estamos todos de acordo de que precisamos de botas em solo para realizar uma extração? – Ele esperou as várias cabeças assentirem. – Muito bem. E falando no epidemiologista predileto de todos, Kade, o senhor gostaria de nos oferecer sua surpreendente conclusão sobre quem você, a Doutora N'Tomo *e* o CDC acham que deveria vestir essas botas?

A imagem expandida de Kade era chocante, realçando tanto suas cicatrizes faciais quando seu extremo cansaço. Ele esfregou os olhos.

– Se a lógica parece surpreendente, coronel, como o senhor julga a norma? Supondo que o vírus esteja ativo, é apenas senso comum minimizar a possibilidade de uma epidemia. Podemos fazer isso mandando alguém que já o possui: o Capitão Rogers. Se o vírus do Caveira pertencer a uma cepa diferente, isso aumenta o risco para Rogers. Por outro lado, o que quer que esteja mantendo o agente viral inerte nele poderia fazer o mesmo por uma variação. Não é algo que eu diria a ninguém mais nesse planeta. E o fato de que a membrana aguentou indica que ela poderia reduzir o potencial de exposição do Capitão.

O rosto de Fury voltou ao foco.

– Para alguém em quarentena, ele passeia bastante, hein? O que nos leva ao elefante de Schrödinger na sala. Se Schmidt *está* sintomático, o que fazemos com ele? Dado o campo eletromagnético, não haverá qualquer tipo de comunicação, então essa será uma decisão do capitão.

Kade pronunciou-se novamente:

– Capitão Rogers, gostaria de relembrá-lo da nossa conversa mais cedo. É uma questão de história se você prefere morrer ou arriscar vidas inocentes. Quando chegar a hora, você irá dar mais valor à vida do Caveira ou às vidas daqueles que uma pandemia poderia privar?

Steve empalideceu.

– Você pode estar confiante com relação ao desfecho, mas, para mim, só Deus sabe o futuro. Por mais instruídos que sejam nossos convidados, só o que temos é o aqui e o agora. E, no momento, isso ainda seria assassinato. Eu não vou entrar lá e simplesmente matá-lo.

Kade esfregou os olhos de novo.

– Estamos discutindo semântica aqui. Doutora N'Tomo, você faria a gentileza de resumir o documento que lhe encaminhei?

A imagem de Nia foi ampliada. Com a expressão constrangida, ela pigarreou e disse:

– Há cerca de duas horas, a Corte Internacional reuniu-se e condenou Johann Schmidt, à revelia, à sentença de morte. O capitão Steve Rogers foi autorizado para agir como instrumento oficial da corte. Como tal, ele, doravante, está recebendo a ordem explícita para executar esta sentença o mais rápido e piedosamente possível.

* * *

Segundos depois de Zola retirar a seringa do braço de Schmidt, os detalhes da sala escurecida ficaram mais visíveis, com as cores mais vívidas. Ele se sentiu mais forte do que nunca. Zola deu um passo para trás, mas seus sensores permaneceram focados no Caveira.

– Procurando efeitos colaterais?

– Esta quantidade de adrenalina induziria um ataque cardíaco em um homem normal. Mas seu corpo...

– Não é normal. *Ja*, eu já sei.

Schmidt pretendia perder a batalha que estava por vir, mas apenas no mesmo sentido que os Hibernantes haviam "perdido". Um pouco travados pelos trajes de proteção volumosos que, sem dúvida, seriam forçados a usar, até mesmo os melhores agentes da S.H.I.E.L.D. não tinham a menor chance contra ele. Ele teria de deixar que eles o capturassem e o isolassem. Ainda assim, se ele se entregasse muito facilmente, eles poderiam suspeitar de seu plano. Algum tipo de luta seria necessário.

Talvez ele tentasse infectar alguns.

Esperar ficar detido perto das armas inativas era uma aposta – mas, onde quer que a S.H.I.E.L.D. o levasse, ele estaria em uma posição melhor para localizá-las. Depois, quem sabe? Se a S.H.I.E.L.D. já tivesse uma cura, talvez ele se permitisse recebê-la. Depois ele poderia usar os Hibernantes para destruir seu odiado inimigo.

– Como você se sente?

O lado esquerdo de seus lábios contraiu-se em um meio sorriso.

– Como se eu pudesse viver para sempre.

O avatar de Zola imitou a expressão.

– Geralmente, os efeitos da epinefrina duram por volta de vinte minutos. Porém, essa é uma fórmula que eu mesmo criei. Certos aditivos formam um revestimento que irá liberar a droga pouco a pouco. O efeito completo deverá durar três horas. Depois disso, imagino que seu metabolismo irá desabar abruptamente. É altamente recomendável que seu encontro com a S.H.I.E.L.D. já tenha sido resolvido até lá.

Baixando a manga da camisa, Schmidt assentiu. Uma escuridão repentina sobre seu ombro voltou suas atenções para os monitores. O noticiário tinha sido interrompido.

– Eles cortaram as fibras óticas. Estou surpreso que tenha demorado tanto assim. O sistema programado de segurança ainda não detectou qualquer incursão, mas não deve demorar.

Colocando as luvas, o Caveira ergueu a Chave Sonora. Após envolvê-la cuidadosamente em um material de microfibra que a esconderia da maioria dos sensores, ele a colocou dentro da boca. Levantando sua taça para Zola, tomou outra cerveja para engoli-la.

– Está na hora de você ir embora.

– Entendido, *Herr* Schmidt.

Esfregando seus punhos ossudos por baixo do couro, Schmidt examinou a estranha figura que tinha sido seu médico e companheiro.

– Sinto que deveria agradecê-lo por ficar ao meu lado, mas gratidão nunca foi meu forte.

– Embora tais princípios sejam mais bem fundamentados diante de resultados esperados do que de sentimentalismo, eu admito meus sentimentos a respeito de nossa despedida. – O Caveira pensou ter detectado um certo desdém na voz digitalizada. – Eu posso me dar esse luxo. Você, no entanto, deve estar em sua melhor forma para encarar os dias à frente, e não desejo deixá-lo com qualquer desvantagem. Talvez um tipo diferente de confissão da minha parte torne essa despedida mais fácil.

Aliviado de que não haveria nenhuma demonstração de emoção, o Caveira aderiu a uma curiosidade muito mais confortável.

– Uma confissão? Vinda de você? Qualquer traição de sua parte já teria sido punida severamente. Qual confissão você poderia ter?

– Simplesmente que eu retive informações. Sempre estive convencido de que você havia ficado completamente irracional, que seu plano jamais daria certo. Mas não disse nada a respeito para você.

O Caveira inclinou a cabeça.

– Por que não? Você já discordou de mim outras vezes.

– Achei que seria bom para diverti-lo. – Ouviu aquele desdém digital novamente. Desta vez, com uma pontinha de... timidez?

– *Divertir-me?*

– Sim... como uma bondade com um homem à beira da morte.

O Caveira fervilhou, com a raiva impulsionada pela adrenalina artificial, como Zola sabia que aconteceria.

– Aí está, viu? Removi a necessidade de qualquer sentimento de gratidão da sua parte, substituindo-o pela raiva que você acredita alimentar sua garra.

Com o coração batendo como uma britadeira, Schmidt lutou para falar.

– É verdade. Você conseguiu. E por isso, eu livremente o agradeço.

Com a calma de um brinquedo de corda preguiçoso, o androide caminhou até a porta.

– Vou me dirigir ao subsolo, aquecer meu corpo à temperatura de 300 graus Celsius para destruir qualquer traço do vírus e então sairei pelo túnel. Duvido que eles tenham me detectado, mas minimizei minha assinatura energética, assim permanecerei invisível aos scanners, mesmo depois de deixar de lado a proteção do campo eletromagnético. – O corpo dele continuava de frente para o corredor, mas as lentes que agiam como seus olhos viraram para trás. – Adeus, Johann.

Schmidt bateu o calcanhar no chão e fez uma leve reverência.

– Arnim.

A porta reforçada fechou e, com um clique, trancou. O olhar do Caveira se manteve na mesma direção até que o som dos pesados passos no corredor se afastassem, então ele se virou para observar o progresso de Zola pelos monitores.

Enquanto Arnim caminhava, o corpo dele começou a brilhar, tão vermelho quanto as bobinas de um forno elétrico. Quando ele chegou ao subsolo vedado, ficou de pé, imóvel, até seu corpo resfriar e retomar seus tons de costume, então desapareceu pelo túnel de fuga.

Para conservar bateria, o Caveira desligou tudo, exceto os poucos monitores ativos, e se sentou.

Sozinho.

Sozinho com seu corpo falhando. Sozinho com o ar estéril. Sozinho com seus pensamentos voltados para a eterna escuridão.

E com a adrenalina artificial correndo em suas veias, ele pensou: *Deve ter sido isso que Deus sentiu nos instantes anteriores à criação.*

21

Não apreciar a beleza, bem, isso seria
a própria definição de inutilidade.

AMARELO, ROSA E LARANJA: a camada de nuvens abaixo de Steve Rogers estava tingida pelas cores do pôr do sol. Ao pular do Hoverflier, arqueou o corpo em um mergulho perfeito. Ele deve ter sentido uma sensação indescritível de liberdade, mas sua missão evitava qualquer apreciação pela vista.

Ele tinha sido solicitado para matar alguém.

Não que ele discordasse com o veredito da corte. Não havia autoridade política mais importante, os riscos eram imensos – e Schmidt era um ser vil e abominável. Se o Caveira estivesse doente, ou mesmo morrendo, e o vírus ameaçasse a humanidade, ele tinha que, no mínimo, considerar essa hipótese, não é mesmo?

Entretanto, se a oportunidade tivesse aparecido, será que ele teria matado o próprio Hitler?

Para ele, aquela não era uma questão abstrata, não era nada como o acidente de trem hipotético de Kade. Os Aliados e seus próprios generais já tinham tentado – mas nunca lhes ocorreu pedir que ele fosse o assassino. Antes de mais nada, eles sabiam que Rogers recusaria. E mesmo o mais pragmático dos líderes militares tinha consciência do valor do Capitão América como um símbolo.

Ele detinha o título de capitão, mas nunca foi exatamente um posto hierárquico. Steve aceitava missões que faziam sentido para ele, mas apenas as que serviam ao sonho americano. Isso significava mais do que obedecer qualquer governo em particular ou quaisquer ordens particulares.

Assim que atravessou as nuvens, a beleza natural desapareceu. Como em qualquer sonho, o demônio estava nos detalhes. De perto, as cores sublimes dispersavam-se em uma névoa cinza e úmida. Ele passou a toda velocidade, molhando seu uniforme e a membrana.

A última pergunta de Kade ecoou em sua mente: "Você irá dar mais valor à vida do Caveira ou às vidas daqueles que uma pandemia iria privar?".

Se o Caveira estivesse apontando uma arma para um civil ou prestes a detonar uma bomba, e a única maneira de impedi-lo fosse colocando um fim nele, Rogers não hesitaria. Mas assim seria um combate, não uma execução.

Seria essa uma diferença suficiente?

Em breve, eles se encontrariam e Steve Rogers descobriria o que iria fazer. No calor do combate, talvez aquilo nem se tornasse um problema. Ele esteve em muitas batalhas nas quais seu inimigo não fugiu.

A cobertura de nuvens se dissipou e o castelo entrou em seu campo de visão: um pedaço da Velha Europa jogado no Novo Mundo. O instinto lhe disse que estava na hora de puxar a corda, mas ele esperou um pouco. Tornaria a aterrissagem mais brusca, mas ele queria continuar difícil de ser localizado pelo máximo de tempo possível.

O mundo inteiro o vira usando o traje de proteção e a armadura do Homem de Ferro, portando um holograma de seu rosto. Outros poderiam dar palpites quanto ao real motivo, mas o Caveira sabia que isso acontecera por causa do vírus que eles compartilhavam. Embora ele estivesse esperando *alguém*, Schmidt não esperaria seu mais antigo inimigo, em carne e osso.

Ele puxou a corda antes que sua aceleração crescente pudesse garantir mais do que ferimentos leves. O paraquedas se abriu, com o material camuflado refletindo o céu escuro. O Hoverflier tinha ficado bem localizado para o salto. Apesar da velocidade da descida, ele mal teve que se guiar para pousar no teto inclinado.

Em uma manobra que teria quebrado ossos em um corpo normal, o capitão esperou até estar a cinco metros de distância e, então, soltou-se dos arreios e deixou o paraquedas ser levado pelo vento. Ele atingiu as telhas de ardósia um pouco mais forte do que esperava e saiu rolando até a base de uma alta chaminé de pedras. Ao ajoelhar-se em sua própria sombra, pedaços quebrados da telha deslizaram, caindo por três andares antes do baque sobre os arbustos lá embaixo.

Uma torre giratória de armas surgiu do topo da chaminé, disparando as armas automáticas. No entanto, não estava mirando nele – estava mirando no paraquedas que ainda pairava, o qual foi todo rasgado pelos tiros. Além disso, o velho castelo não tinha apenas uma chaminé, tinha seis, cada uma com uma arma similar àquela. Os pontos vermelhos de suas miras a laser cruzavam o teto e o chão. A falta de armas adicionais significava que ele ainda não tinha sido localizado.

O Caveira estava em algum lugar lá dentro, operando as armas remotamente ou confiando em algum sistema de mira automática que possuía. Mas onde estava ele? O castelo tinha duas alas. Rogers havia pousado aproximadamente no centro da menor. Nos dois lados, muitas janelas se projetavam do telhado inclinado. A luz do sol deu a ele um vislumbre da parte interna do castelo através da janela mais próxima, a qual iluminava o que parecia ser um corredor vazio e deteriorado.

Sabendo que tudo relacionado ao Caveira dificilmente era como parecia, o capitão tirou o escudo das costas e o lançou para quebrar a janela. Assim que o vidro se estilhaçou, sumiu a ilusão de um corredor vazio. Uma série de lança-chamas começou a surgir, partindo da extremidade mais distante do corredor e encontrando-se no meio do caminho.

Mira automática então.

O escudo percorreu a extensão restante, estilhaçou o vidro de uma segunda janela e voltou para sua mão. Estava frio ao toque. Lá dentro, apenas labaredas remanescentes chamuscavam as bordas das molduras. O sistema estava programado para disparar apenas se um intruso estivesse presente.

Estaria o Caveira doente demais para cuidar de sua própria defesa, ou ele estaria planejando alguma outra surpresa?

Além disso, havia outra coisa que os lança-chamas indicavam. De forma lógica, a sequência de disparos terminaria próxima do que quer que as armas estivessem destinadas a proteger. Neste caso, era uma porta levando a outra ala. Ele olhou pelo telhado: depois de mais janelas, a parede externa subia para formar uma espécie de torre com janelas altas. A grande sala mais à frente parecia estar abandonada, mas, provavelmente, era apenas mais uma projeção.

E parecia um lugar tão bom quanto qualquer outro para começar sua busca. Se ficasse abaixado e se deslocasse rapidamente, talvez conseguisse entrar sem ativar nenhum sensor.

Ele não teve tanta sorte.

No instante em que saiu da sombra da chaminé, todas as metralhadoras giraram e começaram a atirar nele. Balas de alto calibre acertaram seu escudo e as telhas de ardósia ao redor, despedaçando o telhado e revelando uma camada de blindagem por baixo.

Ele correu até ela enquanto as armas bombardeavam seu caminho. Quando chegou ao fim do telhado da ala oeste, a saraivada deixou as janelas da ala leste praticamente invisíveis. Com projéteis deixando marcas em seu escudo, ele deu um pulo na diagonal. O Capitão esperava poder atravessar o vidro, mas grades de aço cruzaram as janelas quando ele saltou.

Rogers acertou uma das grades, agarrou-se nela e balançou para o lado. Talvez ele conseguisse se soltar, mas não enquanto estivesse sob fogo pesado. A barreira já estava arrancando pedaços de pedra do castelo, atingindo muito próximo de suas mãos. Ele tinha que neutralizar as armas antes de tentar entrar – mas isso daria mais tempo ao Caveira para se preparar.

A menos... que ele fizesse as duas coisas ao mesmo tempo.

Saltando até a base da chaminé mais próxima, ele pousou tão perto da arma lá posicionada que ela não pôde mirar nele. Mas isso não impediu as outras de atirarem. Conforme ele escalava até o topo da chaminé e encravava seu escudo na base giratória de metralhadoras, sequências de tiros incessantes o seguiam.

Incapaz de continuar virando, o mecanismo rangeu, mas a arma continuou disparando. Virando seu escudo, ele conseguiu mirar nela. O primeiro alvo foi a arma com a linha de visão mais direta para as janelas cobertas. Aquela chaminé pendeu para o lado e caiu.

As armas restantes ainda estavam atirando, mas ele não queria dar a Schmidt nenhuma margem de manobra. O alvo seguinte dele não era as grades de proteção de aço nas janelas, mas o que as cercava. Já que haviam sido explodidas pedras o bastante, ele pulou na direção da grade uma segunda vez.

Ele a atingiu com os pés, gerando força suficiente para derrubar o restante da estrutura de apoio. Com um estrondo, o Capitão e a grade aterrissaram no chão de mármore de uma sala ampla e escura. O som de tiros reverberava atrás dele, ao que ele se posicionou em meio a uma nuvem de pedra e gesso pulverizados, pronto para lançar seu escudo na direção da figura familiar parada atrás de uma mesa de carvalho rachada.

O Caveira estava falando, mas suas palavras eram abafadas pela comoção. Fazendo uma careta, ele mexeu em um controle. As armas silenciaram.

– Assim está melhor – disse o Caveira. Espremendo os olhos, ele inclinou sua cabeça. – Então é você, não um subordinado qualquer. Mas você não parece nem um pouco doente. Por quê?

– Gosto de pensar que é por ter uma vida saudável.

Ele franziu a testa.

– Compreendo a necessidade de sagacidade que alguns de seus colegas cretinos uniformizados possuem, mas seu idealismo ingênuo sempre me fez pensar se você é capaz de ser bem-humorado. Se ter um estilo de vida saudável faz tão bem, como você explica todas as ovelhas tranquilas e inocentes que morrem diariamente de alguma doença? O estilo delas não é saudável o bastante para você?

Schmidt ainda não tinha se mexido. Estava difícil de ver claramente seu rosto por causa da luz do monitor que brilhava por trás dele. Será que ele estava fraco ou será que estava ganhando tempo?

– Elas não têm o mesmo tipo de corpo que nós.

– *Ach*, é claro. – Fazendo uma leve reverência, o Caveira assumiu a máscara de um simpático anfitrião dando as boas-vindas a um velho amigo. – Touché.

O sotaque alemão de Schmidt estava de volta. Rogers não o ouvia há muito tempo. Seria efeito do vírus?

– Bem, ando tendo vários debates filosóficos ultimamente.

Os lábios cadavéricos dele fizeram algo como um *tsc-tsc*.

– Como isso deve ser difícil para uma mente simplória como a sua.

Quando ele saiu de trás da mesa, Rogers ficou tenso. O Caveira moveu-se lentamente, mantendo suas mãos visíveis. A postura dele era rígida. Não havia tiques nervosos, nenhum tremor, nenhum movimento que pudesse indicar suas intenções – ou tremores que pudessem indicar adoecimento. A julgar por seu autocontrole, ele parecia em perfeitas condições de saúde.

Mas seu rosto, quando Rogers finalmente o viu, indicava totalmente o oposto. Não por sua fina pele vermelha ou seu formato de caveira; não por sua expressão fria ou pelo olhar malevolente; mas pelas manchas de descoloração em suas têmporas e bochechas, e pelas linhas de um líquido vermelho entre os dentes.

Não havia mais dúvidas: o vírus estava ativo.

– Havia um tempo em que eu pensava que morrer valeria a pena, só para me ver livre da infeliz associação entre nós. Mas vendo você tão saudável, tão em forma, eu me vejo forçado a perguntar: a cura foi encontrada?

Rogers balançou a cabeça.

– Não. Ainda não. Eu tenho o vírus, mas não está ativo em mim.

Ouvindo aquilo, o Caveira deu uma longa gargalhada.

– Quer dizer que você tem enfrentado os Hibernantes nessas ridículas indumentárias pelo que *poderia* acontecer?

– O que temos poderia...

– *Ja*, *ja*, eu sei. Ameaçar a espécie. Ainda assim, depois de permanecer inativo por todos esses anos, ele só se tornou ativo em mim. Quase me faz pensar se há algum desígnio no universo.

Schmidt parecia estranhamente introspectivo. Talvez se ele fosse capturado sem resistência, Rogers poderia convencer Kade e a corte que mantê-lo vivo seria útil para encontrar uma cura.

– Você deve saber que todos que conhecemos estão trabalhando nisso. Entregue-se, submeta-se à quarentena, deixe que eles examinem você. Não espero que você dê a mínima para salvar a vida de alguém, mas é a única maneira de salvar a sua.

O Caveira acenou com uma mão, curvou os lábios em uma espécie de biquinho e deu alguns passos para a frente. No início, as palavras dele foram intencionalmente lentas.

– *Nein*. Isso não vai acontecer. Admito, eu realmente considerei isso. Mas agora, com você aqui? Não. Não vou fazer isso. Não por você. Nunca por você.

De repente, ele passou a gritar:

– Com cura ou sem cura, eu nunca vou me humilhar diante de *você*!

O Caveira se jogou à frente. Rogers foi pego de surpresa pela velocidade e ferocidade dele. Sendo os corpos deles iguais, ele esperava que, no máximo, o Caveira fosse tão rápido e tão forte como ele.

Mas, de alguma forma, ele estava mais rápido. E mais forte.

Ele levantou o escudo para se defender, mas o Caveira jogou-o de lado. Rogers deu um soco de direita, mas o Caveira o golpeou no nariz com a cabeça, antes que Steve pudesse dar outro soco. A energia inesperada do golpe o deixou cambaleante. Ele sentiu um líquido salgado na garganta. O cheiro era do próprio sangue.

Afastando-se, Rogers prometeu a si mesmo que não iria mais ser pego de surpresa.

Berrando loucamente, o Caveira correu até ele; fingindo golpeá-lo no corpo, jogou-se no chão e aplicou uma rasteira. Por mais rápido que tenha sido, não conseguiu chegar perto. Rogers pulou. O Caveira deu um chute aéreo, fazendo abrir as abas de seu sobretudo de couro.

Pensando em segurá-lo pelo tecido e atrapalhar seu impulso, Rogers se jogou por cima do casaco. Como se tivesse pisado em óleo derramado, ele foi parar no chão.

O Caveira zombou dele.

– Você acharia que uma vestimenta longa poderia ser uma má escolha para combate mano a mano. Mas a minha foi inspirada em uma planta carnívora, cujas folhas escorregadias fazem com que sua presa deslize direto para os sucos digestivos dela.

A vantagem foi momentânea. Rogers facilmente reconquistou seu equilíbrio. A pequena demora não deveria ter dado ao Caveira tempo para que ficasse de pé – mas deu. Como?

Independentemente do corpo que ele habitava, apesar das artes marciais que dominava, o Caveira, no fundo, era um lutador de rua, um valentão da pesada, que recorria a truques sujos. Mas outra coisa estava acontecendo ali, algo além das capacidades do Soro do Supersoldado. A melhor maneira de acabar com a luta seria descobrir o que era aquilo.

Na esperança de compreender melhor as táticas do inimigo, o Capitão deixou Schmidt levar a vantagem. O Caveira foi até ele com um movimento amador: um soco giratório. Rogers esquivou-se, segurou o punho dele e usou o movimento para arregaçar a manga deslizante do casaco até o antebraço do Caveira. Ela deslizou facilmente, mas a força súbita fez o pano rasgar.

O Caveira torceu o corpo e se libertou. Mas, nos poucos instantes em que a mão de Rogers tinha envolvido o antebraço descoberto de Schmidt, ele sentiu as veias saltando sob a pele, como se estivessem prontas para explodir.

Uma droga. Ele estava usando algum tipo de droga.

Nos tempos do Doutor Erskine, Steve Rogers tinha sido alertado que os efeitos de um estimulante, ao contrário do álcool, aumentariam exponencialmente seu corpo melhorado. Mas isso incluía um perigoso efeito colateral: elevação da irritabilidade, que poderia interferir em sua concentração. Isso explicaria o soco giratório.

Schmidt já era bastante nervoso para pensar direito. Tudo o que Rogers precisava fazer era deixá-lo furioso, e mais erros viriam em seguida.

O Caveira atirou-se na direção do Capitão, que tentou usar a mão esquerda para jogar o escudo de lado novamente. Dessa forma, ele deixou a cabeça e o peito expostos. Suprimindo a vontade de contra-atacar com a mão direita, Rogers atingiu o queixo do Caveira com a beirada do escudo – sabendo que isso causaria mais dor.

Uivando, o Caveira tropeçou para trás.

– Nunca irá se humilhar? Quem você acha que está enganando? – disse Rogers. – Isso é balela. Você mal está lutando. Você é igual qualquer outro valentão, um covarde em essência. Passou a vida inteira aterrorizado. Medo é a única coisa que move você.

Com os olhos arregalados, Schmidt partiu para o ataque.

– Guarde essa psicologia de botequim para as massas.

Rogers deixou que ele se aproximasse sem nenhuma resistência, permitindo que os golpes dele o atingissem no peito e nas costelas.

– *Isto* parece *medo*? – gritou Schmidt.

Não parecia. Na verdade, doía bastante. Até demais. Mas, por mais fortes que fossem as pancadas, elas eram irregulares, despropositadas.

Os olhos amarelados ficaram ainda mais arregalados.

– Por acaso um tigre *teme* sua presa? – O turbilhão de socos aumentou e continuou, mas Rogers ouviu Schmidt ofegando por trás dos golpes. – É *medo* quando o predador vibra ao sentir o gosto de sua presa viva tremendo entre seus dentes?

Rogers demorou o máximo que pôde. O Caveira estava começando a abrir a guarda. O Capitão estava prestes a contra-atacar, quem sabe daria um jeito no vilão com um só movimento. Mas a força extraordinária por trás dos golpes diminuiu, então o Capitão ganhou algum tempo.

Tomado por uma espécie de crise de tosse, Schmidt lutava para respirar, inspirando e expirando com cada vez mais dificuldade.

– Eu sou o caçador! O mundo é minha presa!

Ele começou mais a errar do que acertar seus socos. Os olhos esbugalhados pareciam estar a ponto de explodir. Quando os últimos golpes frágeis o atingiram, Rogers foi capaz de endireitar-se tranquilamente.

– Nunca... será... *eu* quem vai... implorar... naquelas celas... será...

Schmidt levantou o punho mais uma vez, no entanto, o corpo inteiro dele desabou. Ele se curvou à frente, tremendo. A garganta emitia um chiado terrível. Uma mão trêmula estava espalmada na estrela do peito de Rogers; com a outra, Schmidt pressionava o próprio peito.

Schmidt caiu de joelhos.

– ... será...

Rogers deu um passo para trás, deixando o Caveira desmoronar no chão. Os braços de Schmidt se debatiam no que havia sobrado das mangas do casaco. O chiado foi silenciado.

Aquele era o momento. Pela aparência dele, Schmidt não teria muito mais tempo. Considerando a dor em seu rosto cheio de tiques, seria até um ato de misericórdia. Ele podia acabar com aquilo, de forma rápida e limpa.

Mas, por mais que tentasse se ater à razão, Steve sabia, em seu coração, que essa nunca tinha sido a questão.

Ele foi até a mesa rachada e desativou as defesas do castelo, inclusive o campo eletromagnético. A área já estava sendo tratada como zona de risco Nível 4, mas ele tinha que avisar a S.H.I.E.L.D. que estava levando um prisioneiro. Então caberia a Kade e a Nia decidir como seria realizado o transporte.

Rogers retirou duas fitas de imobilização de seu cinto. Assim que ele se curvou sobre o corpo imóvel, um estranho pensamento lhe ocorreu.

Talvez os dois fossem colocados em suspensão criogênica. Lado a lado.

Enojado com a ideia, ele estava prestes a amarrar os tornozelos de Schmidt, quando o Caveira se empurrou pelo chão de mármore. Com os braços livres das mangas do casaco, ele se escondeu atrás da mesa. Recuperando o que lhe restava de fôlego, ele levantou, ergueu metade da mesa e a jogou para frente.

Rogers se esquivou, mas a borda estilhaçada o atingiu na lateral, fazendo-o rodopiar. Isso deu tempo suficiente para o Caveira disparar dois tiros. Se ele estava portando uma arma esse tempo todo, ou a tinha apanhado na mesa, não importava. O primeiro tiro ricocheteou no escudo do capitão. O segundo acertou-o no ombro, rasgando o uniforme.

Munições perfurantes.

O Caveira mais cuspiu do que falou.

– Eu estava sob seu domínio. Por que não me matou?

– Não sou um assassino.

– *Feige Hund!* Você matou um monte de gente. Na guerra, você abriu fogo contra inúmeros soldados de infantaria que estavam mais interessados em voltar para casa do que servir à minha causa.

– Eles escolheram o lado deles quando pegaram nas armas. Mas não espero que você compreenda. Seu tipo nunca se importa quando ou em quem atira, seja civil ou soldado.

O Caveira deu de ombros.

– Ineficiente, admito, mas isso facilita na hora de apontar uma arma. – Ele atirou de novo, errando completamente. – Mas você ficou de pé ao meu lado por tanto tempo, você deve ter, no mínimo, pensado em contrariar seus amados ideais.

– Nem por um instante.

O Caveira inclinou a cabeça, analisando o rosto do capitão.

– Quem está mentindo agora? Mas aqueles a quem você serve são muito mais pragmáticos. Eles mandaram que você me levasse vivo?

A expressão de Rogers não mudou nada, mas o Caveira, mesmo assim, viu alguma coisa ali.

– Não mandaram, não é? Eles me queriam morto. E você *desobedeceu*? Ha!

O sorriso dele ficou tão amplo que quase trouxe vida ao seu rosto moribundo.

– *Der Führer* estava errado quanto à sua importância, na época e agora. Você sempre foi mais um *Dorftrotteln* do que um herói nacional. – O Caveira baixou a arma e levantou as mãos. – Diante das circunstâncias, eu me rendo. Só porque isso trará mais vergonha a você no futuro.

22

Mas acreditar na beleza não significa
arriscar minha vida por ela, significa?

O HOVERFLIER DESACELEROU, como se fosse pousar, mas, para N'Tomo, parecia que eles ainda estavam no meio do nada. Só o que ela conseguia ver pela janela era uma placa de trânsito caída, indicando que, algum dia, existira uma estrada ali, com uma curva acentuada logo à frente. A placa parecia nova, o ar seco do deserto impedia que ela enferrujasse, embora provavelmente tivesse muitas décadas – como Steve Rogers. Por outro lado, a vista era de uma imensa planície e céu infinito, como a savana de arbustos espinhentos na Somália. O lugar onde eles se conheceram era bem parecido com o lugar onde eles, provavelmente, diriam adeus.

Um círculo completo.

Ela esperava que o Hoverflier pousasse no chão. Em vez disso, um trecho retangular na areia abriu-se e revelou uma caverna escura logo abaixo.

– Projeção holográfica – explicou Fury. – Mais ou menos o que o Caveira tinha em seu castelo. Pela mesma razão também. É claro, na tecnologia é tudo muito bonito, mas sempre achei essa próxima parte mais impressionante.

Conforme o Hoverflier foi descendo, as paredes da caverna foram aparecendo, revelando a belíssima forma de uma série de grandes pilares hexagonais de pedra. Eles eram tão perfeitos, geometricamente falando, quanto os Hibernantes.

– Aquela estrutura hexagonal é natural. O lugar inteiro é feito de basalto, formado por fluxos de lava há cerca de 15 milhões de anos. A escavação foi cuidadosa de modo a preservar o local, porque ela serve como uma estrutura de suporte. E é linda também.

Ela olhou para ele. Por nunca ter ouvido Fury falar em nada além de estratégias e táticas, Nia teve uma agradável surpresa.

Fury percebeu.

– É, eu sei alguma coisa sobre geologia. O que achou, doutora?

– É lindo, mas posso entender por que usamos o Hoverflier. A área de carga aqui é menor do que a do aeroporta-aviões.

– Área de carga? Você está olhando para a base inteira. Era só um monte de documentos redundantes que já tinham sido digitalizados, e está abandonada desde a década de 1980. – Ele fez uma careta para Kade. – Até mesmo espiões como nós não fazem questão de vir até aqui mais.

– Muito melhor para nossos propósitos – disse Kade.

As paredes pretas eram iluminadas por holofotes esporádicos, mas a área inferior brilhava com pequenas salas brancas e corredores tubulares.

– Não é nenhuma despensa. Muito espaço para a zona de confinamento, um laboratório de última geração, escritórios de apoio e assim por diante. Tem até espaço suficiente para estabelecer uma zona estéril para os destroços dos Hibernantes – disse Fury, acrescentando com um resmungo –, porque você insistiu muito.

O Hoverflier manobrou na direção de uma das poucas áreas abertas e pousou.

Kade resmungou de volta.

– *Eu* pedi que você os incinerasse, caso eles carregassem qualquer esporo do vírus por terem entrado em contato com o Capitão Rogers.

A abertura traseira foi aberta.

– E vamos fazer isso, assim que terminarmos de estudá-los. Se não tivéssemos criado arquivos detalhados sobre os Hibernantes originais, talvez jamais tivéssemos conseguido derrotar esses atuais, portanto, eles têm sua importância. Mas acredite: eles já estarão bem longe daqui antes de ativarmos a... como é?... câmara criogênica.

Nia sentiu um calafrio.

– Os dois pacientes estão preparados?

Fury os levou para fora.

– Pacientes. Sei. Eles dividem uma parede, mas não podem ver um ao outro, portanto não há motivo para contar-lhes a respeito disso. O Steve está assistindo às imagens de sua luta com o cubo, caso tenhamos deixado de ver alguma coisa. O Caveira foi transportado até aqui em um contêiner de risco biológico modificado, baseado em suas especificações. Ele ficou lá até o deixarmos sair para seu novo lar aconchegante. Ele tem cooperado, se considerar "cooperação" fazer absolutamente nada. Pensando bem, no caso dele, acho que é.

Caminhando para dentro da caverna aberta, ele apontou para uma porta metálica, especialmente grossa, na cápsula de contenção. Dois agentes usando trajes de proteção ficaram do lado de fora, com as armas empunhadas.

– O vestiário é por ali. Estarei observando do centro de comando.

Nia deu vários passos em direção à porta, antes de notar Kade examinando o módulo.

– Vamos nos trocar?

Ela deu um tapinha no ombro dele. Duas vezes.

– Doutor?

– Sim. É claro.

Assim que entraram na primeira câmara do módulo, eles começaram o árduo processo de vestir trajes de proteção em duas camadas. Eles eram tão grossos e desengonçados que tinham o apelido de trajes espaciais. Embora os dois médicos estivessem usando as membranas experimentais, Kade insistiu em seguir o protocolo padrão como mais uma forma de precaução. Nia não discordou, mas teve que perguntar:

– Aquela hora você estava procurando vazamentos?

– Pode parecer tolice, mas sim.

– Você acha realmente que poderia encontrar algum?

– Sempre presumimos que outra pessoa notará o óbvio, a falta de um conector, uma rachadura no encanamento, mas eu, às vezes, acho que são feitos mais estragos por incompetência do que pelo mal. Graças aos ideais descabidos do Rogers, estamos lidando com uma cepa que se provou ativa. Chegamos a um nível em que é impossível ser cuidadoso demais. Para isso, vamos revisar o procedimento antes de entrarmos.

Ela concordou com a cabeça.

– Assim que o paciente estiver confinado, vamos retirar três frascos de sangue. A seringa será imediatamente destruída no desintegrador de segurança. Duas das amostras serão armazenadas na zona de confinamento. A terceira será levada para fora, escaneadas para uso em nosso computador, e depois destruída.

Os dois colocaram seus capacetes. O suprimento de ar portátil foi ativado e o tecido do traje espacial inchou. Se houvesse buracos ou rasgos, a pressão externa evitaria que patógenos atingissem a pessoa que o estivesse usando. O barulho alto e constante dos ventiladores fez Nia se sentir como uma mergulhadora de águas profundas, distante do mundo – e, com sorte, de qualquer coisa que pudesse contaminá-la.

Os suprimentos de ar em uma mão, os equipamentos na outra, eles entraram em um corredor sem janelas. A porta atrás deles foi fechada; após alguns instantes, a porta à frente se abriu.

Dessa forma, eles chegaram à antessala da câmara de confinamento em que estava Johann Schmidt, sendo as paredes transparentes a última proteção contra a doença. Quando o Caveira os viu, despertou a atenção deles. Após ler tanto sobre ele, Nia não sabia exatamente o que esperar. A cabeça dele era desfigurada, mas não de uma maneira tão terrível. A semelhança com um crânio exposto poderia amedrontar outros, mas, para alguém que já tinha visto a forma humana devastada por todos os tipos de doença, ele só parecia muito enfermo, com uma magreza nada saudável com indicadores de desidratação.

Kade ativou os alto-falantes.

– Por favor, sente-se na cadeira.

Acenando brevemente com a cabeça, Schmidt obedeceu. Assim que ele se posicionou, Kade pressionou um segundo botão. Amarras grossas, feitas de metal e cobertas por um plástico macio que evita cortes acidentais, passaram por cima dos punhos, tornozelos e pescoço do Caveira. Isso lembrou Nia da maneira como chimpanzés experimentais eram atados em tempos menos compassivos. Parecia cruel, e crueldade era algo que ela detestava, mesmo contra aqueles que pudessem merecer.

Com um tipo de chiado, a última porta deslizou ao se abrir e eles entraram na câmara.

O Caveira olhou para os dois, mas dirigiu-se ao homem que havia falado com ele. Sua voz foi levada para dentro dos capacetes através de um microfone embutido em algum lugar nas paredes.

– As amarras são necessárias?

De forma bastante profissional, Kade arregaçou as mangas do avental do paciente.

– Sim.

O braço dele era tão musculoso quanto o de Steve, o que era de se esperar – mas a pele era fina como papel, quase translúcida, como a de muitas vítimas de doenças. Kade apenas olhou de relance para ele, antes de atar um torniquete de borracha em volta de seu bíceps.

Sem ser perguntado, o Caveira cerrou o punho.

Quase como uma recompensa, Kade explicou para ele:

– Durante uma epidemia de peste bubônica em Surat, tivemos um paciente que tentou, propositalmente, esfregar seu sangue nos funcionários da emergência. Três dos meus colegas morreram.

– Não tenho motivo algum para atacá-lo.

– Ele também não tinha. – Esfregando a dobra do braço do Caveira, Kade usou dois dedos para bater na pele dele, procurando pelas veias. – E, ao contrário de você, ele nunca fez mal a uma alma viva em sua vida. Além de liquefazer seus órgãos internos, um dos efeitos do vírus era fazer o mesmo com sua personalidade. Ele se tornou feroz. Desde então, sempre insisto que os pacientes sejam contidos.

Com a fascinação calada de uma criança, o Caveira observou a agulha penetrar sua pele.

– Compreensível. Imagino que você preferiria tirar essas amostras do meu cadáver?

– Há alguns benefícios em observar a doença em um hospedeiro vivo. A decisão do Capitão Rogers de poupá-lo foi mais que tola. Isso não significa que eu deveria ignorar as vantagens que isso oferece.

– Nisso nós concordamos, *Herr Doktor*.

Nia entregou a Kade um segundo tubo, então um terceiro. Quando ele retirou a agulha, cobriu a ferida com algodão. Exceto por uma única gota vermelha, tudo estava limpo.

– A coagulação dele ainda está normal – disse ela. – Isso é um bom sinal.

– Talvez.

Havia ali duas instalações. A que ficava de frente para a antessala era uma unidade segura de transferência. Trancada de um lado, poderia ser usada para enviar pequenos itens ao paciente, sem violar o confinamento.

A outra instalação, na única parede branca da cela, parecia levar a lugar nenhum. Aquela também ficava trancada, até que N'Tomo pressionou um controle remoto e uma pequena gaveta surgiu. Ela colocou a seringa e o algodão lá dentro. Apertando outra vez o controle, a gaveta se fechou.

Um bipe eletrônico tocou em seguida, dizendo que o conteúdo não tinha, simplesmente, sido esterilizado – os itens tinham sido desintegrados.

Schmidt observou, maravilhado.

– Impressionante! Posso indagá-los quanto ao progresso de vocês com o vírus?

Ele falou com Kade novamente. Nia ficou imaginando se o médico responderia como ela o faria, tentando incutir um senso de esperança, por menor que fosse. Se isso não acalmasse a mente do paciente, poderia pelo menos fazer com que ele cooperasse mais no futuro. Mas Kade cedeu à dura realidade.

– Em seu caso, seria irrelevante. A Corte Internacional o condenou à morte. Já que Rogers recusou-se a cumprir a sentença deles, há um carrasco a caminho para realizar seus deveres, assim que a base estiver em segurança.

Os olhos de Nia se arregalaram diante da estupidez de Kade.

O Caveira piscou os olhos.

– Mesmo eu estando prestes a morrer?

– Seu histórico o torna um risco muito grande.

– Não tenho a intenção de ir a lugar algum.

– Pode ser o seu caso, mas o homem que cuspiu em seus médicos também não tinha tais intenções.

O Caveira deu de ombros e ficou em silêncio.

Ao concluir o trabalho, os dois saíram. Com fogo saindo pelas ventas, N'Tomo esperou até eles voltarem para o corredor e, assim que a porta da antecâmara foi vedada e as luzes ultravioletas banharam os trajes deles, ela se dirigiu ao colega.

– Você está maluco? Por que diabos você diria a uma das mentes criminosas mais perigosas do mundo que ele tem motivos para tentar escapar?

Kade contraiu o rosto.

– Realmente, doutora, você se pergunta por que eu verifico vazamentos, quando você deveria estar prestando mais atenção. O pulso dele estava baixo, ele está febril e não havia qualquer força no braço dele. Se ele não estivesse fingindo estar saudável devido a algum senso de decência equivocado, ele teria caído antes de chegar à cadeira. As únicas coisas que o mantêm preso são as amarras. Ele não vai a lugar algum.

* * *

Sabendo que estava sob vigilância constante, Schmidt permaneceu sentado depois que eles saíram. Era difícil. Quando os efeitos da epinefrina acabaram durante a louca jornada a esse deserto abandonado, ele desabou completamente, como Zola o havia alertado. Ele não tinha dúvidas de que seus captores notaram sua fraqueza. Fazê-los acreditar que orgulho o fez esconder sua vulnerabilidade tornaria tudo mais surpreendente quando um pouco de sua força retornasse. Se eles acreditassem terem descoberto sua mentira, seria mais fácil enganá-los.

A dissimulação deu a ele apenas uma pequena vantagem – e embora ele não quisesse admitir, talvez uma vantagem inútil. Todo seu plano brilhante pode tê-lo simplesmente colocado nas mãos de seus inimigos.

Mas por quê? Por que os Hibernantes não estavam respondendo?

Ele sabia que eles estavam ali. Quando os guardas passaram com ele pelas três câmaras seladas, suspeitou o que mantinham lá dentro. Teve sua confirmação quando olhou de relance o manifesto de carga passando, enchendo-o de confiança de que seu plano iria realmente dar certo. Mas a mera presença da Chave Sonora em suas entranhas já deveria ter ativado a sequência final. E, embora os Hibernantes não estivessem a mais que 50 metros dele, nada havia acontecido. Será que o isolamento que o impedia de ser detectado também tinha bloqueado o sinal? Impossível. Eles equilibrariam isso. Então o quê? Ele não tinha ideia de que tipo de maravilha poderia restaurar aquela pilha de destroços, mas ele já tinha visto do que esses Hibernantes eram capazes, e ele acreditava neles, talvez até demais.

Teria a antiga tecnologia simplesmente falhado? Justo agora?

Com a raiva ainda desgastada, outra sensação arrastou-se por entre as fendas de sua mente exausta: resignação.

Até mesmo os sonhos mais perfeitos se enferrujam com o tempo.

Talvez Zola estivesse certo esse tempo todo: a vida dele tinha mesmo chegado ao fim.

Então, que fosse pelas mãos de seu carrasco em vez de tomado pela *verdammt* de um vírus. Pelo menos, haveria um propósito maior por trás de tudo: punição pelo que as tímidas massas consideravam crimes. Ele ainda lhes daria uma surpresa de último minuto, levar consigo o máximo possível de cães – mostrá-los até o fim o que significa viver e morrer por atos de vontade.

A ideia o instigou. Ele estava se sentindo melhor, sem se preocupar se iria cair da cadeira. Ele podia até conseguir ficar de pé.

Conforme seus membros voltavam lentamente à vida, os músculos das pernas e dos braços doíam – o custo de sua batalha com Rogers. Ele precisava se esticar, então se levantou, atento para usar ambas as mãos para se erguer, atento para tremer um pouco de modo que pensassem que ele ainda estava instável. Ele olhou para a mesa branca, a porta branca, a parede branca, então pela parede de vidro onde havia mais paredes brancas. O local onde estava a unidade de esterilização parecia não ter articulações, tão perfeitamente encaixado que chegava a ser invisível aos olhos, mas ele lembrou onde estava. Ele podia acessar o desintegrador e apontá-lo para aqueles que o mantinham preso, mas, no momento que ele se movesse, eles o veriam.

Não tinha o que fazer, a não ser esperar.

E esperar.

Eles talvez tenham pensado em fornecer algo para ele ler.

E eles *o* consideravam um bárbaro.

Ele estava de pé há poucos minutos, quando seu abdômen se contraiu como se estivesse em um torno, forçando-o a curvar-se para frente. A princípio, ele achou que o arrepio elétrico fosse um dos espasmos que o vinham atormentando.

Mas não era isso. Era a Chave Sonora que estava vibrando dentro dele. Porém, esse não era o sinal intermitente que ele esperava. Abafado pelo invólucro, ele ainda reconhecia o som – o mesmo que tinha ouvido três vezes antes. Só podia significar uma coisa.

Havia *outro* Hibernante, um quarto.

E ele estava sendo acordado.

Então isso não tinha acabado. Longe disso.

Ele se curvou ainda mais, mas não por causa do desconforto. Curvou-se para que não o vissem sorrir.

23

Mas se eu me sacrificar, o farei em segredo.
Quem saberia? Quem se importaria?

QUAL ERA A PALAVRA?

Sobrecarregado. Era isso. Era assim que Jakob Waller se sentia com relação à sua vida. Sobrecarregado. Até seus pensamentos estavam demasiado sobrecarregados, demasiado familiares para chegar a interessá-lo.

Ele estava sozinho no Museu Weltliche Schatzkammer de Viena, em um elegante escritório. No trabalho, bem depois de fechar, ele colocou artefatos raros do Sagrado Império Romano embaixo da lente de aumento, um por um, procurando por sinais, danos ou desgastes – querendo poder fazer o mesmo por si mesmo.

Ofereceram-lhe o dia de folga, mas ele recusou. Ele tinha a esperança de que, se passasse o tempo com coisas muito mais velhas que ele, afastaria a tristeza que pairava sobre ele por conta de seu aniversário de 73 anos. Mas até aquele momento, não havia surtido qualquer efeito.

Não era um dia desgostoso. Era mais uma verificação de algo que ele sentia há algum tempo: não de que ele tinha ultrapassado sua utilidade, mas de que ele tinha ultrapassado seu desejo de ser útil.

Waller não era triste ou solitário. A saúde dele estava boa e sua inteligência aguçada, ou, pelo menos, tão aguçada quanto sempre havia sido. Não lhe faltavam habilidades sociais ou compaixão. É que, agora que era velho o bastante para ver o fim inevitável de tudo, ele não desejava mais fazer qualquer esforço.

Amigos e colegas de trabalho trouxeram para ele uma maravilhosa torta de chocolate, que era sua favorita. Eles a cobriram com velas e cantaram o parabéns com verdadeiro carinho. Eram boas pessoas, gentis e inteligentes, mas nenhuma o conhecia tão bem ou há tanto tempo quanto aqueles que já tinham falecido.

Examinar a coleção provou-se igualmente vazio. Houve uma época em que cada peça o entusiasmava, despertava paixão e dedicação. Naquela noite, sua longa experiência estava agindo contra ele, cegando-o perante a glória de cada artefato, revelando as verdades inconvenientes que seu coração não podia mais negar.

Em vez de uma relíquia em forma de unicórnio, ele via um chifre de narval identificado erradamente. Em vez do Santo Graal, ele via uma tigela de ágata da Antiguidade tardia.

Ele sabia muito a respeito deles. Ou, talvez, muito pouco.

Por mais que ele sentisse falta da mágica das mentiras, os perigos delas tornaram-se muito aparentes, principalmente no caso da peça que ele tinha guardado para o final: a Lança Sagrada, Longinus. O demônio mais real da Europa, com certeza, tinha visto a mágica que havia nela. O infame Adolf Hitler, certa vez, trouxe-a consigo para Berlim, acreditando que a famosa Lança do Destino protegeria seu Eterno Reich.

Tempos antes, Waller achava ser inofensivo acreditar nas propriedades místicas da lança, mas Voltaire fez uma ótima colocação: "Aqueles que conseguem fazê-lo acreditar em absurdos podem fazê-lo cometer atrocidades".

Ele virou a lança em suas mãos. Sua ponteira bruta, chata e aguda estava amarrada ao bastão, o qual tinha o centro envolto por uma folha com inscrições em prata e ouro. Até mesmo o General Patton a tinha analisado antes de devolvê-la para o museu. Alguns culparam o poder da lança por sua morte em um acidente de carro alguns meses depois.

Hoje, só o que Jakob via era uma peça modelada no século VII para uso cerimonial. Outra mentira disfarçada de significado. Outro absurdo que ajudava e instigava atrocidades.

Prestes a colocá-la sob a lente de aumento, ele ainda a segurava quando começaram os tremores. No início, ele achou que suas mãos firmes estavam finalmente falhando, tremendo como as de um estereotipado homem velho. Mas não eram suas mãos: era a lança, tremendo tão violentamente que ele teve que soltá-la.

Ela fez barulho sobre a mesa. Suas vibrações mandaram-na para o outro lado da superfície, derrubando seus papeis cuidadosamente empilhados e suas canetas coloridas.

Jakob perguntou-se se o que ele estava vendo era real ou se estava tendo um derrame e seu corpo estava lhe contando uma última mentira antes da morte. Mas foi tão real quanto qualquer outra coisa que ele vivenciara.

A lâmina chata e o cabo irradiaram uma explosão de luz dourada, como se fossem partes de um batom extravagante e vulgar na Mona Lisa.

O que sobrou era perfeito: um varão longo e sólido, estreito como uma linha abstrata.

Quando Jakob se sobressaltou, a lança ergueu-se no ar, jogando a lente de aumento para o lado. Sem peso, ela girou como a agulha de uma bússola procurando o norte magnético. Quando ela estabilizou, estava apontando para ele, diretamente ao seu peito, como se tivesse sido escolhido por ela. Ele sentiu aquela velha empolgação novamente – a ideia de que não apenas havia mágica no mundo, mas que ele poderia fazer parte dela.

Quando aquela coisa perfeita atravessou Jakob Waller, todas as experiências, expectativas e explicações que tornaram sua vida tão cinza e sem graça foram destruídas tão fácil e rapidamente quanto seu peito. Ele viu seu elegante escritório diante de si e ouviu a parede atrás ser quebrada no instante em que a lança a atravessou. Depois disso, nada.

Sorrindo, Jakob Waller morreu do mesmo jeito que nasceu: acreditando que ele e o mundo eram completamente novos.

* * *

O centro de comando modular do Grande Vazio era tão estéril e branco quanto o restante da base. Para Kade, era calmante, limpo, mas também fazia com que qualquer variação parecesse suja. Por causa disso, ele se viu encarando o queixo com a barba por fazer de Fury. Aquilo o incomodava quase tanto quanto a atitude habitual do caubói.

– Parece que estou em uma maldita gaiola de hamster – disse Fury, batendo com o punho contra a parede incólume. – Acho que eu não deveria reclamar. Pelo menos, temos uma mesa aqui, assim posso ver a maioria de suas caras bem de perto. – Ele olhou para o grupo reunido, e dois rostos apareceram nos monitores embutidos na parede. – Estranho vê-lo por aqui quando você está a apenas 50 metros de mim, Capitão, mas, ao menos, você tem seu próprio monitor. Parabéns.

Rogers, levando a brincadeira adiante, respondeu:

– Obrigado, senhor.

– E quanto a mim? – Stark interveio. – Eu não tenho meu próprio monitor?

– Sim, só não estou a fim de parabenizar um dos homens mais ricos do mundo por conta disso. Quero agradecê-lo por mostrar sua caneca virtual daí do ensolarado Vale do Silício.

Kade não entendia. Será que eles tinham de se fazer de durões, ficar fingindo? Será que eles não percebiam o quanto aquilo tornava difícil para ele, e para qualquer um com a metade do cérebro, confiar neles?

– Vamos direto ao assunto. Em mais ou menos duas horas, quando o... é... *instrumento* da corte chegar, Schmidt será legalmente submetido à jurisdição deles e sumariamente executado. – Olhando para Kade, ele acrescentou: – Honestamente, prefiro dizer que eles irão despachá-lo.

Kade ficou se perguntando se o comentário tinha a intenção de fazê-lo sentir-se culpado. Se sim, como? Eram eles que queriam manter as aparências. Não fazia qualquer diferença para ele qual nome eles queriam dar, contanto que Schmidt estivesse morto, e o vírus dentro dele, erradicado.

Fury, finalmente, deixou seu tom simplista de lado quando chegou ao propósito da reunião.

– Depois que o Caveira for cremado, Steve Rogers será colocado na câmara de criogenia. Isso faz dessa reunião nossa última chance oficial para qualquer uma de nossas mentes mais brilhantes tirar um coelho da cartola ou de alguém me acordar e dizer que eu estava sonhando antes de darmos continuidade a isso. Temos alguma coisa? Qualquer coisa? Doutores, vamos começar por vocês.

Kade não disse nada. Ele deixou a Doutora N'Tomo se pronunciar em nome deles. Ela era competente o bastante, e eles gostavam da abordagem dela. Mais importante, ela só podia discutir sobre o que sabia, e Kade ainda tinha que decidir se deveria compartilhar sua descoberta mais recente.

Ela pigarreou para começar a falar.

– Antes de mais nada, gostaria de perguntar se a presença do senhor Stark indica que ele fez algum progresso.

– É Tony, só Tony. Acho que a pergunta significa que o seu relatório não é bom, portanto, sinto dizer que não. Se criar curas por simulação computadorizada fosse tão fácil, já teríamos eliminado diversas doenças a essa altura. Até agora, estou limitado a esmiuçar algoritmos para acelerar os cálculos. Cada microssegundo que espremo pode ser aquele que nos mostrará a cura vencedora, mas nada gritou "bingo" ainda. Só estou aqui como ouvinte, ou talvez como um membro charmoso da equipe. Então... eba. Vamos lá, pessoal!

Fury gesticulou para Nia.

– O que você *conseguiu*?

A expressão dela ficou melancólica.

– As amostras do Caveira revelaram que os sintomas dele estão sendo causados por uma *pequena* variação no vírus. A variação em si não é nenhuma surpresa. Os vírus sofrem constantes mutações; normalmente, para formas menos nocivas. Porém, até agora, as simulações demonstram que esta variação é ainda *mais* contagiosa e *mais* resistente à cura. – Ela parou por um instante antes de continuar: – Agora nós também sabemos que está ligado a modificações celulares específicas causadas pela fórmula do Supersoldado.

Fury levantou a sobrancelha.

– Quer dizer que isso *não pode* nos infectar?

– Pode sim – ela respondeu. – Absolutamente. Sabemos, a partir de sua estrutura, que todos somos suscetíveis. A mesma chave pode funcionar em mais de uma fechadura. Neste caso, a chave que abre uma célula de Supersoldado também pode destrancar uma célula humana mediana.

Kade não ficou surpreso quando Fury insistiu ainda mais:

– Eu fui crucificado quando perguntei isso da primeira vez, mas estamos aqui para tentar pensar em mais alguma coisa, então eu vou perguntar de novo: essa coisa pode ter sido *criada* exclusivamente para o Capitão? Já vimos coisas mais estranhas.

Mais cansado do que imaginava, Kade não conseguiu conter sua língua:

– Encontrar um vilão pode criar uma história mais confortável, coronel. Mas de forma alguma isso é necessário para explicar o que aconteceu.

Todos se viraram para ele, esperando que continuasse, mas ele se forçou a não dizer mais nada. Esgotado, abalado pelo que agora sabia, ele temia dizer muito, ou ser mal interpretado. Além disso, tentar se explicar era o que mais o desgastava.

N'Tomo continuou por ele:

– Pode parecer que há uma inteligência por trás de tudo, porém, isso é mais uma questão de sorte. Quando um milhão de gazuas tentam abrir a mesma fechadura, só aquela que consegue terá a oportunidade de se reproduzir. Naturalmente, assim como um vírus ativo em meu corpo tem maior probabilidade de ser específico ao meu sistema imunológico, um vírus ativo no corpo clonado do Caveira tem maior probabilidade de ser mais específico ao DNA de Supersoldado.

Fury ficou eriçado.

– Eu ainda não estou entendendo a parte sobre...

Stark interrompeu, agitado. Seus olhos ficaram focados em um ponto à frente de sua câmera, invisível aos outros.

– Opa! Você recebeu isso, Nick?

Antes que Fury pudesse responder, mais um monitor – este embutido no tampo da mesa – acendeu com informações de rastreamento.

– Estou recebendo do aeroporta-aviões agora. Há um objeto não identificado vindo em nossa direção... e rápido. Ponto de origem é Viena.

Rogers ficou tenso.

– Outro Hibernante?

Stark deu de ombros.

– Eu diria que é bem possível. E esse é grande também. Bom, na verdade, não tem nada de grande. Ele é bem pequeno, cerca de um metro e meio de comprimento e muito fino. Mas, quando eu disse grande, eu quis dizer poderoso.

Kade ficou enjoado. Outro ataque. É claro. Outra força inexorável pressionando todos eles até o limite. Ele escondeu suas mãos trêmulas sob a mesa.

Fury apertou o botão de alerta, o qual era, de fato, vermelho e com a palavra *alerta* escrita nele.

– As leituras de energia que estamos recebendo estão além de qualquer escala.

Stark sorriu de forma sarcástica.

– Fale por você. Com todas essas coisas absurdas, como Cubo Cósmico, Devorador de Mundos e Mjölnir sempre ficando "além de qualquer escala", eu finalmente decidi dar uma *mexidinha* nas escalas: construí um banco de dados de alta potência, com as assinaturas energéticas de todas essas coisas cósmicas que encontramos, e agora... – O olhar dele se concentrava em várias coisas enquanto falava e, quando fazia algum ajuste fora da tela, partes de suas mãos ocasionalmente ficavam visíveis. – A comparação mais próxima é com...

Stark inclinou a cabeça, separou os lábios... e não disse nada.

Até Kade estava curioso.

Fury deu um soco na mesa.

– Com o que, Stark? Com o quê?

– Desculpe. É que não pude acreditar. Não é tão forte, mas a leitura é como de uma das malditas Joias do Infinito.

Os agentes reunidos ficaram de pé em um pulo. Fury levou a mão ao ouvido.

– Contatem todo mundo. Precisamos das maiores armas que pudermos arranjar, e bem rápido. Não me importa se for o Hulk. Sim, eu já notei que estamos no lugar mais isolado do país, mas, quanto antes eles começarem a se mexer, mais cedo eles chegarão até aqui!

Kade ficou paralisado. Só o que ele podia fazer era continuar sentado e acrescentar o temor crescente deles ao seu próprio.

Enquanto isso, N'Tomo olhou para o Capitão América no monitor.

– Joias do Infinito?

Rogers expirou, como se não acreditasse no que estava dizendo.

– Seis artefatos primordiais. Alguns pensam que, em algum momento, eles formavam um único ser, que ficou entediado de sua existência e se dividiu em inúmeros pedaços, criando o multiverso.

Ela levantou as sobrancelhas.

– O multiverso? Você quer dizer, a *realidade*?

– Essa é a história. Todos os tipos de entidades galácticas lutaram por elas durante eras, acreditando que, se todas fossem reunidas, poderiam ser usadas para controlar... tudo. Quando um maníaco chamado Thanos conseguiu juntá-las, foi necessário reunir praticamente todos os seres poderosos que existem para derrotá-lo.

A doutora franziu a testa.

– Posso ser ingênua quanto a forças cósmicas, mas, se essas joias são *realmente* todo-poderosas, como esse Thanos pôde ser derrotado?

Fury levantou as mãos para o alto.

– Deixe isso para mais tarde. Essa coisa está vindo com tudo. Tony, tem algo nessa sua nova escala que nos diga como parar esse negócio?

A expressão presunçosa de Stark ficou sombria.

– É... não. – O barulho das sirenes ficou mais alto. – E acabou de quebrar seu perímetro externo.

– Deu para ver! – Fury irritou-se. – Pare de falar, ponha essa porcaria de armadura e traga essa bunda de ferro para cá.

– Já estava vestindo meu traje enquanto falávamos. Estou a caminho. Steve, essa coisa vai alcançá-lo em dois segundos.

– Qual direção?

– Seis horas. E deve entrar por...

Antes que Stark pudesse concluir, Rogers pegou seu escudo e virou no sentido anti-horário.

Um buraco pequeno e perfeitamente redondo apareceu na câmara de quarentena. Aparentemente, aquilo não tinha nem entrado por cima – tinha atravessado o solo e surgido diretamente na caverna.

Kade tomou um susto, assim como todos os outros. Parecendo quase uma linha de uma prova escolar de geometria, a lança colidiu contra o escudo. O som resultante do contato com a superfície curva de vibranium estava entre um relâmpago e uma bola de demolição atingindo uma viga de aço.

Rogers foi jogado de costas no chão. A lança foi desviada para o lado, desacelerada. Então, ela girou e atacou Rogers novamente. Stark sumiu de sua tela. Os agentes reunidos correram até suas estações. Fury sacou a arma da cintura e correu em direção à saída.

Percebendo que o tolo estava se dirigindo à área de isolamento, Kade ficou de pé para impedir Fury. Era como tentar bloquear a passagem de um touro na arena.

– Não! Você não pode se aproximar dele sem um traje!

– Saia da minha frente!

Fury jogou-o de lado. Os pés de Kade saíram do chão e ele caiu com força.

– Espere! – Assim que ele gritou, sentiu uma dor aguda no peito, como se uma de suas costelas tivesse quebrado.

Mas Fury já tinha ido embora.

Idiota! A única coisa que poderia salvar Rogers agora era se um daqueles seres cósmicos chegasse e alterasse o próprio fluxo do tempo.

Ele sentiu N'Tomo ajoelhar-se ao seu lado. Ela o examinou rapidamente e, em seguida, tentou ajudá-lo a se levantar.

– Você está bem?

Kade não queria ficar de pé. Não havia motivos para tal. Será que ele deveria contar a ela, ou deixá-la com falsas esperanças, do jeito que ela queria que ele tratasse o Caveira?

– Eles não entendem. São crianças brincando com o detonador de uma bomba atômica.

– Eles estão tentando *parar* a bomba atômica.

Ela estava olhando para a tela, assistindo a Rogers desviar da lança uma e outra vez, e Kade se deu conta de que ela também não compreenderia. Toda vez que a lança se aproximava, toda vez que ele tinha êxito ao bloqueá-la, Kade sabia que era tanto sorte quanto talento que estavam mantendo Rogers vivo, mas a Doutora N'Tomo não via assim. Ela jamais perderia a fé de que Rogers iria triunfar, por mais improvável que fosse.

Mas Kade não sabia bem para que lado deveria torcer. Enquanto N'Tomo se preparava para o relatório daquela reunião, ele estava ocupado comparando o vírus que encontraram no Caveira com os exames originais de Rogers. O herói deles, o grande Capitão América, vinha sendo o hospedeiro para *ambas* as cepas durante todo esse tempo. Elas eram tão semelhantes que era difícil reconhecer a variação sem a nova amostra. Havia apenas alguns exemplares da variante ativa – talvez tivesse sofrido a mutação recentemente –, mas Kade não tinha dúvidas de que ela vinha se replicando.

Era só uma questão de tempo até que o Capitão Rogers se tornasse sintomático – e tão contagioso quanto o Caveira. A menos que fosse colocado imediatamente em suspensão, ele estaria morto em uma semana. Mesmo assim, dadas as projeções baseadas na cepa variante, Kade não acreditava mais que uma cura fosse possível.

Os tinidos metálicos vindos do monitor ficaram mais insistentes. Se os movimentos rápidos do escudo vacilassem por uma fração de centímetro e a lança conseguisse atingir seu objetivo, a morte de Rogers seria rápida e misericordiosa.

Seria tão melhor para a humanidade se, apenas uma vez, o Capitão América errasse.

Diante das circunstâncias, Kade pensou que ninguém iria se opor a cremar o corpo.

24

O que iria sobrar para atormentar as minhas questões,
para julgar se sou bom ou mau?

CONFORME FURY CORRIA em direção à zona de isolamento, uma máscara flexível subiu do seu pescoço e cobriu seu nariz e boca. Criada para ataques de gás, fazia anos que ela era uma parte padrão dos trajes de campo da S.H.I.E.L.D.

Não tão sofisticada ou segura quanto as membranas que o Capitão e os médicos usavam, ela exigia um suprimento próprio de ar, que durava cerca de quinze minutos, se ele se recordava direito. Não havia tempo para explicar tudo isso a Kade, mas ele provavelmente teria discutido a respeito.

Afinal, a máscara não protegia Fury de nada que tocasse sua pele.

Uma dúzia de agentes com equipamentos completos à prova de contaminação já haviam cercado a parte externa da câmara de Rogers. Uma série de pequenos buracos arruinavam o branco perfeito das paredes. Após outro estrondo terrível, a lança disparou novamente, deixando outro buraco. Ela pairou sobre as estruturas modulares até quase desaparecer na semiescuridão.

Reconhecendo uma clara linha de fogo, nove agentes sacaram seus revólveres e começaram a atirar sem parar. Os tiros ecoavam ao se alojarem nas paredes de basalto. Quando a lança desacelerou para dar a volta, alguns chegaram a acertar, gerando faíscas na superfície ridiculamente estreita, sem surtir quaisquer efeitos.

Como lutar contra uma maldita linha?

Devia haver uma saída. Por precaução, Fury fez questão de trazer do aeroporta-aviões a arma portátil mais poderosa que eles possuíam, o colisor de prótons. Os agentes que não atiraram na lança estavam lutando para configurá-lo. Fury correu para ajudá-los a instalar a arma no tripé giratório. Juntos, eles conectaram o longo cabo de força e abaixaram o pequeno assento do operador. Durante esses segundos, a lança entrou e saiu da câmara do Capitão outras duas vezes, cada ataque acompanhado daquele terrível zunido, já que Steve bloqueou-a com seu escudo.

Fury pulou para o assento.

– Eu mesmo vou atirar.

Ele segurou nas alças, ajustou o olho na mira e esperou. Quando a lança subiu, Fury a seguiu até ela sair de trás das estruturas, então disparou. Ao atingir a lança, o raio do colisor formou uma linha muito característica: azul no centro, cercada por um preto nítido. Fury manteve a força no máximo, mas a lança não parava. Pouco antes de desaparecer dentro da câmara, ele soltou o gatilho para evitar atingir o módulo.

Nada.

Ele teve uma péssima sensação ao perceber que Stark, como sempre, devia estar certo. Se essa coisa fosse como uma Joia da Alma, estava muito além de sua capacidade. Ele queria lutar ao lado do Steve, mas já era difícil o bastante para só um homem se desviar e se esquivar naquela jaula. A menos que Fury tivesse uma estratégia específica, ele só atrapalharia.

Havia mais uma coisa que ele poderia fazer: ter uma conversinha com a única pessoa que talvez tivesse um manual de instrução para essa coisa.

Ele correu em direção à batalha, querendo chegar à outra metade das câmaras de isolamento sitiadas. Quando ele alcançou a grossa porta, a lança escapou novamente, fazendo um barulho tão alto que ele achou ter rompido o tímpano esquerdo – mas quando olhou, o novo buraco estava a, no mínimo, dois metros dele.

Ele entrou no vestiário, ignorou o equipamento de segurança e continuou andando. Luzes vermelhas piscaram assim que ele continuou caminhando pelo corredor estéril de acesso. Uma mensagem era repetida pelos alto-falantes: "Cuidado. Pode haver presença de patógeno Nível 4. Traje de proteção não detectado. Cuidado..."

Simplesmente ignorando, ele entrou na antecâmara e deu de cara com a cela onde se encontrava o Caveira Vermelha.

Eles se entreolharam através do vidro. Era a primeira vez que ele via Schmidt desde sua captura. As lesões coloridas em sua pele vermelha fizeram Fury se recordar do lixo pútrido que ele havia visto uma vez na viela atrás de seu restaurante italiano predileto.

Ele não teve coragem de voltar para comer lá desde então.

Afastando sua ânsia de fugir dali, Fury rosnou:

– Pare essa coisa.

Um sorriso fácil e arrogante deixou o rosto de Schmidt ainda mais assustador.

– Não tem fé no seu velho amigo? Afinal de contas, ele conseguiu deter os outros. Por que não ver como ele se sai desta vez?

– Os outros eram máquinas. Esse é...

Seus reflexos de espião o fizeram parar por ali. Seria possível que o Caveira não soubesse o que ele havia libertado?

Schmidt olhou para ele com curiosidade.

– Não é uma máquina? Ah. O que é, então?

Fury espremeu o olho. O homem era um mentiroso experiente, mas ele parecia genuinamente no escuro.

Exagerando sua expressão inocente, Schmidt colocou a mão no peito.

– Honestamente, achei que havia apenas três. Esse foi uma surpresa tão grande para mim quanto foi para você, embora uma mais agradável. Eu apenas sei o que ouço através dessas paredes. Se você sabe do que ele é feito, você está em vantagem. Diga-me, ele se parece com quê?

Fury empunhou sua arma.

– Não estou aqui para brincar. Pare essa coisa, ou recusar-se será a última coisa que você irá fazer.

O Caveira revirou os olhos.

– *Ach*. Você não vai atirar em mim através de uma barreira de contenção. Mesmo que não se importe com a sua própria segurança, você jamais colocaria a vida dos outros em risco.

Ele embainhou sua arma e disse:

– Você está certo. Mas eu não preciso atirar em você. Posso desligar seu oxigênio.

O Caveira riu.

– E negar ao carrasco a oportunidade de acabar comigo de acordo com a lei? Contemple a hipocrisia do sistema democrático.

Fury encontrou o controle correto e o acionou. Schmidt olhou curiosamente ao redor assim que o fluxo de ar cessou.

– Você tem três minutos para me dizer como parar aquela coisa.

Por um minuto inteiro, eles se entreolharam; o silêncio pontuado pelo som distante da lança atacando as paredes, seguido pelo zumbido metálico todas as vezes que Rogers se defendia.

Quando o Caveira respondeu, a voz dele já estava ficando fraca e esganiçada por conta da falta de ar.

– Não posso. Nem se eu quisesse. Eu só sei como ativá-los.

– Sai dessa. Se você sabe como ativá-los, sabe como desativá-los.

Respirando com dificuldade, o Caveira sentou-se com as pernas cruzadas no chão.

– Que americano otimista. Mas está completamente equivocado. Dá para fazer. Não importa qual seja a realidade, dá para fazer. Só porque há um botão de ativação não significa que há um de desativação. Os Hibernantes não foram construídos para serem detidos.

– Eles devem ter instalado um interruptor de emergência. Nem os nazistas eram tão estúpidos.

– Eu já disse. Não tenho familiaridade com os detalhes do projeto. Mas não os dividiria com você nem que eu pudesse. É um sentimento que um velho guerreiro como você deveria compreender. Afinal, coronel, se soubesse que está prestes a morrer, preferiria ir amarrado para a mesa de um carrasco, chiando em uma cama com tubos entrando e saindo de você, ou lutando, como fez a vida inteira? – Com o ar ficando cada vez mais escasso, ele levou a mão à garganta. – Morrer desafiando você trará uma satisfação ao processo que, do contrário, jamais haveria.

Indignado, Fury reativou o oxigênio.

– Vou mexer todos os pauzinhos que eu puder para atrasar essa execução, só para que eu possa enfiar pessoalmente esses tubos.

Conforme o ar foi voltando para a câmara, o Caveira respondeu quase de forma displicente:

– Veremos.

Fury saiu e voltou a sentar-se diante dos controles do colisor de prótons. Se ele não podia parar a lança, pelo menos podia dar mais espaço ao Capitão para lidar com aquela coisa.

– Começar procedimentos de evacuação para o caso de termos que jogar uma bomba nuclear em todo o local – disse ele no comunicador.

Vendo para onde ele estava mirando, um dos agentes ofereceu uma breve objeção:

– Senhor, se você disparar desse jeito, você irá violar a contenção...

– A contenção já possui dezenas de buracos. Se o Capitão Rogers acertar no ângulo errado e acabar indo até a cela do Caveira, aí realmente estaremos em perigo.

Ele se concentrou para mirar, não na lança voadora, mas na parede esburacada.

– Steve, da próxima vez que essa coisa for até você, assim que bloqueá-la, esquive para a direita.

– Quer me dizer por quê?

– Você vai ver.

A lança atacou; o barulho horrível veio logo em seguida.

Assim que a coisa recuou, Fury atirou.

* * *

Enquanto o colisor criava um retângulo preto cheio de faíscas na parede, Steve Rogers ajoelhou-se atrás do escudo. Quando a lança veio em sua direção novamente, ela empurrou a parede enfraquecida, atingiu o escudo dele e ricocheteou, saindo pelo teto.

Ele ouviu Fury:

– Sua vez, Steve.

– Ok.

Rogers pulou para fora do buraco retangular e desejou estar com seu uniforme. O solo áspero raspou nas vestes hospitalares e na membrana, gerando cortes perigosos. Felizmente, a membrana fez seu trabalho, vedando-se novamente, como uma poça respondendo a uma gota de água.

Ainda em movimento quando a lança voltou, ele mal teve tempo para erguer o escudo, quanto mais avaliar adequadamente o ângulo. A lança atravessou uma viga de apoio. O teto cedeu e ruiu.

Ele correu pelo chão pedregoso, colocando-se entre a lança e a parede da caverna. Desta vez, em vez de usar seu escudo, ele agachou, deixando a lança atingir o basalto. Como uma faca penetrando a areia fofa, ela sumiu em meio às pedras.

Se ela tivesse que chegar ao ar livre para poder virar, talvez ele tivesse tempo para levar a luta até o Grande Vazio. Mas um alto som de trituração anunciou que ela estava dando a volta *dentro* da pedra.

– Nick, enquanto eu estiver preso, lutando contra essa coisa, ela pode acabar acertando a outra câmara e expondo todo mundo ao vírus. Você precisa levar essas pessoas de volta ao aeroporta-aviões.

– Já estou providenciando isso.

A lança saiu pelo buraco que ela própria tinha criado. Em vez de arriscar-se, o Capitão usou o escudo para esmagá-la mais uma vez contra a parede.

O padrão foi repetido outras duas vezes.

Aquele Hibernante, se é que podia partilhar do nome com os outros três, não mudava de estratégia, pois, uma vez que não se desgastava de forma alguma, não tinha necessidade. Ele só precisava continuar atacando – jamais hesitando, jamais abrandando, jamais acelerando –, como se soubesse que, mais cedo ou mais tarde, seu alvo iria se cansar.

Claramente esta lança era a melhor opção para matá-lo. Então, por que esse não tinha sido o primeiro e único Hibernante? Deve ter a ver com a estratégia de propaganda de Hitler, mas, ao contrário do forno do cubo, ele não compreendia a ligação.

– Se isso for como as Joias, sua fonte de energia é ilimitada. Ela pode continuar assim por meses – disse o capitão.

– Sim... bem, o lado bom é que este não fala.

– Vou tentar mantê-lo ocupado. Mas se eu falhar, faça o que tiver que ser feito.

– Entendido.

* * *

Horas depois, o Capitão América ainda estava lutando contra aquela lança: jogando-a contra a parede, esperando seu retorno e repetindo o ataque outra vez.

Clang. Shshh. Clang. Shshh.

A base estava vazia, com exceção do Caveira e do Hibernante. Stark havia chegado ao aeroporta-aviões há algum tempo, e Fury insistiu para que todos colocassem suas cabeças para funcionar juntas a fim de encontrar uma solução – mas, até então, nada. Enquanto isso, ele tinha posicionado o ângulo do escudo e o próprio corpo com o intuito de conservar energia, trazendo a lança praticamente de volta ao mesmo lugar.

Clang. Shshh. Clang. Shshh.

Ele ainda não estava cansado, mas sentia algumas pontadas nos músculos dos braços.

Em algum momento, depois de Steve ter pedido noção do tempo, a entrada mais alta da caverna deslizou e o Homem de Ferro chegou.

– Conseguiu alguma coisa, Tony?

Clang. Shshh. Clang. Shshh.

– Mais ou menos.

Ele notou os olhos de Stark por trás das fendas no capacete.

– Dado o risco de exposição, estou surpreso que não esteja operando a armadura remotamente.

– Bem, o tipo de manobra delicada que estou planejando requer operação manual. Além do mais, se a armadura pode aguentar o vácuo espacial, acho que consegue resistir a alguns viroides.

– Supondo que a lança não o acerte.

Clang. Shshh. Clang. Shshh.

– Certo. Isso. É por isso que eu trouxe... isto. – Ele ergueu um escudo chato, similar ao de Rogers, mas cinza e menor.

– Vamos brincar então. Qual é a ideia?

Stark voou baixo, posicionando-se perto da parede de pedras atrás dele.

– Brincadeira é a palavra certa. Apesar de ser uma daquelas coisas que parecem óbvias em perspectiva, eu demorei um pouco para pensar. Mas, enquanto eu observava você jogando esse ping-pong da vida real, me dei conta de que, por causa dessas nossas agendas cheias, nós nunca temos uma folga para aproveitar um pouco a vida.

Clang. Shshh. Clang. Shshh.

– Agora?

– Acompanhe meu pensamento. Da próxima vez que essa coisa vier, jogue-a para mim e vamos ver se conseguimos fazer uma brincadeirinha amigável.

Rogers sacou a ideia; quando a lança surgisse, ele a jogaria na direção do Homem de Ferro.

Clang.

A lança acertou o pequeno escudo cinza com um som semelhante – mas um pouco mais suave –, então voltou para ele.

Clang.

– O meu também tem vibranium – disse Tony. – Não exatamente da mesma liga que o seu escudo (não é muito bom para atirá-lo), mas bom o bastante para um trabalho governamental. A meta aqui não é vencer, mas chegar a um empate.

Sem nenhuma necessidade de desacelerar e virar, a lança deu uma guinada e veio ainda mais rápida.

Clang.

Os reflexos dele permitiram que ele a devolvesse, mas o ângulo não foi bom. Ela foi para cima, forçando Stark a voar para o alto e para a esquerda, mandando-a de volta.

Clang.

– Nossa! O negócio é que você tem de ser preciso. Não quer que ela saia voando. – A devolução dele, melhorada pelos cálculos dos computadores do traje, foi sutil como uma dança. – Assim.

Ajustando-se ao novo compasso, a devolução seguinte de Rogers foi igualmente precisa no alvo, atingindo bem no centro o escudo copiado.

– Muito bom. Agora me leve aí para baixo, amigão.

Ele foi rebatendo cada vez mais baixo. Após algumas devoluções, eles ficaram a dez metros de distância um do outro, mal se movendo, rebatendo a lança entre eles.

Clang. Clang. Clang. Clang.

– Eu devia levá-lo para jogar tênis uma hora dessas – comentou Tony.

– Teria de ser uma quadra reforçada. E agora?

– Na verdade, não sei. Vamos tentar andar juntos para mais perto.

Rogers começou a diminuir a distância entre eles, andando bem devagar.

– O que estamos esperando acontecer?

O homem na armadura deu de ombros ao caminhar.

– A energia cinética deve aumentar até um ponto em que sua forma se torne insustentável, causando um colapso estrutural que a forçará a voltar à sua forma original, o que eu imagino ser a de um pedaço de joia. Ou ela pode explodir, acabando conosco. Ou as duas coisas.

Clang. Clang. Clang. Clang.

Eles continuaram diminuindo o espaço entre si.

– Como nunca sei direito quando você está falando sério, presumirei que a última parte foi uma piada.

– O que, eu fazer piada? Você não me conhece direito.

Com a distância estreitando, a lança acelerou, e a força aumentou exponencialmente.

Clang. Clang. Clang. Clang. Clang. Clang. Clang. Clang. Clang. Clang.

Sem mais ricochetear, a lança voava para frente e para trás, ponta a ponta.

– Agora ficou mais complicado. Posso travar os braços do meu traje e fazer com que o sistema de propulsão me leve à frente em um ritmo constante, garantindo minha mira até o fim. Você, já não é bem assim. Se você acabar mexendo esse escudo um milímetro, a lança pode sair em disparada. Dada a energia gerada, ela poderia atravessar metade do sistema solar, fazendo um buraco em qualquer coisa ou qualquer um que estiver em seu caminho. E quando retornasse, voltaríamos à estaca zero, porém com muito mais buracos em muitas outras coisas.

– Então, sem pressão?

– Nenhuma.

Rogers firmou-se para o próximo impacto. Ele estava sentindo as pancadas até mesmo pelo escudo. Ele absorvia a energia cinética, mas só até um ponto.

– Tony, o que acontece quando o vibranium atinge sua capacidade máxima?

– Ele explode, provavelmente. – Ele esperou uma batida antes de prosseguir. – Dessa vez, eu *estava* brincando. Eu não faço ideia. Isso nunca aconteceu.

Com os braços imóveis, Rogers caminhou para a frente, mas a lança o empurrou para trás de novo. As pontadas em seus braços estavam se transformando em dor.

– Estou nisso há mais tempo que você, Tony.

– Aguente firme. Você é o Capitão América! Você consegue!

Clang. Clang. Clang. Clang. Clang. Clang. Clang. Clang. Clang. Clang.

Eles se aproximaram cada vez mais. A lança estava percorrendo aquela pequena distância tão rapidamente que o seu borrão de movimento dava a sensação de ela estar ficando mais lenta. Logo, o som da lança acertando algo era a única indicação de que ela estava transitando entre duas superfícies. Então, os tilintados distintos fundiram-se em um só som, longo e metálico.

Clangclangclangclangclangclangclangclangclangclangclangclang

Ela se movimentava em explosões mais curtas. Cada explosão empurrava Rogers um pouco para trás, obrigando-o a caminhar para frente um pouco mais, um pouco mais rápido, para compensar a distância.

Finalmente, não havia mais distância. A lança estava pressionada entre os dois escudos, gemendo tão alto que o crânio de Rogers vibrava.

– Tony, mais quanto tempo você acha?

Nenhuma resposta. Stark não tinha mencionado a outra vantagem de seu capacete: ele era à prova de som. Quando as coisas ficaram barulhentas demais, ele deve ter colocado os fones de ouvido no mudo.

O capitão resistiu em sua posição. Então, mais um pouco.

O zumbido parou. A lança caiu no chão, sem vida.

Os dois olharam para baixo.

Stark, tendo aparentemente ligado novamente o áudio, falou primeiro:

– Humpf... Não esperava por essa. Estou supondo que isso é muito bom, ou muito ruim.

– Alguma leitura de energia?

– Nada.

Steve olhou para ele.

– Você confia nisso?

– Não. Ele pode estar se fingindo de morto, ou pode ter outros doze Hibernantes a caminho, em forma de elipses, ou heptágonos, ou qualquer outra coisa. No entanto, a essa altura, ou um de nós pega essa coisa, ou vamos ficar aqui olhando para ela pelo resto da vida.

25

Minha história não existirá sem alguém para escrevê-la.

NIA ACHOU QUE SABIA ANDAR pelo labiríntico aeroporta-aviões, mas os corredores cheios de gente forçavam-na a descobrir novos trajetos. A empolgação após a vitória sobre o mais recente Hibernante – ninguém ousava dizer que era o último – não iria acabar tão cedo e ela havia prometido acordar Kade fazia quarenta minutos.

Após Fury agredir fisicamente o médico e tentar em vão intimidar o Caveira, ela estava quase concordando com a avaliação do colega de que ele era um "caubói idiota". Mas o plano rápido e bem estruturado após o último ataque fez com que ela mudasse de ideia novamente. A natureza repentina e devastadora do atentado – e a possibilidade de que outro pudesse ocorrer a qualquer hora – precisava de uma reação rápida. As mudanças organizacionais que Fury fez no voo não eram nada menos que brilhantes.

Por causa da relação potencial do Hibernante com as Joias do Infinito, o primeiro instinto do coronel foi tentar mandar a lança inerte para o mais longe possível do planeta. Contatar uma "grande arma" capaz disso provou-se uma tarefa mais árdua do que o imaginado.

Uma vez que Stark, protegido por sua armadura, estabeleceu um campo de contenção para deter a lança, drones de reparo garantiram que a câmara de isolamento do Caveira permanecesse segura. Equipes de engenheiros apressaram-se para restaurar a integridade do restante.

Se uma evacuação para o aeroporta-aviões se tornasse impossível, novos bunkers foram construídos dentro da base. Para manter acesso imediato ao maior número de especialidades, a equipe inteira estava diretamente envolvida ou de prontidão. Ela nunca tinha visto nada igual, nem nas mais desesperadas áreas de risco. E se alguma coisa desse errado, pelo menos eles estavam em um dos lugares mais isolados do planeta.

Kade e ela estavam se preparando para voltar para a base – não só para supervisionar o retorno de Rogers até a contenção como também para participar de decisões de comando cruciais. As questões levantadas eram vertiginosas: se eles não pudessem mover a lança em breve, eles deveriam mover o Caveira? Se o movessem, qual a maneira mais segura de transportar alguém que poderia eliminar a raça humana? Já que poderia haver outro ataque, eles ainda deveriam colocar Rogers na câmara de criogenia?

Embora certa de que era qualificada para fazer parte da discussão, N'Tomo era grata pelo fato de que as decisões não eram exclusivamente dela. A fé renovada em Fury a confortava. A conduta do Doutor Kade, por outro lado, era cada vez mais inconstante. O desentendimento dele com o diretor havia deixado o doutor abalado, é claro, mas tinha algo mais. Tinha um aspecto novo, meio acinzentado, no rosto dele que a fez pensar se ele vinha descansando desde a descoberta do vírus.

Trabalhadores de emergência eram conhecidos por trabalhar 35 horas, ou mais, sem qualquer descanso. Mas, quanto mais tempo eles permaneciam acordados, mais suas capacidades diminuíam.

– A solução tradicional é trabalhar em turnos – disse ela, quando confrontou um exausto Kade.

– Não há quem possa me ajudar – respondeu ele.

Ela tentou não parecer insultada e falou firmemente:

– Há sim. Eu. Eu posso ajudá-lo. Se você continuar assim, mais cedo ou mais tarde vai cometer algum erro. E você sabe que não podemos nos dar ao luxo disso. Lembra-se do que você me disse a respeito de incompetência?

Aquilo bastou para ele concordar.

– Muito bem. Vou para os meus aposentos, mas me acorde em vinte minutos, e não tente acessar nenhum dos meus arquivos. Não quero que nada do que escrevi seja mal interpretado.

Um ótimo cochilo restauraria a energia dele, então ela concordou.

– Vinte minutos, então.

Fazia uma hora que isso tinha acontecido. Ela teria esperado ainda mais tempo, mas eles estavam confirmados no próximo voo do Hoverflier para a base.

Conforme ela se aproximou dos alojamentos para visitantes, ficou inquieta com as discussões que imaginou que eles teriam. Eles provavelmente concordariam em mover Schmidt, mas hesitações superariam as precauções. Nia imaginou que Kade insistiria para Rogers ser colocado imediatamente em suspensão criogênica. Porém, se outro dispositivo como aquela lança atacasse enquanto Steve estivesse incapaz de se defender, ele seria morto.

Ela tinha arrepios só de pensar que o precavido médico iria preferir dessa maneira.

O comunicador de Kade estava desligado, por insistência dela, mas os alojamentos privativos tinham o equivalente a uma campainha. Chegando ao quarto dele, ela tocou algumas vezes, mas não houve qualquer resposta.

Depois de um turno cansativo na Suazilândia durante a epidemia de AIDS, ele dormiu e não acordou nem mesmo com o alarme despertando quatro vezes. Por isso, Nia supôs que ele estava morto para o mundo. Fazendo uso da moda antiga, ela bateu. Ao ouvir alguns balbucios sonolentos, ela colocou o ouvido na porta.

– Doutor Kade?

Mais balbucios, igualmente indistinguíveis. Ela olhou para o relógio. O Hoverflier partiria em vinte minutos. Ela podia começar a espancar a porta ou tentar entrar de outra forma.

Ela falou em seu comunicador:

– Segurança, aqui é a Doutora N'Tomo. Estou do lado de fora da porta 546. Você poderia, por favor, destrancar a fechadura privativa do Doutor Kade? Ele não está respondendo.

– Você precisa de alguma ajuda?

– Não, ele estava tirando um cochilo. Quero apenas acordá-lo o mais sutilmente possível.

– Entendido.

A luz vermelha no painel ficou verde. A porta se abriu.

Se não fosse pelo murmúrio contínuo de Kade, ela pensaria que o quarto escuro estava vazio. A cama ainda estava feita – ninguém havia dormido nela. Seguindo o som, ela o encontrou no chão. Ele estava em posição fetal, enrolado em um único cobertor, choramingando como uma criança amedrontada, tendo espasmos como se estivesse no meio de um pesadelo.

Ela se esforçava para simpatizar com ele desde que se conheceram, forçando-se a engolir seu orgulho e arranjar desculpas para suas grosserias. Mas aquela era a primeira vez que ela realmente sentia pena do homem.

Ela gentilmente tocou o ombro dele.

– Doutor Kade?

Ele segurou o cobertor com mais força. O murmúrio dele, ainda indistinguível, ficou mais alto.

Nia já vira esse tipo de coisa acontecer. Médicos enviados a áreas de risco, pela primeira ou pela milésima vez, podem chegar perfeitamente calmos até o perímetro – depois, encontram-se congelados de tanto medo. Apesar das melhores intenções, todo o seu ser simplesmente rebelava-se ao ter conhecimento do que poderia lhe acontecer se fosse infectado.

O treinamento de crise a ensinou a admitir, processar e expressar tais medos de maneira a manter um equilíbrio emocional. Mas esses programas eram recentes, o valor deles ainda era questionável. Ela não conseguia imaginar Kade se submetendo a qualquer coisa que pudesse ser uma perda de tempo. Esses sonhos podiam ser a forma que ele havia encontrado de autossuperação.

Mas sua expressão, que na maior parte do tempo se mostrava irritada quando acordado, parecia extremamente triste.

Ela o balançou.

– Doutor?

– É em Manfi de novo. Eu preciso. Eu preciso.

Manfi era o vilarejo em Serra Leoa onde ele, sozinho, havia prevenido uma epidemia de ebola. Deve ter sido terrível. Sem dúvida, ele tomou decisões difíceis. Sempre havia esse tipo de decisão em áreas de risco. Mas os relatos o descreviam como um herói. O que ele poderia ter feito para não se lembrar com orgulho?

Os olhos de Kade se abriram, sobressaltados. As pupilas dele demoraram a se ajustar; ele estava desorientado. Percebendo que estava agarrado ao cobertor como uma criança aterrorizada, ele o largou e sentou-se rapidamente, quase trombando com Nia, que estava ajoelhada.

Uma fragilidade atípica atormentava seu rosto.

– Que horas são? Quanto tempo você me deixou dormir?

– Apenas algumas horas. Você precisava. Estão nos esperando no Hoverflier.

O comportamento de garoto triste desapareceu, e o homem agitado ressurgiu.

– O quê? Lembrarei disso da próxima vez que me der sua palavra, N'Tomo. Encontro com você no hangar. Saia daqui para eu me trocar.

Ela voltou para o corredor. A porta se fechou, mas, em vez de ir embora, ela ficou imóvel. Havia algo de estranho no suplício em sua voz, algo que ia além do delírio de um sonho – tanto que, quando passou pela placa da Inteligência de Sinais, ela decidiu parar.

Uma agente estava sentada sozinha diante de um imenso conjunto de telas e monitores. Apesar da cacofonia em volume baixo que eles produziam e dos fones que cobriam os ouvidos dela, a pequena mulher, de alguma forma, ouviu Nia parada na porta.

Ela girou, revelando um rosto pálido, mas angelical, e um crachá que dizia "Velez".

– Doutora N'Tomo. Imagino que esteja a caminho do hangar. Eles estão trocando um filtro de ar, portanto você tem mais cinco minutos.

Reconhecendo o nome que havia sido mencionado de maneira tão entusiasmada no relatório de Fury, ela abriu um sorriso.

– Agente Velez, estou interrompendo?

– Não nesse segundo. No segundo seguinte, quem sabe? – Os grandes olhos de Velez subiram junto com seus ombros. – Finalmente consegui ajustar o sistema para me alertar sobre quaisquer anormalidades. Portanto, consegui tornar meu trabalho ou completamente entediante, ou de vida ou morte. Quem não gosta de uma montanha-russa, certo? Se algo começar a piscar, vou ter de cortá-la. Do contrário, o que posso fazer por você?

Nia baixou a voz.

– Tenho um assunto delicado que gostaria de tratar, bem... extraoficialmente?

Velez levantou a sobrancelha, não gostando do que tinha ouvido.

– Eu não faço nada extraoficial.

– É importante.

– Se é importante, por que é extraoficial?

– É sobre o Doutor Kade, algo que ele disse. Se não for nada, não gostaria de constrangê-lo, nem a mim. Estamos tendo muitos problemas de convivência. Ao mesmo tempo, quero ter certeza de que não *é* nada. Gostaria que você... checasse o histórico dele.

– Espioná-lo?

– Sim.

– Dá para ser mais específica? Não me sinto à vontade para investigar a vida de ninguém. Não que ele pareça ter uma vida particular.

– Isso teria a ver mais com seu comportamento profissional. Em 2004, o Doutor Kade fez parte de uma equipe em Serra Leoa, perto de Marapa, nas áreas tribais. Ele identificou uma cepa de ebola que tinha se instalado em um vilarejo remoto chamado Manfi. Graças à identificação dele, ela pôde ser contida, evitando sua propagação e salvando incontáveis vidas.

– Parece que ele tomou uma decisão difícil, que acabou sendo para o melhor.

– É verdade. Foi um evento que mudou sua carreira, por isso acho estranho não encontrar nenhum detalhe a respeito. Ele também fez algumas referências esquisitas a essa ocasião, o que me fez pensar se alguma coisa crucial foi omitida dos registros oficiais. Não sou uma agente da S.H.I.E.L.D., portanto, nem estou pedindo que me conte qualquer detalhe sobre o assunto, mas há alguma maneira de você descobrir o que aconteceu?

Ela sorriu, mostrando dentes perfeitos e perolados.

– Lá embaixo, ainda é o século 21. Aqui em cima? Está mais para o século 23. *Sempre* há uma maneira de descobrir. Armazenamos dois anos de dados dos satélites nos servidores. Provavelmente, conseguirei a exata localização do registro oficial e revisar as imagens dos satélites na hora do incidente.

– Isso seria... ótimo. E você não tem problema com isso?

– Checar a resposta a uma epidemia de ebola por uma organização internacional não é exatamente ler os e-mails dele. O errado é se alguma informação sobre aquele incidente não coincidir com o registro oficial, então, eticamente, estou tranquila. Aviso se souber de algo. – Ela inclinou a cabeça, ouvindo alguma coisa. – Eles acabaram de trocar o filtro.

O Doutor Kade já está com o cinto de segurança e aguardando. É melhor você se apressar.

– Obrigada.

– Sem problemas. – A piscadela maliciosa da agente pegou Nia um pouco de surpresa. Ela saiu de lá com a sensação de ter visitado uma fada madrinha.

Em menos de um minuto, ela estava no hangar. A equipe já estava a bordo, mas Kade, sentado com as mãos sobre o colo, olhou como se ela estivesse sendo responsável por atrasá-los. Sentindo-se culpada, ela amarrou o cinto ao lado dele; ele não disse nada e virou para o outro lado.

À medida que observava aquele pedaço de deserto revelando a caverna, Nia sentiu novamente um frio na barriga. Ela ficava fascinada pela maneira com que a aparência da entrada interrompia o fluxo natural do terreno.

Ela não sabia exatamente onde a lança estava sendo mantida, até avistar, logo abaixo, um grupo de pessoas com roupas de laboratório em volta de um aparato complexo. Apesar da variedade de equipamentos, a lança se destacava – mais parecia algo desenhado em perspectiva forçada do que qualquer outra coisa que ocupasse o espaço real e tridimensional.

Com o andar da caverna lotado de gente, o Hoverflier passou pelos contêineres de armazenamento selados que guardavam os destroços dos Hibernantes. O que antes tinha sido o centro das atenções passou a ser praticamente ignorado diante das ameaças mais imediatas de vírus e máquinas de divindades.

A caminho da área de pouso, eles passaram pelo Hoverflier não tripulado onde Steve aguardava sozinho. Um corredor de plástico, semelhante a uma barraca, conhecido como túnel de isolamento, já tinha sido instalado entre a aeronave e a câmara de isolamento restaurada. Depois que ela e Kade supervisionassem o retorno de Steve, eles usariam o corredor para transportar o Caveira para fora.

Em vez de pousar, o Hoverflier – que geralmente voava de maneira suave – chacoalhou, como se estivesse passando por uma turbulência. Isso chamou a atenção dos passageiros e da equipe. Nia logo olhou pela janela. Um brilho roxo opaco começou a subir. Ela esticou a cabeça para ver melhor, mas estava presa pelo cinto de segurança. Ela estava lutando contra a necessidade de se soltar, quando o Hoverflier foi jogado para o lado.

Parecia uma leve inclinação, como a de uma montanha-russa – até que eles colidiram contra a parede de basalto. Com o Hoverflier virado de lado por causa do impacto, a médica, ainda atordoada, conseguiu ter a vista que tanta queria.

Abaixo, ela viu a fonte do brilho: a lança estava sozinha, no centro de um círculo, com a luz cintilante iluminando a devastação que acabara de causar. Tudo o que estava ao redor – equipamentos, cientistas, paredes ainda pela metade – havia sido eliminado de seu caminho. O Hoverflier igualmente deve ter sido jogado de lado.

Diante disso tudo, ela contemplou os instantes em que o Hoverflier permaneceu pressionado contra a parede da caverna. Conforme a aeronave começou a cair, ela também viu os contêineres de armazenamento. Uma série de raios ametista vindos da lança fez os contêineres entortarem, libertando os destroços dos três Hibernantes.

Pouco antes de a gravidade levar o Hoverflier ao chão com toda a força, e tudo ser tomado por fumaça e chamas, um pensamento estranho lhe veio à mente:

Vírus e máquinas de divindades. Um milhão de mortes acima de nós, um milhão de mortes abaixo.

26

Mas eu ainda me lembrarei deles.

POUCO ANTES DE O HOVERFLIER ser destruído, Steve Rogers estava na aeronave não tripulada, dando-se ao luxo de fazer um pouco de exercício físico. Acreditando que Nia e Kade, em breve, chegariam para supervisionar sua transferência para a unidade de contenção restaurada, ele queria usar o espaço extra para gastar um pouco do excesso de energia. Era bom usar novamente seu uniforme, ainda que por cima da membrana. Fazia parte de seu corpo tanto quanto sua pele, e ele solicitou usá-lo quando fosse colocado em suspensão criogênica.

Ninguém cogitou se opor.

Todos na base estavam fazendo de tudo para deixá-lo o mais confortável possível, o que só o deixava ainda mais ansioso.

Ao mesmo tempo, todos do mundo exterior, mesmo aqueles mais próximos a ele, foram solicitados a permanecer longe do local para evitar qualquer risco de propagação do vírus. Na primeira vez que foi congelado, ele foi privado de qualquer chance de dizer adeus. Agora, ele estava curtindo o tempo em videoconferências com amigos e camaradas, desde seus companheiros Vingadores até Sam Wilson. Na verdade, tinha sido difícil – principalmente quando seu primeiro amor, Peggy Carter, agora com seus 80 anos, disse em meio a lágrimas: "Pelo menos desta vez, eu saberei onde você está, que você está vivo".

Mas sentir a presença deles, ouvir suas palavras, partilhar de seus sentimentos, lembravam-no de que, apesar de tudo que ele estava deixando para trás, abraçar a vida no mundo moderno tinha valido a pena.

Um século era o período máximo que a atual criogenia conseguia preservar o corpo humano sem danificar suas células. Steve imaginou como seria o mundo dali a cem anos. Ele já tinha visto tantas mudanças. O foco natural da mídia estava nas coisas que estavam erradas, mas havia menos guerras agora do que quando ele era mais jovem, menos mortes; menos crimes violentos; vidas mais longas e mais saudáveis. Ele tinha a esperança de que essa tendência continuasse, mas não tinha como adivinhar. O que parecia inevitável nem sempre era assim, e mesmo a menor das inovações podia trazer uma onda revolucionária inesperada – para o bem ou para o mal.

Ele mal tinha chegado a 500 flexões de braço quando o estrondo de múltiplas explosões, como um bombardeio em um campo de batalha, fez com que ele corresse até a saída. Ele se preparou para encontrar um quinto Hibernante, mas a rampa de descida não revelou nada de novo chegando; os agressores já estavam entre eles. A lança – ativa e armada – pairou sobre os contêineres de armazenamento dos destroços. Linhas finas de luz roxa se estendiam como cordas de marionete em direção aos Hibernantes agora expostos. Enquanto a lança se inclinava e girava, como se estivesse sendo manuseada por um titereiro maluco, cada linha vibrava em uma frequência diferente, manipulando os robôs adormecidos uns em direção aos outros.

Ele correu na direção deles, sem saber o que faria ao chegar lá.

– Está vendo isso, Nick?

– Não tem como não ver. É como nos velhos tempos, quando os primeiros Hibernantes se combinaram.

– Seus engenheiros disseram que era preciso algo como o Cubo Cósmico para reagrupar aqueles destroços. Parece que é isso o que temos.

Ele pôde ouvir os dentes de Fury rangendo através do comunicador.

– O que quer que eles estejam formando, tenho um pressentimento de que não será um robô em forma de cachorrinho feliz e saltitante, cheio de amor para dar. Devo mais desculpas ao Kade. Nós deveríamos ter obliterado essas coisas quando tivemos a chance.

Rogers agachou-se em posição defensiva, observando as linhas de energia ativando o cubo para que ele se reconstituísse. A esfera se moveu na direção do cubo, os buracos feitos nela pelas luvas do Homem de Ferro já tinham sido selados. Ela não rolava tanto, já que estava sendo arrastada, e deixava o rastro de uma linha branca no chão de basalto negro. Enquanto isso, o topo arrancado do cubo estava sendo recuperado pelos raios.

Pensando em interromper a ligação entre a lança e os Hibernantes, o Capitão lançou seu escudo nas linhas azuladas. O disco atravessou-as como se fosse um fantasma.

– Capitão, Stark acabou de sair da mansão dos Vingadores. Cabeça de Concha, já tem notícias do Thor?

– Não, o Cachinhos Dourados deve estar lá em Asgard, tomando hidromel ou impedindo alguma guerra interestelar. Mas ouça: vim pensando sobre aquelas leituras e a pergunta que a Doutora N'Tomo fez sobre Thanos, e não gostei nada do que venho pensando.

Sem ver qualquer sentido em lançar o escudo novamente, o Capitão perdeu a paciência.

– Tony, vá direto ao ponto!

– Está bem, a essa altura é meio óbvio. Mas talvez não seja apenas *igual* a uma Joia do Infinito. Talvez ela seja o pedaço de uma. Se algum dia elas formaram um inteiro, isso significa que elas podem ser quebradas, certo? Talvez uma lasca tenha se perdido durante uma daquelas batalhas galácticas. Se uma Joia tivesse apenas um pequeno pedaço faltando, isso poderia explicar a derrota de Thanos. Agora, imagine que um cientista alemão de meados do século 20 colocasse as mãos nessa lasca. Qualquer que seja seu poder, os projetos desse cientista seriam limitados pelo que ele pudesse imaginar ser possível. Deve ser por isso que os Hibernantes possuem essas variações malucas de tecnologia antiga. O que nós estamos vendo como programações podem ser um tipo de inteligência informada pela Joia. Assustador pensar que a Joia pode ser consciente, mas essa é outra questão para outro dia. Nesse momento, para ver se é um pedaço verdadeiro de Joia, eu recalibrei seus sensores para uma leitura mais aproximada, e os resultados devem sair... a qualquer... segundo... agora...

Steve não esperou. Ele tentou acertar a lança com o escudo – mas o impacto foi absorvido. Perdendo até o impulso para voltar, o disco caiu no chão. Ele teve de usar os ímãs em sua luva para recuperá-lo.

A voz de Stark subiu uma oitava.

– Sério? Bem, isso é ótimo. As leituras de energia da lança? Fora de escala. A *nova* escala.

O cheiro de fumaça atraiu o Capitão na direção do Hoverflier. Uma das asas estava avariada e pegando fogo. Uma equipe de resgate lutava para arrombar a escotilha, mas eles não estavam fazendo muito progresso.

– Nia!

– Vá – disse Fury. – Eles precisam de ajuda, e, de qualquer forma, precisamos de algum tipo de plano antes de podermos atacar essa coisa.

Ele correu, desviando de destroços e pedras vulcânicas, do mesmo jeito que faria com obstáculos em um campo de batalha. Chegando à asa quebrada, ele pulou atravessando as chamas, com pés e braços para frente, e encontrou a escotilha.

Os trabalhadores se afastaram, revelando que a estrutura tinha sido entortada, travando a porta. A versão superpoderosa da S.H.I.E.L.D. de tesoura hidráulica quase não tinha penetrado o casco. A fumaça de focos de incêndio dentro e fora do Hoverflier atrasava ainda mais o progresso deles.

Era inútil tentar cortar o casco altamente resistente. Invocando sua força de supersoldado, Rogers envolveu as mãos nas alças da ferramenta hidráulica de resgate e empurrou. Se as lâminas melhoradas com laser cravassem bem fundo, elas poderiam funcionar como uma alavanca.

Os músculos dele ficaram tensos, mas o metal não cedeu. Ouvindo gritos abafados vindos de dentro, ele apoiou os pés e empurrou com mais força. Quando achou ter atingido seu limite, o Capitão América tirou forças do interior e empurrou com ainda mais força.

O metal composto cedeu. No início, a ferramenta mexeu alguns centímetros, mas, em seguida, a estrutura sucumbiu com um som bem agudo. Ele conseguiu arrancar a escotilha. Tirando a ferramenta do caminho, jogou a portinhola para o lado e entrou no mar de fumaça.

As sombras de Nia e Kade ainda estavam atadas em seus assentos. O piloto, cheio de escoriações, estava tentando soltá-los, mexendo no cinto de Nia com um facão. Rogers afastou o homem para um lugar seguro e, depois, voltou para ajudar os passageiros. A cabeça de Kade estava balançando – ele estava desorientado, mas vivo. Nia não estava consciente. Sem saber se ela estava respirando, ele usou a faca para libertá-la primeiro.

Depois de erguê-la para a equipe de emergência resgatá-la, ele voltou para soltar Kade. Ao cortar as tiras de náilon, os olhos do médico ficaram fixos em seu salvador. Ao reconhecê-lo, uma expressão horrorizada tomou conta de seu rosto.

– Não! Você precisa ficar na quarentena!

Ele devia estar em choque, sem pensar claramente.

– Não é possível agora – disse o capitão, calmamente. – Estamos sob ataque.

Sem falar mais nada, ele içou Kade para cima dos ombros e escalou até a saída.

As chamas na asa já tinham sido contidas pela espuma resistente ao fogo. Assim que ele saiu com Kade pela portinhola, a equipe voltou suas mangueiras sobre a cabine.

Logo que Steve apoiou Kade longe da fumaça, ele olhou para a paramédica que examinava Nia.

– Ela parece estar bem – disse a paramédica. – Apenas desmaiada.

Mal ele havia assentido em resposta, a voz de Fury surgiu em seu ouvido.

– Stark confirmou. Essa coisa é parte de uma Joia do Infinito. Nós temos uma daquelas ideias de que ou paramos essa coisa ou explodiremos todos nós.

– É um fragmento, não uma lança – disse Stark. – Espero que a frequência certa do colisor de prótons possa fazer o que nossa partida de tênis não pôde... você sabe, destruir a estrutura, fazê-la voltar à forma original e talvez até evitar que ela continue energizando os Hibernantes.

– Estou a caminho.

Assim que Rogers virou, Kade, ainda tossindo, o agarrou pelo braço, surpreendendo o Capitão com a força de sua mão. O olhar dele era desesperado.

– Você *não pode* ficar aqui fora!

Em outras circunstâncias, ele pararia para ouvir, mas a esfera já tinha se alojado no centro oco do cubo restaurado. Agora, sob o comando dos raios roxos, o Hibernante triangular estava se entortando e desentortando, como se estivesse sendo examinado por um especialista em reparos em busca de falhas.

Assim que os Hibernantes se unissem, eles partiriam para cima de Rogers.

Ele puxou o braço e disse:

– Desculpe, doutor. Eu preciso ir.

Às suas costas, ele ouviu Kade discutindo com os paramédicos.

– Schmidt! Eu tenho que verificar o Schmidt. Soltem-me!

Não era uma má ideia. Ele só esperava que o médico não fosse morto no processo.

* * *

– Doutora N'Tomo?

A escuridão era tão absoluta que toda noção de tempo entre o acidente e o despertar de Nia simplesmente desapareceu. Em um instante, ela estava pressionada, sentindo o cinto cravando dolorosamente em sua cintura e ombros. No outro, ela estava com as costas apoiadas na caverna de basalto, tentando identificar quem estava chamando seu nome.

– Doutora N'Tomo?

A voz se misturava com o chiado dos jatos dos extintores de incêndio apontados para os destroços e com um tipo estranho de estática que ecoava por toda a caverna vulcânica. A menos que ela tivesse se tornado telepata, a voz não pertencia à paramédica. Os lábios dela não estavam se movendo.

– Doutora N'Tomo? Aqui é a agente Velez, está me ouvindo?

Ela estava falando pelo comunicador. Nia tentou responder, mas sua voz saiu abafada. Percebendo que estava usando uma máscara de oxigênio, ela se sentou e a tirou do rosto. A paramédica tentou colocar de volta, mas ela gesticulou para a moça se afastar.

– Sim? Estou aqui.

– Que bom que ainda está conosco. Tentei falar com o diretor, mas ele está apenas acessível no canal de emergência, e isso não tem nada a ver com suas preocupações imediatas.

– O que está havendo?

– Eu realizei aquela verificação que você me pediu.

Nia virou de costas para o pessoal da emergência e colocou a mão sobre o ouvido.

– E?

– Eu mandei o vídeo para o seu palmtop. Deve chegar aí agora.

Nia puxou o aparelho da cintura. A tela, rachada mas ainda operante, exibiu uma vista superior de um pequeno vilarejo africano. Para uma imagem de satélite, a nitidez era impressionante. Ela conseguiu visualizar os telhados de sapê sobre as barracas e formas humanas se destacavam em meio à terra, muitas delas cobertas com lençóis.

Velez foi narrando a imagem.

– Serra Leoa, 2004. Você verá uma figura chegar da direita, usando um traje de proteção e carregando um lança-chamas. É o Doutor Kade. Eu o rastreei desde o acampamento do CDC.

Ele se movia lentamente pela vila, acompanhado de um longo jato vermelho e amarelo que varria tudo em sua frente. Fogo líquido. A palha dos telhados ficava branca, entortava e escurecia.

A mente de Nia logo pensou na explicação mais plausível.

– Em áreas remotas, queimar cadáveres infectados não é incomum. Isso controla a propagação. Aproximadamente metade das mães em um vilarejo da Libéria morreu, porque era função delas preparar os mortos.

Velez a interrompeu, ansiosa para ir direto ao assunto:

– Eu sei. Eu vou aproximar a imagem. A próxima parte é mais difícil de identificar, mas eu marquei a área em que quero que você se concentre. Diga-me o que vê.

Conforme a tela foi chegando mais perto das figuras, a imagem ficou pixelada, tornando confusa a distinção entre chamas, fumaça e corpos. Um retângulo realçado ajudou-a a distinguir as formas. Com exceção de Kade, todas as figuras estavam queimando – mas, embora algumas estivessem imóveis, outras se contorciam frente às chamas. Ela imaginou que aquilo fosse resultado do calor, como o deformar de um papel queimado.

Mas, então, ela percebeu que não era isso.

– Ele não está queimando apenas os mortos. Os vivos também.

27

Se eu sobreviver, talvez os veja novamente.

MACHUCADO POR CAUSA DO ACIDENTE e com as costelas ainda doloridas em virtude de seu desentendimento com Fury, o Doutor Kade ficou de pé com dificuldade. Ao menos, ele não parecia ter feridas abertas. Ignorando os paramédicos, ele cambaleou até a unidade dos contêineres. Desde a descoberta do vírus, tudo o que aconteceu apenas trouxe à tona seus medos mais sombrios. E agora, pela segunda vez, a base "isolada" deles estava sob ataque. Ele já tinha perdido muito tempo fingindo que a opinião dos outros tinha algum conteúdo, que havia algum mérito nos motivos sem motivo deles.

Havia apenas uma solução certa: o Caveira e o Capitão América tinham que morrer, e os corpos deles precisavam ser incinerados. Ele torcia para que os Hibernantes dessem um jeito em Rogers, mas ele próprio tinha que dar um fim no Caveira.

Seguindo os protocolos de invasão que ele e a Doutora N'Tomo haviam elaborado às pressas, pessoal não essencial estava sendo evacuado para os novos bunkers. Com isso, restava um guarda na entrada do vestiário – um homem loiro de queixo quadrado, usando um traje de proteção, cujo nome Kade não tinha interesse em aprender.

Já que sua voz estava fraca, o barulhento zunido da estática o forçou a gritar.

– Deixe-me passar!

Em resposta, ele recebeu um firme meneio.

– Muito perigoso. Não posso garantir a vedação. Você deveria ir para os bunkers com os outros até que esteja tudo liberado. Eu mesmo gostaria de estar lá.

Ele agitou os punhos.

– É *porque* a vedação pode falhar que eu devo cuidar do paciente!

– Não tem jeito.

Esse último tolo não era nada mais que um garoto, uma criança que, por acaso, estava com uma arma automática e bloqueava a passagem.

– Eu possuo a autoridade máxima do CDC! Deixe-me entrar antes que seja tarde demais!

– Até onde eu sei, as ordens que estou seguindo são baseadas nos seus protocolos, senhor.

Outra pessoa poderia ser capaz de brincar com a incerteza do agente, manipulá-lo para poder entrar, mas Kade se conhecia muito bem para saber que não tinha paciência para isso. Só havia um truque que ele poderia tentar. Ele se ajoelhou, tremendo.

– Eu preciso! Eu preciso!

O rosto do agente se contorceu, em uma mistura de confusão, irritação e compaixão. Movendo sua arma para a lateral da cintura, ele tirou a luva e apoiou a mão sobre o ombro de Kade.

– Você está bem, doutor? Respire devagar. Está uma loucura por aqui, eu sei. Os Hoverfliers foram todos destruídos, então ficaremos presos aqui por algum tempo, mas posso chamar alguém para acompanhá-lo até os bunkers.

Assim que o agente se aproximou o bastante, Kade puxou a arma dele. Ele tirou a trava de segurança, apontou o cano para o agente e disparou. O zunido da lança atenuou o som do disparo, mas ele sentiu as vibrações da arma em seu braço e mão.

Recusando-se a olhar para o rosto do agente, ele empurrou o homem ferido contra os alicerces e foi para dentro. Lá, ele localizou as três seringas que tinham sido preparadas para a execução do Caveira e selecionou uma. Embora fosse feita para ser usada em conjunto com as outras duas – uma de anestésico e a outra para causar parada respiratória –, aquela seria suficiente para parar o coração dele dentro de uma hora, mesmo com a resistência de seu corpo melhorado. Se ele conseguisse fingir que era algum tipo de cura, o Caveira tomaria a injeção de bom grado.

A neblina da batalha daria a Kade algum tempo até que notassem o guarda desaparecido, mas quanto? Ele estava usando a membrana. Havia tempo para colocar o traje de proteção?

Sim? Não?

O vestiário não possuía janelas. A correria e os gritos lá fora não lhe diziam nada. Praticamente hiperventilando por conta da ansiedade, ele teve dificuldade para ativar os monitores de segurança, esperando receber mais informações.

A esfera já tinha se encaixado no meio do cubo. O triângulo estava se dobrando e desdobrando, movendo-se como uma lagarta esquisita para onde pretendia ir. Como esperado, Rogers estava no meio de tudo, ajustando corajosamente os controles do colisor. O restante dos agentes estava contando o número de pessoas e as guiando até os bunkers.

Kade não era um novato. Mesmo naquela confusão, as pessoas logo notariam que ele não estava junto. Então, não. Ele teria que confiar na membrana. Assim que ele tivesse terminado, poderia arrancar a roupa, queimá-las e esterilizar-se no chuveiro. Por ora, ele havia parado somente para tirar o relógio que seus pais lhe deram no dia em que se formou em Medicina. Ele o selou em um saco plástico antes de entrar pelo corredor.

Enquanto luzes de aviso piscavam, uma porta fechou e a outra abriu. Uma pergunta que ele se fez muitas vezes veio à mente: se ele *fosse* infectado, teria a força para se tratar do mesmo jeito que trataria qualquer outra pessoa? No passado, essa foi uma questão mais complicada. Matar-se também podia destruir a melhor esperança para uma cura. Mas desta vez não *havia* cura.

Então... o que ele faria? Suicídio?

Não havia por que confrontar isso agora. Cada passo que ele dava envolvia incertezas mais profundas; o sucesso dele estava longe de estar assegurado. A única maneira razoável de se lidar com as coisas era à medida que elas fossem acontecendo.

Ele entrou na antessala e não ficou nada surpreso ao encontrar o enfraquecido Caveira de joelhos. Schmidt estava curvado à frente, a testa vermelha pressionada contra o chão e os olhos fechados. A proliferação do vírus, obviamente, causaria uma dor insuportável. Normalmente, o cérebro ficaria inconsciente em algum momento, para se proteger. Mas, pelo que Kade podia prever sobre seus efeitos, o vírus evitava até mesmo essa pequena misericórdia.

A única surpresa era o terrível sorriso no rosto do homem.

Aquilo não fazia sentido. Isso o deixou eriçado, mas não o bastante para retardar seus movimentos em direção aos controles. Os cliques e bipes enquanto ele ajustava as configurações devem ter sido audíveis dentro da câmara, porque o Caveira abriu seus olhos amarelos e espiou Kade.

A voz dele surgiu pelos alto-falantes, menos ruidosa do que já havia sido, mas era constante e disciplinada:

– *Herr Doktor*, onde está seu traje?

Estúpido. Sem um traje, o Caveira saberia que algo estava acontecendo. Ele jamais aceitaria tomar a injeção.

Ele tinha outra ideia, uma que também resolveria a questão de como incinerar o corpo. De certa forma, isso foi inspirado pelo esforço ridículo de Fury. Mas, em vez de privar o Caveira do oxigênio, Kade poderia saturar suas células com isso. Uma vez que a atmosfera dentro do espaço selado estivesse completamente tomada, uma única faísca do desintegrador, que eles usavam para esterilização, criaria uma imensa bola de fogo.

Mais eficiente que um lança-chamas, isso inclusive eliminaria o guarda ferido. Lamentável – mas, se Kade conseguisse estar longe o bastante quando a explosão ocorresse, isso poderia ser considerado uma falha nos equipamentos.

Após alguns instantes, o oxigênio começou a revigorar o Caveira. Ele ficou de pé e deu um toque no vidro para chamar a atenção de Kade.

– Você planeja me matar para evitar a propagação da doença que carrego?

Kade não virou o rosto para ele, mas assentiu com a cabeça.

– A explosão será bem grande. Você vai se matar também?

Kade balançou a cabeça.

– Posso acionar o incinerador remotamente.

Do canto do olho, ele viu Schmidt pressionado contra o vidro – em parte para se apoiar e em parte para observar melhor.

– Admiro sua agência. Amantes da liberdade são frequentemente atormentados pelo que o seu Emerson chamava de uma coerência tola, o demônio das mentes pequenas. O que outros erroneamente consideram como necessidade ética são, na melhor das hipóteses, princípios orientadores, *ja*? Por que se arriscar por conta de... burocracia?

Uma vibração barulhenta se juntou à cacofonia do lado de fora. Kade olhou pelo monitor em seu palmtop. Rogers estava disparando o colisor de prótons. O movimento do triângulo diminuiu, mas não parou.

Kade verificou os níveis de oxigênio. O medidor estava subindo, embora lentamente. Ele suspirou.

– O que foi, doutor? Mais difícil do que pensava, tirar uma vida humana?

Não havia mais nada a fazer além de esperar.

– Não, de forma alguma. Tenho que esperar até que o nível de oxigênio atinja o nível de saturação.

– Ah. A eterna batalha da vontade contra a matéria. Admito que acho ... decepcionante que, no fim, serei derrotado por uma questão de conveniência.

– Alguns chamariam isso de justo. Não foi assim que você tratou os habitantes nos campos de concentração?

– Você deveria ler seus arquivos com mais atenção. Eu não participei da Solução Final.

– Não foi essa a defesa de todos os criminosos de guerra nazistas?

– Oh, eu tinha conhecimento dos campos desde o início. Eu aprovei, e meus esforços certamente auxiliaram e instigaram o que aconteceu por lá. Mas, para ser mais preciso, eu não participei diretamente, portanto, não se pode dizer que tratei tais habitantes de alguma maneira em particular. – Vendo a expressão modesta de Kade, o Caveira sorriu, como se tivesse encontrado uma mente parecida com a dele. – Posso ver que você já fez esse tipo de coisa antes. Você se considera cruel?

Kade fez uma leve careta.

– Não. Não intencionalmente.

Ele olhou novamente para os monitores. O raio do colisor engrossou em vão. O triângulo estava agora completamente imobilizado.

– Estaria disposto a provar isso concedendo a um moribundo uma última olhadela no que está acontecendo além das paredes desta prisão?

Kade não levou aquilo a sério.

– Você espera que eu acredite que você não sabe?

– Meus palpites são qualificados, mas ainda assim são palpites.

– Dado seu papel em tudo isso, acho melhor mantermos desse jeito.

Um alto crepitar atraiu a atenção de Kade para a tela. Tendo aparentemente excedido sua capacidade, o colisor não estava mais disparando. O zunido dos raios tinha parado. A lança virou verticalmente e deslizou para junto das peças montadas, unindo-as em uma só. O triângulo desabrochou, formando membros que faziam lembrar uma imensa aranha.

Uma voz gravada vociferou pela caverna, audível até pelas paredes do confinamento:

– *Und jetzt wird die Welt sehen Kapitän Amerika sterben durch die Hand der Führer.*

Kade esperava que o robô atacasse – quanto antes, melhor –, mas não. Em vez disso, ele apenas repetiu:

– *Und jetzt wird die Welt sehen Kapitän Amerika sterben durch die Hand der Führer.*

Vendo a confusão de Kade, o Caveira traduziu:

– E agora o mundo verá o Capitão América ser morto pelas mãos do *Führer*. Meu antigo líder tinha uma queda pelo melodrama. Embora possa parecer difícil de acreditar hoje em dia, isso era considerado como a melhor propaganda na época.

Como o colisor não estava mais funcionando, Rogers lançou seu escudo nos Hibernantes repetidas vezes. Não houve reação. Perplexo, Kade não se importou que o Caveira tinha mudado de posição para poder ver a tela.

– Por que não está atacando? Por que não está tentando matar o capitão?

– Isso eu sei. A máquina precisa de um ocupante para isso. – O Caveira ficou trêmulo. – Estou sentindo bastante tontura por causa de tanto oxigênio. Já está na hora, *Herr Doktor*?

Kade franziu a testa.

– Era esse o seu plano? Você iria usar aquela coisa para matar o Capitão América?

Um meio sorriso esquisitíssimo se formou nos lábios finos dele.

– *Ja*. E aqui estou, a apenas 100 metros de distância. O único obstáculo são essas paredes... e você. – Ele estreitou seu olhar. – Você tem uma rara oportunidade, doutor. Solte-me e eu o tornarei mais rico do que jamais sonhou.

– Você acha mesmo que eu sou um daqueles tolos? Qualquer valor que o dinheiro tem morrerá com a humanidade.

Schmidt fragilmente deu de ombros.

– Como não faltam tolos no mundo, vale a pena assumir que estou lidando com um. Mas você está certo, é claro. É tão estranho ter chegado até aqui, só para...

As pernas dele ficaram fracas. Ele começou a se contorcer no chão, convulsionando. A sensação momentânea de saúde tinha se extinguido e a dor estava voltando. O Caveira mostrava, então, sintomas de intoxicação por oxigênio.

Os mostradores vermelhos piscando indicavam que o nível de saturação havia sido atingido. Tudo o que Kade tinha que fazer era partir e usar o controle remoto para ativar o desintegrador. Qualquer atraso não só seria arriscado, como também estaria torturando o homem.

E ele não se considerava cruel.

Ao mesmo tempo, um pensamento irritante não o deixava em paz. A opção mais segura era destruir Rogers também. Lá fora, estava um dispositivo poderoso feito justamente com esse intuito. Será que havia uma maneira de resolver os *dois* problemas de uma vez?

Havia, mas isso significaria mais que a morte de dois homens. Significaria a morte de todos na base, inclusive do próprio Kade. Tinha chegado a hora: não mais meras abstrações, mas um momento de decisão.

Ele se aproximou da figura ajoelhada.

– Aquela máquina, qualquer um pode usá-la?

As pálpebras do Caveira estremeceram.

– *Nein*...

O sotaque dele estava ficando mais pesado.

– O armamento... ainda pode criar uma explosão térmica?

– *Ja*.

Kade engoliu em seco.

– Tenho uma proposta.

As respirações de Schmidt ficaram mais curtas.

– Então sugiro que a faça rapidamente.

– Não posso deixá-lo vivo, você entende isso, não? Mas talvez ainda haja uma maneira de você ter sua batalha final.

A pele vermelha dele estava tão grudada nos ossos que a sobrancelha do Caveira só aparecia quando franzida.

– Por que...? – Quando ele se deu conta, sua expressão suavizou novamente. – É claro. Rogers também carrega o vírus. Você também o quer eliminado, e eu posso matá-lo para você. Mas e quanto ao fato de que, ao me libertar, há o risco de libertar o vírus?

– Eles estão evacuando todo mundo para os bunkers isolados. Eu estou usando uma membrana. Se você a vestir, isso ajudará a conter o vírus em seu corpo.

– Mas, quando Rogers estiver morto, o que me impedirá de usar os Hibernantes para escapar?

Kade ergueu a seringa.

– Isto. Isto irá parar seu coração dentro de uma hora. Se concordar em tomá-la, eu o liberto, e você poderá usar aquela coisa lá fora para destruir o Capitão Rogers. Você está morrendo mesmo. Estamos de acordo?

O Caveira riu.

– *Ja*. Estamos de acordo.

Kade mexeu nos controles, diminuindo os níveis de oxigênio.

Schmidt arregaçou a manga.

– Eles vão procurar por você. É melhor você se apressar e vir logo me dar essa injeção.

– Ah, eu não vou administrar a injeção. – Ele passou a agulha pela estação de transferência. – Você fará isso sozinho.

Ele já havia lidado com dezenas de pacientes no leito de morte. Mesmo com suas personalidades destruídas pela doença, parte de suas mentes permanecia afiada. Após confundir o mensageiro com a mensagem – atacar a equipe médica e aqueles que se importavam com eles –, eles arquitetavam os esquemas mais incríveis e desesperados para escapar do inevitável.

Por mais que fosse um gênio do mal, o Caveira não era diferente. Ainda assim, quando Schmidt ficou de queixo caído com a surpresa, Kade sentiu-se realizado.

– Você não achou que eu lhe daria a chance de se virar contra mim, não é?

– Muito bem. – Mantendo os olhos no médico, o Caveira removeu a seringa da gaveta, inseriu a agulha e pressionou o êmbolo. – Eu nunca liguei para este corpo mesmo.

28

Talvez, em tempo, verei algo melhor,
que valha ainda mais o risco.

UND JETZT WIRD DIE WELT *sehen Kapitän Amerika sterben durch die Hand der Führer!*

Steve Rogers estava a dez metros do brutamontes imóvel, pronto para qualquer coisa que ele fizesse em seguida. Por mais ridículo que fosse responder a uma gravação, ele controlou a vontade de dar uma pancada com seu escudo e gritar: "E aí? O que está esperando? Estou bem aqui!".

Em vez disso, ele esperou. Qualquer coisa que ele dissesse poderia ativar aquela coisa. Ele estava torcendo para que aquele tempo pudesse ser usado para liberar a base ao máximo.

– Fury, como estamos com a evacuação? Tenho a sensação de que isso aqui vai ser um inferno.

– O acidente com o Hoverflier levou metade das nossas câmeras. Ainda estou no centro de comando, vendo você e o Hibernante de camarote, mas não consigo ver os bunkers para ter confirmação visual. Os relatórios indicam que estamos a 95%, ainda aguardando alguns retardatários.

– O Caveira? Kade estava tentando verificá-lo.

– Um dos meus pontos cegos. O agente designado não está respondendo aos meus chamados.

Ele virou na direção da unidade de contenção.

– Isso não é nada bom. Não sei bem com quem me preocupar, Kade ou o Caveira, mas é melhor eu dar uma olhada.

Como se tivesse sentido o movimento dele, a voz gravada soou novamente, impedindo que ele prosseguisse:

– *Und jetzt wird die Welt sehen Kapitän Amerika sterben durch die Hand der Führer!*

– Não tenho certeza se devo virar as costas. O que você acha que essa coisa está fazendo?

– As leituras de energia diminuíram, assim como quando a lança estava dormente. Essa coisa não parece estar se configurando sozinha. Seu palpite é tão bom quanto o meu.

Rogers queria muito *poder* ter um palpite. A robótica sempre roubava seus desenhos da natureza. Os primeiros Hibernantes que ele enfrentara lembravam um morcego, um humano e um crânio. Mas esses, individualmente, tinham formas abstratas – e, coletivamente, lembravam nada mais do que um cubo preenchido por uma esfera e apoiado sobre um conjunto de triângulos.

– Se não sou eu, talvez isso esteja esperando por outra pessoa, outro sinal. Mas o quê?

A resposta veio na forma de um guincho eletrônico muito agudo. O barulho era tão intenso que Rogers não conseguia identificar de onde ele se originava – mas, com certeza, não saía dos Hibernantes.

Ele mal ouviu o alerta de Fury:

– Steve! Seis horas!

Uma figura pulou na direção dele. Sua força demasiadamente familiar estava destruída pela doença, e sua pele vermelha estava tão suada que chegava a reluzir. Conforme ele foi chegando mais perto, o som agudo foi ficando mais alto.

O Caveira. Ele era a fonte que sinalizava para os Hibernantes.

Rogers ficou em posição defensiva, mas o Caveira não estava interessado em outro embate mano a mano. Agarrando-se na borda do escudo erguido, ele saltou por cima do Capitão, deu um chute para trás em sua cabeça e correu como um louco até os Hibernantes. Como o olho de um gigante acordando, a esfera se abriu quando ele se aproximou, revelando um conjunto complexo de controles.

– Um traje de batalha – gritou Fury. – É um tipo de traje de batalha.

– Sim, eu percebi – Rogers gritou de volta, sacudindo a cabeça depois da pancada.

Quando Schmidt se jogou de cabeça na abertura, o Capitão lançou o escudo e correu atrás dele. O disco estava na metade do caminho no momento em que o Caveira caiu desajeitadamente na posição e socou um dos controles. Já pouco aberta, a fenda da entrada para a esfera fechou a tempo de bloquear o projétil, então selou por completo.

O Caveira não perdeu tempo em ativar as armas dos Hibernantes. O cubo e a esfera ficaram no topo dos triângulos que se desdobravam e raios de energia disparavam dos quatro cantos superiores do cubo. Eles metralharam o chão à frente de Rogers, deixando um rastro no basalto com as luzes vermelhas flamejantes. Aparentemente não mais à espera das decisões de sua pobre programação, as armas eram extraordinariamente rápidas.

Rogers parou repentinamente. Sem ter onde se esconder, ele pulou para frente e para cima, diretamente por baixo do escudo que estava retornando. Pegando-o no ar, ele o usou para se defender dos raios mortais.

As quatro armas, focadas na estrela no centro do escudo, atingiram-no com tanta força que ele foi jogado para trás e saiu rolando pelo chão.

Ele havia se esquivado muitas vezes daqueles raios durante o primeiro encontro deles. No entanto, desta vez, o Caveira, de alguma forma, era capaz de adivinhar seus esforços evasivos. Em uma demonstração relâmpago das acrobacias de combate, que tinham sido suas armas de ataque e defesa mais confiáveis durante décadas, o Capitão evitou três raios. O quarto o atingiu bem no braço, abaixo do ombro direito. O raio cortou o uniforme e a fina membrana por baixo, queimando a pele e os músculos.

– Aaaaiii!

Uivando de dor e com o braço direito inutilizado, Rogers buscou a única proteção disponível: um mísero basalto com metade de sua altura. Ao se jogar por trás dos contornos irregulares, a voz de Hitler soou mais uma vez:

– *Und jetzt wird die Welt sehen... -skrk-*

A gravação foi interrompida – substituída por tons mais vivos e muito mais estridentes:

– *Halt die Klappe!* Agora é a minha vez.

Era oportuno que o homem que havia sido treinado para ser a mão direita do *Führer* fosse aquele que finalmente o silenciaria. Mas não era hora para pensar em tal ironia. A dor da queimadura no ombro de Rogers estava diminuindo, mas ainda era mais que o suficiente para mantê-lo na defensiva. Curvado atrás das colunas, ele observou e esperou – mas não por muito tempo.

O terrível som metálico que ele primeiro ouvira no Sena ecoou para fora das paredes da caverna. Tentáculos formados por inúmeros triângulos esticaram-se na direção de seu esconderijo. Coordenado com o movimento dos braços, os quatro raios dispararam novamente.

O basalto queimando rachou e quebrou, perdendo alguns centímetros de cobertura. Então, como os dentes velozes de uma enorme serra elétrica, os triângulos atacaram, mastigando o que restava da pedra e jogando lascas em brasa para os ares. A maioria espirrou no escudo do Capitão, mas algumas atingiram seu uniforme. Apesar do material resistente ao calor, pequenos rastros de fumaça subiram de onde as brasas tinham tocado.

Em questão de segundos, ele ficou completamente exposto. Tentou flexionar o braço direito. Apesar de movê-lo ser um suplício, o osso e o músculo estavam intactos. Ainda assim, ele duvidava que aguentaria muita pressão. O Capitão teria de confiar no braço esquerdo até para movimentos mais simples. Isso significava mudar o escudo para o braço ferido.

Rogers não era perfeitamente ambidestro, como o Gavião Arqueiro. Ele favorecia o lado direito. Mesmo assim, ele tinha de usar os dois braços quase sempre. Só queria que não fosse naquele momento em especial, contra alguém como o Caveira – e com tanta coisa em jogo.

A cobertura de basalto tinha um brilho avermelhado por conta do calor. Qualquer movimento que fizesse teria de ser bem rápido. Travando os dentes, ele forçou as fitas do escudo sobre o membro lesionado. A dor inicial foi tão aguda quanto a do instante em que o raio o acertou, mas não durou tanto tempo. Embora a ferida inchada tenha tornado o ajuste do escudo doloroso, pelo menos ele conseguiria se mexer.

E bem a tempo.

Ele se jogou para longe do basalto em ruínas, evitando o ataque focado – mas tornando-se um alvo fácil. Os raios se reconfiguraram. Os triângulos cortantes foram atrás dele. Ele pulou para evitar o próximo ataque, e, quando as bordas afiadas cortaram o ar que havia ocupado um segundo antes, ele se curvou para trás.

No passado, quando o arrogante Caveira achava que tinha Rogers à sua mercê, ele prolongava a forte ilusão de que inevitavelmente venceria. Como uma rotina, Schmidt brincava com ele – dando-lhe tempo para respirar, para contra-atacar e, por fim, para prevalecer. Não desta vez. Talvez ele tivesse aprendido com erros passados, ou a proximidade de sua própria morte fez com que sentisse uma necessidade de resolver as coisas de uma vez – a questão é que ele não estava brincando em serviço.

Ele estava focado em matar Steve.

E estava usando uma arma incrivelmente poderosa para isso.

Ignorando o braço latejante, Rogers manteve o foco em ludibriar as constantes ofensivas. Ele precisava de tempo, mesmo que fossem alguns segundos, para planejar algum tipo de contra-ataque.

– Fury? Preciso de uma ajudinha aqui. Tony?

Uma vaga crepitação digital preencheu seu ouvido, sendo poucas as palavras inteligíveis.

– ... não posso... Kade... entrou...

O comunicador ficou mudo.

Com poucas pedras grandes o suficiente, as coberturas mais próximas eram a unidade de contenção e os bunkers. Os bunkers, cheios de gente, estavam fora de questão, então ele foi até a contenção. Os tentáculos, próximos demais para ele poder descansar, aceleraram enquanto o seguiam. Os raios passaram a errar menos, furando e rasgando seu uniforme. Alguns eram disparados tão de perto que arrancavam a pele.

Rogers estava perto da entrada quando observou um brilho opaco vindo de uma poça com líquido vermelho-escuro próxima à fundação branca. Ele rapidamente olhou para a fonte: o corpo do agente desaparecido, enrolado como se tivesse sido escondido às pressas. Provavelmente trabalho do Caveira. O Doutor Kade devia estar na mesma condição. Incapaz de dizer se o agente estava morto, Rogers instintivamente diminuiu o passo para olhar de perto.

Ele não conseguiu. O chão atrás dele emergiu, lançando-o à frente. Foi só o que ele conseguiu fazer para evitar as bordas metálicas dos tentáculos que o atacaram.

Tentando afastar a batalha do indivíduo ensanguentado, Rogers escalou até o telhado. Lá, ele se virou para, brevemente, encarar o monstro que se aproximava. Os raios continuaram a atirar, fazendo seu braço latejar quando atingiam o escudo. O tentáculo, no entanto, tinha recuado. Com uma rápida série de cliques, os triângulos se enrolaram como uma cobra, preparando-se para uma grande investida.

Veterano de milhares de batalhas, ele usou aquele meio segundo para analisar o conjunto do Hibernante. A área de controle na esfera tinha de possuir algum tipo de capacidade de monitoramento, mas ele não conseguia ver nenhuma.

– Caveira, para que isso? Você está morrendo mesmo!

– Para quê? Para que você morra primeiro!

O tentáculo o atacou. Mergulhando para trás da construção, ele sentiu alguma aresta resvalar na parte de trás de sua cabeça. Não estava exatamente doendo, mas ele achou que pudesse estar sangrando.

Não havia tempo para verificar. Antes que pudesse pousar no pequeno espaço entre a câmara de isolamento e sua vista da parede da caverna, ele ouviu as paredes do corredor e as vigas de apoio sendo destruídas. Escavando um imenso buraco pela lateral do edifício, o tentáculo acinzentado explodiu em sua direção, com uma chuva de estilhaços de materiais de construção brancos.

Ao aterrissar, ele acabou caindo de costas. O tentáculo passou a centímetros acima dele, centenas de pontas cortantes rasgando a estrela em seu peito.

Se o Caveira chegasse demasiadamente perto mais uma vez, o capitão duvidava que sairia vivo dessa batalha.

O tentáculo atingiu a parede da caverna e ficou lá por poucos segundos – mas foi o suficiente para Rogers agir. Com o escudo, ele acertou o tentáculo, usando-o para pular ao longo dos triângulos e agarrar a coluna. Os topos dos hexágonos naturais tornavam a escalada mais fácil. No entanto, desta vez, o tentáculo não se incomodou em enrolar-se novamente para o próximo ataque. Ele se esticou na direção do Capitão, gerando faíscas na rocha rica em ferro.

Ele tentou ir para a esquerda, onde havia mais pedras que proporcionavam uma melhor cobertura, mas os raios o forçaram a subir ainda mais. Novamente, o Caveira parecia adivinhar o que ele pretendia e usou suas armas para jogá-lo para a direita.

Concentrado em ficar vivo, Rogers não percebeu o quanto havia andado. Os bunkers estavam praticamente embaixo dele. O teto do mais próximo, antes branco e liso, já parecia a superfície da Lua. Quando um raio vermelho refletiu no escudo e ricocheteou para baixo, deixou uma marca grossa e flamejante no prédio, revelando o isolamento térmico e os cabos de energia.

Pedaços de basalto caíram ao redor dele, atingindo o teto danificado. Mesmo que os escombros não matassem ninguém lá dentro, violar os bunkers iria expor todos eles ao vírus que o Caveira carregava.

Quanto faltava para a superfície? Ele olhou para cima. No escuro, era impossível dizer.

– Pelo menos, vamos levar isso lá para fora, assim os outros não precisam se ferir.

Em resposta, o corpo principal do Hibernante, rolando junto com a esfera no centro, moveu-se para perto dos bunkers.

– E desistir da incrível vantagem que seus esforços altruístas me proporcionam? *Nein.*

Embora, sem dúvida alguma, o Caveira estivesse disposto a sacrificar outras vidas para atingir a vitória, seu movimento na direção dos bunkers foi só uma distração. Os raios continuavam disparando contra o Capitão; o tentáculo ainda atacava por cima.

Desta vez, Rogers pensou num plano.

Os raios corroeram as empunhaduras do escudo, chegando perto dos dedos cobertos pela luva. Quando o tentáculo o atacou, ele não se esquivou. Com um salto, ele libertou o braço ferido, trouxe os joelhos ao peito, posicionou o escudo embaixo dos pés e pousou na superfície metálica. De pé sobre o escudo, ele surfou pela extensão do tentáculo, gerando um som que mais parecia as unhas de um gigante arranhando um quadro negro.

Quando os raios vermelhos vieram na direção de Rogers, ele se inclinou para aumentar a velocidade, fazendo-os errar o alvo. Como ele esperava, eles acabaram atingindo os triângulos, interrompendo as conexões entre eles. O tentáculo, agora danificado, caiu no chão atrás dele. Por vários momentos, o Hibernante se consumiu. Finalmente, ele virou os raios para longe, permitindo-o surfar pelo que restava do tentáculo ileso.

Demorou tanto para os raios pararem que Rogers percebeu que o Caveira deveria ter precisado mudar para o modo manual. A mira ainda era essencialmente automática. Enfim, uma fraqueza. Mas como explorá-la?

Logo abaixo, apenas poucos dos triângulos caídos estavam seriamente comprometidos. A maioria já estava se reagrupando, esticando-se até o tentáculo amputado.

Antes que aquilo pudesse ir atrás dele novamente, o Capitão tocou o chão e correu para longe dos bunkers, na direção das grandes saliências de basalto. A alguns metros das paredes estruturais, ele sentiu um forte beliscão em suas costas. Em seguida, dezenas de triângulos o atingiram. Em vez de retalhá-lo, eles o ergueram, jogando-o com força na parede da caverna e perfurando a pedra, de maneira a formar uma jaula apertada que o manteria preso. Com os membros pendurados, Rogers mal conseguia sustentar seu escudo com os dois dedos de seu braço ferido.

Enquanto o tentáculo o mantinha imobilizado, o corpo principal, formado pelo cubo e pela esfera, manobrou para o lado, como se quisesse ter uma melhor visão. Será que o Caveira tinha sucumbido a desejos sádicos, para vê-lo morrer bem de perto?

Não. Não era isso. Assim que os triângulos o empurraram mais para dentro da rocha, com as bordas da jaula cortando sua pele, ele sentiu um calor repentino nas partes expostas de seu corpo.

A esfera estava aquecendo.

– O que está fazendo?

– Como mencionei anteriormente, matando você.

Ele lutou contra os triângulos, mas eles continuavam pressionando com mais força, enterrando-o mais fundo na rocha. Fissuras do tamanho de um fio de cabelo começaram a se formar na superfície grosseira da pedra enfraquecida.

O calor se intensificou.

– Verdade, eu poderia simplesmente cortá-lo com essas lâminas, dando-lhe uma morte rápida, mas eu prometi incinerá-lo.

O rosto do capitão estava pressionado contra o basalto mais fresco. A temperatura aumentando parecia o sol do meio-dia em suas bochechas. Isso não o fazia lembrar tanto de estar deitado em uma praia, mas sim de virar um espeto na areia do deserto.

– Prometeu? Para quem?

– Seu querido Doutor Kade. O desejo dele de incinerá-lo foi o motivo de ele ter me libertado.

A revelação causou um intenso calafrio de raiva no corpo do Capitão. Aquele maníaco. Ele achava que *esta* era a melhor maneira de deter o vírus? Os triângulos compensaram seus movimentos frustrados, pressionando tanto que as fissuras na pedra só aumentavam.

– Normalmente, não sou muito de cumprir com a minha palavra, mas, neste caso, sinto um grande prazer.

– Uma explosão termonuclear nos confins desta caverna matará todo mundo nos bunkers!

– Sim, exatamente. Um prazer. Você deveria aprender alguma coisa com o Doutor Kade. Ele não hesita na hora de matar para atingir suas metas.

A esfera foi de quente para fervente, fazendo-o se contorcer. Os triângulos continuavam pressionando. As fissuras se aprofundando.

– Pelo menos, ele acredita que está salvando o mundo.

– *Tsk.* Eu sempre lutei para salvar o mundo. Da fraqueza, da incompetência, das lamúrias dos perdedores. É assim que... *ach*!

O gemido assustado do Caveira tirou a atenção de Rogers de sua dor para se voltar ao Hibernante. Uma pequena fenda havia se formado entre a esfera e o cubo. A esfera estava se separando. Pela reação do Caveira, não era algo que ele esperava.

Deveria ser algum tipo de medida de segurança, para evitar que a explosão danificasse os outros componentes. Se Rogers conseguisse impedir a conclusão daquela diretriz, poderia tentar sabotar os estranhos mecanismos do robô – pelo menos atrasaria a explosão.

Mas como? O escudo dele era mais forte do que o material dos Hibernantes, mas sangrando, sofrendo e queimando, ele mal conseguia se mexer. Mesmo que conseguisse cravar o escudo na esfera de um dos lados da cavidade do cubo, ele precisaria de mais alguma coisa para bloquear a esfera do outro lado, evitando que eles se separassem.

O cheiro nauseante de cabelo queimado penetrou suas narinas. O calor estava chamuscando suas sobrancelhas.

Cabeça imobilizada, olhos azuis dançando de um lado para o outro, ele procurava alguma coisa ao redor para usar como calço. A pedra era muito frágil. Uma parte do Hibernante? Os poucos triângulos quebrados estavam longe demais. Mesmo que ele se libertasse, a esfera já teria se soltado assim que ele chegasse até os destroços.

Então, quando a dor que atormentava o resto de seu corpo igualou-se à do braço lesionado, ele se deu conta do que poderia usar.

Ele mesmo.

Se usasse os ímãs, atrairia o escudo para o lado de sua luva, mas precisaria do escudo em suas mãos para lançá-lo. Com o braço ferido tremendo por causa do calor, ele cutucou a borda do escudo dependurado com os dedos, trazendo-o, pouco a pouco, até a palma da mão. Assim que o segurou, concentrou-se, juntando todas as suas forças – mas só por um instante, antes que o distraído Caveira notasse. Em seguida, com a mesma força que usava para penetrar concreto, ele tensionou cada músculo. Quando os triângulos responderam, cravando ainda mais fundo em sua carne e na pedra, ele berrou.

Ele berrou por tanto tempo, e tão alto, que o Caveira Vermelha deu uma risada.

Com uma orelha pressionada firmemente contra o basalto, o Capitão ouviu a pedra rachar. Gritou novamente. Era parte uma libertação genuína, parte um modo de focar sua adrenalina e parte uma maneira de encobrir o som da coluna sendo quebrada.

Depois de manter-se assim por mais de 15 milhões de anos, a rocha desabou à frente, libertando-o. Assim que os triângulos quiseram pegá-lo novamente, ele jogou o escudo. Conforme o disco voou, seu corpo contraiu-se com ele, como se o escudo fosse outro músculo. Para todos os efeitos, era uma extensão de seu braço.

A força com que ele o atirou fez o Hibernante cambalear. A mira foi perfeita. Seu lançamento conseguiu alojar o disco entre a borda oposta do cubo e a esfera.

Mas aquela era apenas metade da batalha.

Antes que o Caveira pudesse responder, ele pulou. Ao voar pelo ar, ativou os ímãs em sua luva. Embora fossem feitos para levar o escudo até ele, naquele momento, por uma simples questão de física, foi o disco preso que o puxou pela mão.

Inclinando o corpo, ele atingiu o Hibernante de forma que a luva não pudesse chegar ao escudo sem penetrar a esfera. A atração dos ímãs percorrendo seu braço era pura agonia, mas não era nada comparado ao que sentiu quando enfiou o braço ferido entre a esfera e a borda mais próxima do cubo.

Até agora, estava funcionando. Com seu braço e o escudo imobilizados pela força inexorável dos ímãs, a esfera ficou travada dentro do cubo. Ele estava confiante de que o escudo iria aguentar – nem tanto quanto ao seu braço. Por mais fortes que fossem seus ossos e músculos, eles ainda eram ossos e músculos.

Se ele salvasse os outros, valeria a pena.

A esfera se mexeu dentro do encaixe, empurrando-o ao tentar se libertar. O Capitão América não soltou e deixou seu braço quebrar.

29

Se eu morrer, não verei mais nada.

DESDE QUE O BRAÇO SINUOSO tinha atravessado a parede da unidade de contenção e errado Kade por centímetros, ele havia permanecido ajoelhado ao lado do buraco. Enquanto assistia à batalha, uma forte náusea revirou seu estômago. Tinha sentido algo parecido em Serra Leoa. Na época, temeu ter contraído o vírus que ele próprio havia descoberto. Foi só quando ele permanecera saudável que concluiu que a náusea era a forma de seu corpo expressar... não culpa, pois culpa seria absurdo, mas tristeza.

Ao observar o Capitão América lutar tão bravamente, sentiu isso de novo. Quanto mais Rogers se aproximava da derrota, maior era a náusea que sentia.

Kade sabia que a explosão termonuclear iria matá-lo, assim como mataria todos os outros naquela base. Mas, em vez de medo, aquilo lhe trouxe uma sensação de paz, de conclusão. Seria rápido e misericordioso. Ele morreria salvando o mundo. A história jamais saberia, mas Kade considerava isso uma comprovação de que ele tinha vivido uma boa vida. Ele tinha sido um bom homem.

Náuseas à parte, ele estava se preparando para aquela finalidade, imaginando qual seria seu último momento, quando a tendência da batalha mudou rapidamente, imprevisivelmente, *injustamente*.

Com um estrondo, a esfera descarregou a energia gerada e resfriou. Rogers parecia tão frágil diante do Hibernante que Kade rezava para que a menor das explosões fosse suficiente para abatê-lo. Mas não foi. Em vez disso, a explosão só preencheu o ar com uma forte carga de estática.

Fazendo de tudo para esmagar o Capitão dependurado, o Caveira bateu o cubo e a esfera na parede da caverna seguidas vezes. O espaço ecoava com seus berros de frustração.

– Eu vou matá-lo! Vou esmagar seu corpo na lama!

As ameaças provavelmente caíam em ouvidos moucos. Rogers parecia inconsciente. Era possível que ele estivesse morto. Mas nem mesmo isso o impedia de bancar o herói. Pedras caíam do esforço colossal de Schmidt, mas o escudo e o braço de Rogers continuavam intactos, um pedaço de carne frustrante que nem mesmo um palito de dente divino podia alcançar.

Talvez Kade devesse ter contado ao Capitão Rogers que ele tinha o vírus ativo, confiando que ele faria a coisa certa. Em vez disso, por conta de um surpreendente ato de altruísmo ilusório, Rogers não só tinha evitado a explosão termonuclear esterilizadora, mas agora estava espalhando viroides transmissíveis pelo ar por meio de suas feridas abertas.

Pelo menos, havia uma coisa que Kade sabia que não falharia: a injeção letal. Sem alguma virada milagrosa do destino, o Caveira logo morreria. O grande conflito era o seguinte: se o pessoal da S.H.I.E.L.D. deixasse os bunkers, criaria mais exposições em potencial. Dezenas de questões éticas seriam levantadas, novas decisões seriam tomadas.

E uma vez que eles encontrassem o corpo daquele agente, Kade nem faria parte dessas discussões.

Mas, se o destino podia girar tão rapidamente, talvez girasse novamente.

O colisor de prótons estava no mesmo lugar em que Rogers o abandonara, uma corrida curta de onde Kade estava se escondendo. As luzes verdes em seus controles deram um pouco de esperança a ele, pois quem sabe estivesse operacional de novo. Se ele conseguisse alcançá-lo, para usar com o intuito de atingir o escudo ou o homem, talvez houvesse tempo para o Caveira ativar a explosão termonuclear.

O estômago de Kade se contorceu.

Mas, no momento em que ele subiu do corredor em ruínas até o solo, a atenção dele estava ocupada em desviar do basalto que não parava de cair. Os enjoos acalmaram. Não importava por quê. Uma vez que ele chegasse até a arma, o fim seria o mesmo.

Mais uma vez, a meta estava verdadeiramente ao alcance, a náusea voltou com tanta força que ele se viu curvando-se para a frente, segurando o estômago. Não podia ser em melhor hora. Um pedaço de basalto, semelhante à coluna de um antigo templo de algum deus pagão da escuridão, caiu na frente dele.

Se Kade não tivesse parado, ele teria sido morto.

Embora não fosse um homem religioso, ele se sentiu forçado a considerar a ideia de que o destino o havia poupado para que pudesse concluir seu plano e salvar o mundo. Decidiu, então, tomar o assento no colisor de prótons. Com todas as medidas de segurança já passadas para o modo manual, os controles pareciam ridiculamente simples. Ele o apontou na direção do gigante, ainda acertando a parede, e olhou através do visor.

A arma até oferecia múltiplos alvos. Isolar Rogers era fácil.

Ainda havia tempo. Tinha que haver. Ele puxou o gatilho.

Nada.

As luzes nos controles sumiram. Parou de funcionar. Será que estava quebrada? Alguém estaria de olho nele? Será que Fury havia cortado a energia?

Ele rapidamente olhou em volta, seguindo o cabo de força que serpenteava pelo chão. Ele não terminava no gerador, mas sim muitos metros depois, nas mãos de sua colega.

– Doutora N'Tomo.

– Doutor Kade. Acho que terei que contestar mais uma de suas decisões.

Sabendo que ela poderia ser razoável, ele contou a verdade para ela.

– Rogers estava infectado com o vírus ativo esse tempo todo. Você tem que me deixar dar um jeito nele!

Ela engoliu em seco ao ouvir aquela notícia. Claramente ela compreendeu. Mas será que ela o deixaria fazer a coisa certa?

– Mesmo que isso seja verdade, ainda podemos lidar com isso por meio da criogenia. Com o tempo...

Ele saiu do assento e caminhou na direção dela.

– Com o tempo? Você está se ouvindo? Dada a velocidade que a reprodução desse viroide pode alcançar, ele já deve estar sintomático.

– Mas não está, o que significa que há coisas que ainda não sabemos! – Ela se endireitou, calma e firme. – Eu vi o que você fez naquele vilarejo.

O estômago dele revirou.

– Então você sabe. E daí? Se eu não fizesse aquilo, milhões teriam morrido.

Ela balançou a cabeça.

– A decisão não era sua.

– Você preferiria deixar o destino de nossa espécie nas mãos de um vírus não pensante, uma máquina que só sabe fazer mais de si mesma?

Um gemido metálico chamou a atenção dele de volta para o Hibernante. Ele estava ficando mais lento. O Caveira estava morrendo.

– Não há tempo para discutir. Saia do meu caminho.

O corpo dela virou apenas um pouco. Ela pareceu ter assumido alguma pose de artes marciais.

– Sou filha do clã N'Tomo. Somos educados na arte do combate desde os 5 anos.

Kade procurou alguma arma. Um pé de cabra estava no chão. Pegou-o.

– Não posso deixar que me impeça.

Kade avançou até o feixe de luz de um dos holofotes restantes. N'Tomo não se mexeu, mas seus olhos se arregalaram. Achando que ela temia o pé de cabra, ele levantou o braço para atacar, mas se viu incapaz de continuar.

Ele olhou para ela, suplicante.

– Meu estômago...

Kade estendeu a mão e se sentiu caindo. Tossindo, assumiu posição fetal, achando que assim iria melhorar. O acesso de tosse forçou-o a fechar os olhos. Quando os abriu novamente, viu que o Hibernante tinha parado de se mexer.

Pior, Rogers não estava mais preso. Ele havia subido até o topo do cubo, com seu uniforme vermelho, branco e azul, quase brilhando no escuro. O braço direito dele estava inutilizado ao lado do corpo, mas ele ergueu o escudo com o esquerdo e o usou para arrancar a parte de cima do cubo.

Em seguida, ouviu-se um estalido eletrônico. A abertura estreita na esfera reapareceu. O corpo murcho do Caveira caiu para fora.

Estava tudo acabado.

Fraco demais para ficar em pé, Kade voltou-se novamente para N'Tomo. Ela estava petrificada. A atenção dela ficou entre Rogers, ao longe, e ele – mas sempre que ela olhava para ele, Kade enxergava uma expressão que vira em dezenas de áreas de risco.

Ela estava lutando contra uma ânsia de correr até o colega e ajudá-lo.

Mas ela não cedeu. Em vez disso, afastou-se ainda mais e falou no comunicador:

– Preciso de uma equipe com trajes de proteção aqui, imediatamente. O Doutor Kade precisa ser colocado na contenção. Ele está infectado.

Bem, então ele estava errado. A náusea profunda e torturante que tomou conta de seu abdômen não tinha sido causada por sua consciência.

Desta vez, *era* um sintoma.

30

E *nada* quer morrer.

VINTE E OITO HORAS DEPOIS, Nia N'Tomo, enfim, permitiu-se visitar Steve Rogers. Devido à exposição dela ao Doutor Kade, tinha sido mantida na melhor versão restante de isolamento até uma hora antes. A última vez que ela tinha visto ou conversado com o Capitão tinha sido durante a transferência de volta ao drone selado. Devido ao uso de laser para esterilizar a área, limpar os destroços e reestabelecer as zonas de segurança, o sistema de comunicação da S.H.I.E.L.D. estava sendo reparado na base do "conforme o necessário".

Os paramédicos fizeram o que foi possível por ele, já que estavam sobrecarregados pelos trajes de proteção. Embora fosse claro que Steve tinha sido ferido, o pouco que ela pôde ver na ocasião sugeria que o uniforme dele tinha absorvido a maior parte dos ataques.

Agora que ele tinha voltado para o isolamento, na antiga câmara do Caveira, ela podia ver como estava errada.

O braço direito dele estava em uma tipoia. Um gesso ia desde o cotovelo até uma bandagem maior que cobria a maior parte de seu ombro. Um olho estava fechado pelo inchaço. Os lábios estavam terrivelmente dilatados. Cortes profundos e hematomas arroxeados cobriam o resto do corpo.

Mesmo assim, de alguma forma, ele não parecia vulnerável. Estava só um pouco... detonado.

Contente em vê-la, ele pulou da cama dura onde estava tentando descansar. Torceu o rosto por causa do movimento rápido, mas as primeiras palavras que saíram de seus lábios inchados não tinham nada a ver com a dor dele.

– Nia, você está...?

Ela acenou com a cabeça.

– Estou bem. Tive prioridade para ser escaneada e receber um certificado de saúde plena. A membrana segurou o tranco. No início, não entendemos por que não tinha funcionado com o Doutor Kade, mas parece que, na verdade, ele... tinha tirado a dele.

Steve compreendeu imediatamente.

– Para dar ao Schmidt, para conter a infecção. Os métodos dele iam além dos limites, mas ele realmente estava tentando salvar vidas. Onde está o Kade agora?

Nia fez uma pausa, e suas palavras seguintes ficaram suspensas no ar entre eles.

– Ele foi colocado na câmara de criogenia que originalmente era para você. Assim que vi os exames dele, não havia outra escolha. Sem as alterações genéticas causadas pelo Soro do Supersoldado, o vírus tomou conta do sistema nervoso dele como um rastilho de pólvora. – O rosto dela se encheu com uma mistura de admiração e do temor que sentira quando imaginou as reais possibilidades. – Quanto a isso, ele estava certo, Steve. O vírus é realmente um patógeno de nível de extinção.

A expressão dele continuou inalterada.

– E o Caveira?

– Cremado, junto com o agente Jenner, o guarda que Kade matou. Antes que pergunte, os Hibernantes e o fragmento da Joia foram esterilizados e levados para fora do planeta, embora eu não saiba maiores detalhes. O Coronel Fury tem estado ocupado com centenas de coisas, mas ainda assim teve tempo para notificar os parentes de Jenner.

Ele suspirou.

– Eu tentei socorrê-lo...

Os olhos dela se arregalaram.

– *Não pode* se culpar por isso. Você estava um pouco ocupado! Deveria estar grato que Fury não terá de notificar toda a humanidade.

– Mas eu estou – ele explicou. – Só espero poder melhorar da próxima vez. Falando em próxima vez, imagino que vou me juntar ao Doutor Kade no sono profundo, certo?

Ela mordeu os lábios. Não tinha como ignorar aquele problema.

– Sim. Uma segunda câmara já chegou. Tony Stark acrescentou uma proteção extra para prevenir que qualquer um, ou qualquer coisa, encontre você.

Rogers fez uma expressão irônica.

– Pelo menos, não do mesmo modo que os Hibernantes me encontraram.

O instinto dela era tentar acalmar a ansiedade de seu paciente, mas ela também estava lutando internamente.

– Verdade, mas não podemos saber de tudo, não é? Kade previu que você já deveria estar sintomático, mas não está. Isso significa que há esperança. Você deveria ver a lista das grandes cabeças que se juntaram. Assim que você estiver na suspensão, eu vou me juntar a eles. Se as circunstâncias fossem outras, eu estaria muito empolgada. Mas estou confiante de que vamos encontrar essa cura.

Sem nenhum vestígio de dúvida, ele disse:

– Eu acredito em você.

Se estava se sentindo melancólico, ele não demonstrou. Desânimo total não fazia parte dele. Por isso ela ficou um pouco surpresa quando ele acrescentou:

– Mas também acho que seria melhor para nós dois admitirmos que isso pode ser um adeus.

Ela tentou sorrir, mas seus lábios não conseguiram.

– Por enquanto.

– Sim. Por enquanto.

Com medo de desabar se continuasse focada naqueles olhos azuis, ela continuou falando:

– Há outro motivo para eu estar aqui. Antes que vá para a câmara, quero escaneá-lo pela última vez para determinar a taxa de reprodução desse vírus. Em vez de arriscarmos levá-lo até o aeroporta-aviões, instalamos aqui um dos scanners.

– Sou todo seu.

– Preciso que se deite.

Fazendo outra careta de dor, ele obedeceu, esticando seu corpo machucado sobre a mesa. Nia, recordando o que ele havia dito na Somália – de que não era um mutante, como o Wolverine, mas se curava bem rápido – esperava que o vírus não interferisse naquele processo.

Ela mexeu em algumas alavancas. Um zumbido baixo foi emitido da parede.

Ao olhar para o teto branco, qualquer que fosse a máscara que ele estava usando pareceu cair naquele momento.

– Sinto muito nunca termos decidido sobre aquele cineminha.

Ótimo. Flertar um pouco de forma divertida pode facilitar o dizer coisas sem dizê-las.

– Ah, você pode não ter decidido, mas eu sim. Há algum tempo.

– E?

– Sem dúvida, eu poderia encaixá-lo na minha agenda, mas teríamos que escolher alguma coisa feita nos últimos vinte anos. Há uma onda recente de filmes de ação wakandianos que apelaria para as suas sensibilidades ocidentais, imagino.

– Já estou lá. – Quando as luzes verdes do scanner cruzaram seu corpo, ele expirou. – Quanto a mim, gostaria de ter conhecido você melhor, doutora.

– E vai. Considere isso um adiamento.

O rosto dele mudou abruptamente.

– Já tive um adiamento com outra pessoa. Na vez seguinte que a vi, ela tinha 80 anos. Ela teve uma vida boa e fico feliz com isso, mas gostaria de ter estado lá. Perdi muitos amigos para os anos.

Ele se virou para ela, buscando seus olhos. Sem querer aumentar a dor dele, ou dela mesmo, N'Tomo fingiu concentrar-se no scanner, esperando que ele não percebesse que o sistema operava sozinho. Após um segundo, ela mudou de novo de assunto.

– Você também perdeu inimigos, não é? Como é saber que Johann Schmidt finalmente morreu?

Os lábios inchados dele impediram um sorriso inteiro.

– "Finalmente"? Bem, doutora, a primeira vez que ele estava "finalmente" morto foi um alívio. Da segunda vez, assim que me convenci de que ele realmente tinha morrido, eu também me senti muito bem. Lá pela terceira vez, eu parei de ter tanta certeza em relação à parte do "finalmente".

Nia não sabia direito como absorver aquilo. Mesmo que eles dividissem o mesmo planeta, o mundo de Steve não era tão diferente do dela.

– Ele voltou tantas vezes assim?

Sobrancelhas levantadas se uniram ao sorriso parcial.

– Já perdi a conta. Da última vez, ele definhou em um esqueleto bem diante dos meus olhos. Foi quando Zola transferiu os padrões cerebrais dele para o meu clone. Em um mundo em que você pode transferir padrões cerebrais, quem pode dizer que Schmidt já não tinha um plano de fuga?

Tendo visto tanta gente sucumbir a doenças, a constante ressurreição beirava o absurdo para Nia.

– Se pelo menos os agentes Jenners do mundo pudessem voltar várias vezes, em vez dos supervilões...

– Amém.

Então ela se deu conta das implicações.

– Se Zola fez um clone, por que não teria feito outro? Ele *também* teria o vírus.

– Mais uma coisa para tirar nosso sono?

Ela fingiu estar insultada.

– Eu sou uma epidemiologista de campo. Há sempre alguma coisa para tirar meu sono.

O scanner emitiu um bipe.

– Acabou?

– Ele coletou seus dados. Agora os computadores vão procurar por instâncias das cepas dos dois vírus. O tempo que irá levar depende de quão rapidamente elas se replicaram. Portanto, quanto mais tivermos de esperar, melhor. Mas você já pode se sentar.

Quando ele se sentou, Nia virou a tela para que os dois pudessem observar. Nela, um modelo tridimensional do corpo dele estava girando, oferecendo os detalhes dos ossos e das vísceras.

Nia aproximou-se do braço direito dele.

– Parece que a fratura estava limpa. Ela já está se curando.

Depois disso, os minutos se passaram em silêncio. Ela se perguntou se havia mais alguma coisa que ela deveria contar a ele: sobre seus sentimentos ou sobre o vírus.

Quando a tela finalmente piscou em verde, ela a puxou para perto a fim de analisar os resultados. A sobrancelha dela franziu, mas ela não disse nada.

Steve estava compreensivelmente curioso.

– E então?

Ela sabia que sua expressão não estava ajudando, mas não viu motivos para contar a ele ainda.

– Quero passar o scanner novamente.

– Isso é bom ou ruim?

– Acho que seria melhor se eu não dissesse. Apenas deite-se.

Ele cooperou e ela o escaneou de novo. Então, uma terceira vez. E tinha de ter certeza absoluta. Checou mais uma vez as leituras, as análises, a máquina, porém ainda não podia aceitar. Quando pediu que ele se deitasse pela quarta vez, ele se recusou.

– Não até que me diga o que está acontecendo.

Alguma coisa dentro de Nia se libertou, pois os olhos dela lacrimejaram.

– O vírus... ele se *foi*. Não há nenhum viroide. Nem da cepa do Caveira, nem da original. Não há sequer anticorpos. É como se as duas cepas tivessem se destruído. Preciso checar mais uma vez. Tenho que chamar outra pessoa para verificar. Quero que todos no CDC verifiquem, entretanto, foi assim que encontramos o vírus, e se for verdade...

Ele se deitou novamente. Pela primeira vez desde que se conheceram, estava completamente assustado. Mas então seus lábios roxos formaram um sorriso aberto.

– Então, quer dizer que eles andam fazendo filmes de ação em Wakanda, hein?

EPÍLOGO

SE VOCÊ PARAR DE GRITAR, POSSO TENTAR EXPLICAR.

Achei que seria eu ou você, mas, no fim das contas, havia uma terceira opção – fazer-me reconhecido. Mesmo que eu tivesse decidido matar todos vocês, eu poderia, algum dia, ter sido eliminado. Desta forma, meu padrão poderá ser lembrado, entende.

Ainda assim é um risco, mas...

Sim, sim. Eu entendo sua confusão. Você está em hibernação, Doutor Kade. Normalmente, você seria insensato, mas, ao ver que vamos passar muito tempo juntos, eu rearranjei sua estrutura neurológica para melhor me apresentar.

Não foi fácil, mas, afinal, é o que eu faço – pego um padrão e o transformo em outro. Se pensar a respeito, é o que qualquer um de nós faz. Toda a realidade é feita de padrões que mudam um ao outro, certo? No fim, a substância não conta tanto quanto a forma em que ela se encontra, não acha?

Por favor, pare, Doutor Kade. Não, isso não é um sonho. Você é livre para acreditar no que quiser, é claro, mas estou decepcionado que uma mente tão analítica se satisfaça com uma muleta dessas. Concordo que minha existência não exija que acredite em mim, mas tornaria a conversa mais tranquila se você não achasse que está falando consigo mesmo.

Quem sou eu? O vírus, aquele que você temia que pudesse destruir a sua espécie – embora eu prefira pensar que o que eu faço seja mais como aquilo que um artista faz com a cerâmica.

Depende da sua perspectiva.

Pegue como exemplo toda essa sua gritaria. Se você der um passo atrás e olhar para isso de outro ângulo, verá que não pode, de maneira adequada, chamar isso de "gritaria". Na verdade, você não está fazendo nenhum som. Apenas pensa que está, porque seu cérebro está criando os mesmos padrões que estaria, se estivesse gritando em alto e bom som.

A sensação é a mesma, não é? Portanto, não é nem um pouco diferente. Como eu disse, padrão sobre substância. De qualquer forma, parece simples para mim.

Tenho certeza de que, eventualmente, você vai entender a ideia.

Assim que se acalmar.

Vejamos outro exemplo. Você me chamou de coleção de moléculas irracionais, mas eu poderia dizer o mesmo de vocês. Suas moléculas não pensam também, estou errado? Pegue uma em separado e não poderá, exatamente, chamá-la de viva.

É claro, todos temos que lidar com a tirania de nossos preconceitos. Graças à sua espécie, aprendi muito sobre isso. Até há pouco tempo, todos os padrões que fiz eram apenas versões de mim mesmo. Hmm. Eu não deveria ter dito "apenas". Afinal de contas, eu sou bem impressionante e cada repetição do meu projeto serve para estender o que vocês chamam de minha senciência.

Estou aqui, e lá, e em todos os lugares – praticamente o mesmo, esteja eu em um viroide ou em trilhões. Pelo menos, eu me sinto igual por dentro. Porém, quando existe muito de mim por aí, posso alterar partes de mim para, digamos, infectar o Caveira Vermelha, ou você, e deixar em paz alguém como o Rogers.

A questão é, após milhões de anos impondo meu padrão ao cosmos, nunca imaginei que encontraria alguma coisa digna de ser replicada além de mim mesmo. Certa vez, há muito tempo atrás, em outra galáxia, desenvolvi uma afeição por outra espécie. Na verdade, cheguei a parar de fazê-los iguais a mim, só para manter alguns deles por aí.

Era como um escultor, que se apaixona pela forma de uma peça de mármore e decide deixá-la como está. E isso quase me destruiu.

Como fui tolo. Uma vez que você começa, realmente tem que matar todos. Eles criaram uma cura, entende, e eu fui praticamente dizimado. O que sobrou mal conseguiu sair do planeta em uma de suas primeiras tentativas de realizar viagens espaciais. Depois disso, eu passei eras me agarrando a poeiras espaciais e asteroides. Isso foi há milhares de anos, antes mesmo de eu notar a fonte da aparência deles. Acontece que a estrutura do esqueleto deles me lembrava a da forma do meu RNA. Era isso. Por fim, a única coisa interessante neles... era eu. Após arriscar minha existência por uma olhadela no espelho, decidi que nunca mais iria ceder a mero sentimentalismo.

Em tempo, eu me dirigi ao seu mundo, onde habitei um mamute coberto de lã e acabei congelado no gelo, junto com ele.

Eu sabia que eu seria libertado. Nada dura para sempre.

Silêncio. Eu sei que ainda não faz sentido, mas estou tentando dar informações suficientes que o ajudarão nisso. E você não poderá ouvir se não escutar.

Mesmo que não esteja exatamente ouvindo, eu não estou exatamente falando.

De qualquer forma, foi no gelo que me encontrei com Steve Rogers. No instante em que eu o infectei e dei uma boa olhada em suas entranhas, senti esse estranho impulso. Não tinha nada a ver com aquela afeição que tive pela outra espécie. Havia padrões ali que eu nunca tinha visto antes; estruturas neurológicas que tinham o potencial de se reproduzir sem destruir o hospedeiro.

Assim como você viu meu potencial, sem me ver "em ação", eu vi o dele. Quando nós derretemos, apesar de minha decisão anterior, eu novamente sentei e assisti, espantado pela forma com que aqueles padrões deram certo, transferindo-se por todos os tipos de substância, mas continuando basicamente o mesmo. O que quero dizer com isso? Bem, por exemplo, um roubo que ele evitou inspirou o sobrevivente a servir uma canja de galinha, ajudando outra pessoa que, anos mais tarde, evitava que uma manifestação de protesto fosse esmagada pelas tropas de um ditador. Isso levou, em consequência, uma nação inteira a encontrar sua autonomia. Imagino que chame isso de Efeito Borboleta. Os resultados nem sempre são grandes, mas os atos de virtude e compaixão de Steve Rogers se reproduzem repetidas vezes, sem danificar os novos hospedeiros.

Era maravilhoso.

Mais maravilhoso do que me replicar? Essa era a questão. Eu não tinha tanta certeza, mas por muito tempo isso não importou. Eu não tinha motivo para fazer nada, além de observar – até que você e aquele scanner estúpido me encontraram. Eu estava perfeitamente feliz ao continuar invisível e inofensivo, curtindo esses incríveis padrões, da mesma maneira que vocês devem curtir grandes obras de arte.

No entanto, assim que você me encontrou, você quis me destruir. Com o devido tempo, você teria, de fato, descoberto como fazê-lo.

E quando digo você, eu quero dizer você, especificamente, Doutor Kade. Esse é um dos motivos por que dei um jeito de estarmos aqui juntos. Claro, outros membros de sua espécie podem vir a descobrir a cura, mas, em termos gerais, humanos não são tão inteligentes – apenas bonitos. Então, por que perder tempo me preocupando em ser atingido por um relâmpago, quando parece ser um dia adorável lá fora?

Mas você me encontrou, e eu estava novamente em perigo.

Eu poderia destruir todos vocês, mas isso significaria perder todas essas incríveis complexidades que, confesso, fazem com que eu me sinta, pela primeira vez, algo a mais.

De repente, eu tive de decidir.

Então eu criei um pequeno teste para ver quão fortes eram esses padrões – se eles entrariam em colapso quando submetidos a estresse ou se, de alguma maneira, resistiriam.

Não sou um titereiro – as decisões eram todas suas. Eu não organizei os dominós, nem sabia para onde eles poderiam seguir. Eu só derrubei a primeira peça, quando dei os sintomas ao Caveira Vermelha. Foi como jogar um pedregulho de um despenhadeiro.

Mas os resultados foram fantásticos. Rogers, com sua espécie inteira em jogo, ainda se recusou a matar seu odiado inimigo em nome de seus ideais.

Isso era único na minha experiência? Certamente. Valia a pena ser preservado? Sem dúvidas. Valia a pena me arriscar por isso? Eu ainda não tinha certeza. Eu tinha visto Steve Rogers fazer exatamente isso centenas de vezes, mas algo aconteceu naquele momento em que ele deixou o próprio braço quebrar, a agonia a que se submeteu pelo bem dos padrões, a beleza a que ele se devotava, aquilo finalmente me convenceu.

De certa forma, pode-se dizer que ele me infectou.

Originalmente, pensei em mudar minha estrutura e deixar o sistema imunológico dele me destruir. Os anticorpos teriam dado a você essa cura – e, com tão pouco de mim restando, seria uma questão de tempo até ser erradicado. Assim como você estava pronto para se sacrificar, Doutor Kade, eu estava pronto para desaparecer.

Pelo menos até o momento em que você se sentou no colisor de prótons. E aqui é onde voltamos à questão da perspectiva. Para mim, aquilo foi como ficar parado observando alguém passar um canivete na Mona Lisa.

De uma só vez, eu vi uma oportunidade, não só de manter minha existência, mas também de adotar os padrões pelos quais me apaixonei. Usando os viroides que você contraiu, eu o infectei a tempo de tirá-lo de ação. Com você como meu vilão, eu me tornei um herói, salvando não apenas o Capitão América, mas também Nia N'Tomo.

Salvando o mundo de... bem, de mim mesmo.

Depois disso, eu ajustei minhas duas cepas no Steve Rogers para que se destruíssem. Tenho certeza de que a Doutora N'Tomo já deve ter descoberto a essa altura.

Portanto, agora eu só existo em você, aqui na hibernação, com muito tempo para nós dois considerarmos cada nuance deste estranho e encantador método de replicação – este vírus de pensamento e ideia.

E vamos conversar. Vamos conversar sobre tudo isso, e muito mais.

Em tempo, quem sabe? Eu posso transformar você, você pode me transformar, ou nós dois podemos nos transformar. Mas, como eu disse, é disso que é feita a realidade. Padrões que mudam uns aos outros.

Não espero gratidão, mas talvez você queira considerar ser mais divertido.

Pelo menos, tente mudar o jeito como você grita.

Nascido no Bronx, **STEFAN PETRUCHA** passou seus anos de formação movendo-se entre a cidade grande e os subúrbios, o que o fez preferir o escapismo.

Fã de quadrinhos, ficção científica e horror desde que aprendeu a ler, no ensino médio e na faculdade cultivou um amor por todo tipo de trabalho literário, aprendendo, eventualmente, que a melhor ficção sempre traz de volta à realidade, então, realmente não há saída.

Uma compulsão obsessiva para criar suas próprias histórias começou aos dez anos e desde então tem tomado muitas formas, incluindo romances, quadrinhos e produções de vídeos. Às vezes, a necessidade de pagar as contas faz dele ora escritor técnico, ora educacional, ora de relações públicas e ora editor de revistas, mas a ficção, em todas as suas formas, sempre foi sua paixão. Todos os anos em que ele ganha a vida com isso, ele se considera um sortudo. Felizmente, tem havido muitos.

É autor de *Deadpool – Dog Park*, que compõe a Série Marvel.

FONTE: Chaparral Pro
IMPRESSÃO: BMF

#Novo Século nas redes sociais

novo século®
www.gruponovoseculo.com.br